El Gringo Latino

Carlos Ponce Meléndez

Editorial CPM

San Antonio, Texas

2012

Carlos Ponce Meléndez nació en México. Desde 1983 vive en los Estados unidos. Estudio sociología y relaciones internacionales. Ha trabajado de funcionario, profesor, periodista, investigador social, escritor, entrevistador, repartidor de directorios, productor de programas educativos de televisión, traductor, asesor de comunidades indígenas. Es autor de un libro de cuentos "Platicas de Mi Barrio," dos libros para niños, un libro electrónico de poemas y más de cincuenta poemas publicados en revistas en español e inglés.

Para Migdalia, editora, crítica y porrista oficial.

Para José Antonio Ponce y María del Socorro Meléndez de Ponce, que me dieron la paciencia y determinación para perseguir mis sueños.

Con Cariño para Malli y Carlos.

1

El nombre del niño era Franco pero nunca lo conocí. Supe de él por la señora Goldau, nuestra casera, quien vivía en la colonia Condesa mientras que el apartamento que le rentábamos estaba en una pequeña colonia de nombre Guadalupe. Según la señora Goldau ella tampoco llegó a conocer a Franco y sólo supo de él tiempo después de que yo me mude de ese lugar. El apartamento de la familia de Franco quedaba en la primer planta, a un lado del que Alma y yo ocupábamos. Para que se entienda mejor, voy a explicar que no vivíamos en un edificio de apartamentos sino en una casa vieja que el señor Goldau y su esposa habían adquirido hacía muchos años, cuando recién llegaron a México inmigrados de Hungría. La casa era pequeña pero la dividieron hábilmente en tres secciones; la planta baja y que originalmente albergaba la recámara principal, un baño, una sala comedor, una cocina y un cuarto pequeño. A su lado, pero separada por un patio de unos cinco metros, estaba otra recámara con baño, una cocina-comedor, y al frente una pequeña sala que era donde habitaba Franco.

Nuestra vivienda estaba situada arriba de la recamara principal y consistía básicamente de un amplio espacio que servía como sala comedor. A un lado quedaba la cocina. En la parte de atrás estaba la recámara con un baño. El piso, alfombrado de pared a pared con un tapete irrefutablemente anaranjado, personalizaba la vivienda. Curiosamente al lado de la pieza que mi mujer y yo compartíamos, había un pequeño cuarto de unos dos metros de ancho por tres de largo y que se suponía que iba a ser un cuarto para una sirvienta pero al que nunca le construyeron una puerta. La única manera de pasar a ese cuarto era a través de la ventana de la cocina. El señor Goldau nos dio una breve explicación de tal error. Según él, cuando habían comenzado a construir la planta alta para rentarla, el albañil comenzó la obra por la parte del cuarto de servicio. Para ahorrar dinero, en ese tiempo era muy común contratar a los trabajadores y no desperdiciar recursos en un arquitecto o ingeniero y así lo hicieron los húngaros. Resulta que después de unos días, el albañil se desapareció con el dinero que le habían adelantado por lo que los Goldau procedieron a contratar a otro albañil. Este siguió la construcción por el frente y cuando llego a la parte de atrás simplemente puso una ventana dejando el cuarto de servicio aislado. Para nosotros eso no fue problema, ese cuarto estaba perfecto para que yo pusiera una mesa, mis libros, un radio y se convirtió en mi cuarto de estudio. Las paredes de nuestro apartamento consistían de grandes ventanas que iban del piso al techo y que dejaban pasar la luz con gran gusto pero que igualmente dejaban colarse los ruidos de la calle... y los quejidos de Franco.

A pesar de estar situados a solo cuatro cuadras de la congestionada calle de Insurgentes, la colonia Guadalupe era un remanso de paz. Originalmente había sido un pequeño pueblo pero a mediados del siglo XX había sido engullido por la caótica Ciudad de México. En la época en que vivimos ahí, la colonia Guadalupe era muy pacifica. No había vías principales que la atravesaran, ni oficinas o comercios grandes así que solo las gentes que la habitábamos solíamos entrar a ella. Las casas eran modestas de dos o tres recamaras, la única excepción era la casa que quedaba enfrente de nuestro apartamento y que a pesar de tener solo dos niveles daba la impresión de ser mas grande dado que los pisos eran muy altos, como de museo. Esa casa era habitada por un militar retirado, el general Miguel Hernández. Dicho general había sido regente de la Ciudad de México hacia ya muchos años. El general Hernández era venerado por los habitantes antiguos de la colonia ya que él introdujo el agua potable, la electricidad y el alumbrado público a la colonia cuando fue regente de la ciudad. Otra característica que enorgullecía a los habitantes de la colonia era que a pesar de que el militar había pasado por la administración pública de México en varios puestos de relativa importancia, este no se enriqueció al estilo de la mayoría de los políticos mexicanos.

Yo me enteraba de la historia de la colonia y de la de algunos de sus habitantes como uno se entera de la vida de los vecinos en las pequeñas comunidades: porque no me quedaba otra opción. Si iba a la panadería invariablemente escuchaba la plática de señoras que comentaban los últimos chismes del rumbo; la tienda en donde comprábamos leche, azúcar y refrescos era otro salón de información virtual del barrio. Yo trataba de mantenerme al margen de esas pláticas pero de vez en cuando no podía evadir a algunas señoras que eran especialmente agresivas en su tarea informativa. Me paraban a la entrada de mi apartamento para preguntarme como me había ido, si mi esposa ya estaba embarazada, si había oído decir que los Pérez de la esquina se andaban divorciando, y cualquier otra pizca de información que pudiera ser de interés para la comunidad Guadalupana. Por ejemplo un día, esperando por las tortillas escuche a la anciana Matilde hablando con otra mujer aun más vieja que ella:

- Te digo que Don Miguel es un santo.

- Bueno, tanto como santo no. Dicen que es ateo y los ateos no pueden ser santos, lo prohibió el Santo Papa.

- Aunque sea ateo se debe ir al cielo porque él ha ayudado a muchísima gente ¿Te acuerdas cuando Rosita murió de coraje porque el bueno para nada de su esposo llegó borracho y con una mujer de la mala vida a su casa y quería que Rosita les dejara la cama para hacer sus cochinadas? Si mal no recuerdo, Don Miguel se encargó de los gastos del funeral porque Rogelio se había gastado todo el dinero en alcohol y mujeres de mala reputación.

- No, pues sí me acuerdo. Y yo sé de buena fuente que cuando Don Fausto perdió su trabajo y le iban a embargar su

7

casa, Don Miguel le ayudó con su deuda y le consiguió trabajo en el Departamento de Limpia para que su familia no se quedara en la calle. Y qué me dices de la Flor, ¿No se fue embarazando de un hombre casado? Chiquilla canija, quien sabe a donde habría ido a parar si no es porque el Don Miguel le pagó el parto y la ayudo para poner al chamaco en adopción.

- No, po's de que Don Miguel es bueno, no cabe duda y aunque sea ateo, dios le tiene que tomar en cuenta sus buenas obras.

El general Hernández era delgado y estaba en el proceso de encogerse, parecía un pajarito desamparado, andaba por los ochenta y pico de años. De vez en cuando, si la tarde estaba soleada, el pajarito, perdón, el viejito salía acompañado por un mozo joven de rasgos indígenas y caminaba lentamente enfrente de su casa por unos quince a treinta minutos. Los vecinos que pasaban lo saludaban respetuosamente pero pocos eran los que se atrevían a hacer un poco de conversación con él. Desde mi ventanal llegué a ver como el anciano conversaba amablemente con quien se le acercara pero sólo por un par de minutos, luego con signos de impaciencia se despedía repentinamente para seguir con su paseo. Habiendo estudiado economía y ciencias políticas yo tenía deseos de platicar con él sobre sus experiencias en el gobierno pero no me atrevía a salir y abordarlo. Yo le tenía una especia de consideración y respeto ¿Qué le podía preguntar que no sonara estúpido? Pensé buscar información sobre él en los archivos de la Biblioteca Nacional para tener de qué platicar con Don Miguel, pero lo fui dejando por desidia y así dejé pasar la oportunidad de saber algo del periodo postrevolucionario de México.

La primera vez serían como las doce y media de la noche. Alma dormía plácidamente desde hacía más de dos horas pero yo no podía conciliar el sueño por estar pensando en los problemas en mi trabajo. Mi sueldo no era malo pero me sentía atrapado en un empleo burocrático en el que tenía poca oportunidad de alterar las viejas prácticas de los hospitales del gobierno. Ilusamente acepté el puesto de coordinador de investigación social del Departamento de Salud creyendo que podría hacer que mejorara el trato a los pacientes y que fuera más satisfactoria la práctica de los frustrados médicos estatales.

El tecnócrata presidente de la republica, Ernesto Zedillo, hizo un llamado a los mexicanos, sobre todo a los jóvenes a cambiar el país, a luchar por los más desamparados y yo me había entusiasmado creyendo que ahora sí, teníamos un líder en el poder que quería hacer algo por los más necesitados. Por fin hay democracia en México, carajo. Ya era tiempo, me dije, aun cuando no coincidía con mucho de la ideología de Zedillo. Dejé mi puesto de investigador en el Colegio de México y acepté el cargo. El Doctor Fragua, antiguo profesor mío, me había ofrecido el trabajo pues él era asesor del Secretario del Departamento de Salud. Muy pronto me di cuenta que los empleados del Departamento y de los hospitales del gobierno no tenían la menor intención de cambiar las prácticas que les permitían hacer sus actividades con el mínimo esfuerzo y, si es que metían la pata, no les acarreaba consecuencias legales. En otras palabras eran unos burócratas huevones e irresponsables. Lo frustrante es que todos se mostraban entusiasmados por mejorar sus rutinas pero era puro teatro y seguían sus viejas costumbres de hacer lo que más les convenía a ellos. Creo que yo fui el único funcionario que me había tragado las promesas de cambio pero después de tres años de enfrentamientos con la burocracia me sentía fracasado. Más tarde me dijo Roberto, el Piojo López, uno de los empleados más viejos del Departamento, un día que llegó medio borracho; "El gobierno hace como que me paga y yo hago como que trabajo. Además, ¿para qué te preocupas si ya pronto van a tomar el poder los del PAN y le van a dar la vuelta a todo?" Tal vez tenia razón el Piojo, después de más de 70 años en el poder, el PRI por fin había sido derrotado por un candidato de la oposición y era seguro que el nuevo presidente, Vicente Fox, fuera a cambiar todo. Pero los más repugnantes eran los directivos quienes rara vez se paraban en sus oficinas, metían familiares y amigos en puestos fantasmas y compraban materiales en empresas de sus compinches a precios inflados con lo que se enriquecían de forma escandalosa. Yo nunca me había considerado un revolucionario ni mucho menos pero cuando comencé a protestar por algunas de las deficiencias que veía me comenzaron a llamar el rojo, el trotskista, y el que más me molestaba; Memiliano Zapato. Yo oía como aun mis subalternos se burlaban de mí a mis espaldas.

La técnica de etiquetar a los inconformes de comunistas o traidores a la patria no me era desconocida, algunos de mis compañeros de la Facultad de Ciencias Políticas y Sociales habían sido encarcelados por ayudar a organizaciones de obreros o campesinos que exigían justicia. Se les acusaba de provocadores, de socialistas, de ateos y hasta de ser anti Guadalupanos. La derecha, se decía que con ayuda de la CIA, compraba escritores, periodistas y sacerdotes que se encargaban de tildar de enemigo de la patria a todo aquel que pudiera representar la mínima amenaza al gobierno o a los grandes empresarios del país. Otros compañeros activistas simplemente habían desaparecido y nunca se volvió a saber de ellos. Yo quería navegar las aguas burocráticas sin meterme en problemas pero haciendo algo por mejorar las condiciones de los pacientes y de los empleados. Por más que hacia la lucha no podía zafarme de esos pensamientos a pesar de que ya era bien pasada la hora en que generalmente me dormía. Seguía revisando brillantes argumentos que el idiota del director general tendría que reconocer, enfrente de la mesa de directores los errores que cometían, cuando oí el lamento; mmmmm mmm mmm, al principio me asusté, pensé que se trataba de Alma así que volteé de inmediato para checarla pero ella dormía profundamente. Entonces supuse que se trataba de alguien que pasaba por la calle que había sido lastimado, tal vez en un asalto, ó de alguna mujer maltratada por su pareja. La duda me dejó inmóvil, me quedé pensando si debía pararme e ir a averiguar si alguien necesitaba ayuda o si debería ignorar el quejido; probablemente la persona que lo había emitido ya habría pasado y jamás volvería a oír sus lamentos. Los sollozos se habían apagado así que me volteé hacia el otro lado tratando de pensar en algo agradable para poder dormirme. Me puse a pensar en una playa; yo estaba solo y el sol comenzaba a desaparecer en el horizonte, el color del cielo era rojizo pero con largas líneas plateadas que parecían tiras metálicas. Lo que comenzó como un dibujo mental se comenzó a convertir en sueño tibio como cuando te tomas una cerveza y comienzas a sentir un delicioso reposo de pensamientos latosos que hasta hace unos segundos parecía que nunca iban a dejarte en paz. Hacia mis espaldas había unas montañas llenas de una vegetación que mostraba todos los tonos de verde que pudieran existir. El mar por contraste tenía un color azul turquesa que cambiaba de colores con el vaivén de las olas. El único ruido que se oía era el de la brisa marina y el de las olas. Yo caminaba buscando algo, no sabía que era pero sabía que existía. Yo simplemente seguía caminando lentamente por la orilla de la playa y llevaba un buen rato paseando cuando un objeto a lo lejos rompió el equilibrio del paisaje. Era una forma de color pastoso y estaba al lado de la playa. Me acerqué y vi que se trataba de un pez muerto, caminé a su alrededor para no pisarlo pero salieron miles de moscas de los despojos del pez produciendo un zumbido odioso. En ese momento me volteé hacia el mar y éste se había tornado negro, el cielo se había oscurecido totalmente y las olas producían un lamento que iba creciendo hasta tornarse insoportable: mmm, mmm, mmm. Me desperté y alcance a escuchar el quejido que provenía de la casa vecina. Sin pensarlo moví a Alma quien se despertó asustada.

- ¿Qué te pasa Emilio? ¿Te sientes mal? me dijo con cara asustada.

- ¿No oyes a alguien llorando? le pregunté.

- No, no oigo nada ¿No será que tuviste una pesadilla?

- No, bueno eso también pero antes de dormirme oí a alguien quejándose de una forma horrible, como llorando, como alguien que tiene mucho dolor, un dolor muy profundo. Luego ese mismo ruido me despertó y fue cuando te desperté.

- Yo no oigo nada. Para mí que los problemas de la oficina te están afectando y por ello estas nervioso. Mira nomás como tienes la cara, estás todo sudado, ¿no tendrás fiebre? Trata de dormir y déjame dormir a mí que mañana tengo un día muy ajetreado.

Me sentí frustrado, últimamente notaba a Alma desinteresada, fría. Llevábamos más de tres años de casados pero desde hacía varios meses ella había empezado a cambiar. Tal vez eran mis problemas en el trabajo. Se molestaba cuando yo empezaba a hablar del tema. Pues renuncia, busca otro trabajo, me decía. Como si fuera tan fácil. México estaba en crisis permanente, siempre había huelgas, los salarios no alcanzaban para mucho mientras que un grupito de individuos seguía enriqueciéndose de manera desmesurada. Para el colmo Alma estaba a favor del candidato presidencial del PAN mientras que yo había apoyado al candidato de la izquierda, y eso nos distanciaba aun más. Desde hacía unos tres meses notaba que mis pláticas molestaban a Alma quien me interrumpía con comentarios sarcásticos: entonces ¿por qué no nos vamos de México? Consíguete una beca a Francia y yo con gusto empaco tus calzones y te acompaño. De hecho no me importa si la beca es a China o al Congo, yo también estoy cansada de vivir en este país jodido pero me callo porque no tengo otro. Ya mejor ni le respondía. Alma estaba de malas casi siempre y yo prefería oír los quejidos de algún extraño que las peroratas de mi mujer, pero esa noche ya no se escucharon más ruidos y me logré dormir. Por la mañana me puse a pensar quien podía ser el causante de los gemidos. La pareja que habitaba el departamento de donde parecían venir los llantos trabajaba de sol a sol. Es decir, salían como a las seis de la mañana y regresaban hasta después de las nueve de la noche. En los fines de semana salían aún más temprano y llegaban aún más tarde. Abrían la cochera y salían o entraban de inmediato sin perder ni un instante en saludar a los vecinos. Si alguien les dirigía la palabra, ellos sólo contestaban; buenos días o buenas noches de una manera cortes pero cortante y nada más. Yo nunca los había visto caminando por la colonia ni comiendo en el restaurante de la esquina, o comprando víveres en las tienditas cercanas. El tendría como treinta y cinco años, alto, moreno claro, de pelo chino y con anteojos de aro dorado. La mujer parecía unos cinco años menor que él, de porte distinguido y pelo rubio aunque no se podía saber si era natural o pintado. Los dos vestían tipo profesionistas, elegantes y con ropa de buena confección pero nadie sabía nada de ellos. El señor Goldau nos platicó en alguna charla que eran las personas más reservadas que él había conocido en su vida, pero pagaban a tiempo la renta así que no era asunto que le afectara. Los escasos comentarios que yo oía en las tiendas del barrio sobre la pareja eran contradictorios y confusos; que él era funcionario del gobierno, que ella era doctora, que él era ingeniero, que ella era su hermana, que vivían aislados y que se escondían de un ex amante de ella que era traficante y los quería matar, que eran de Durango, que eran de Israel, que eran franceses. Mi único encuentro con ellos fue una vez que regresé de una despedida de soltero que se había prologando toda la noche y llegué como a las seis y media de la mañana. En ese momento el hombre abrió la cochera mientras que la mujer sacó

13

el coche y él se subió de inmediato al auto. Como yo estaba medio borracho no me aguanté las ganas de decirles a voz alta y bien fuerte para que no me pudieran ignorar; buenos días vecinos ¿Cómo están?, él me devolvió el saludo con una ligera inclinación de cabeza pero con un gesto visible de disgusto. No le di mayor importancia hasta que oí los quejidos. ¿Sería que él la golpeaba? O a la mejor les gustaba tener relaciones sado masoquistas. Después de cavilar un rato decidí comentar lo de los gemidos con un amigo que tenía abundante experiencia en todo tipo de juegos amorosos; bueno, en realidad Carmelo se las daba de ser un experto en relaciones amorosas y sexuales de cualquier estilo y sabor, con condimentos o al natural.

Carmelo había sido mi amigo desde la preparatoria en Mazatlán y como también se fue a vivir a la Ciudad de México, habíamos seguido siendo amigos. Carmelo era despreocupado y siempre dispuesto al vacilón. Nos llevábamos bien, yo lo balanceaba con mi actitud más bien reservada, timorata según él, y él me jalaba hacia fiestas, mujeres y todo lo que tuviera que ver con diversión. Sin embargo cuando yo tenía alguna preocupación él siempre me escuchaba con atención y me daba su opinión sin tapujos, cosa que a mí no siempre me sentaba bien. Carmelo no se andaba por las ramas y me decía lo que pensaba de manera directa. Desde mi matrimonio con Alma él se había alejado un poco, decía que éramos una pareja de aburridos. La verdad es que Alma no tenía muchas simpatías por Carmelo ya que este siempre andaba con una mujer diferente. Por su parte, a Carmelo no le gustaba visitarnos porque decía que Alma era muy fresa. En la primera oportunidad que tuve llamé a mi amigo por teléfono para comentarle lo de los llantos que había oído por la noche. Tal vez debería reportar el incidente a alguna agencia sobre maltrato de personas o aun de animales. Carmelo tenía conocidos en todas partes y pensé que él me podía orientar sobre qué hacer en este caso. Para mi

14

sorpresa cuando mi amigo contestó sonaba muy distinto a otras veces;

- Que te pasa guey, ¿estás enfermo?
- Pues se podría decir que sí, me contesto. ¿Te acuerdas de Teresa?
- ¿La ruca que me presentaste la última vez que te vi?
- La misma hermano, no lo vas a creer pero me cortó. Me dijo que yo era un inmaduro y que no quería saber más de mí y por más que le hablo y le mando recados ya no me contesta.

La noticia me sorprendió, Teresa tenía como cuarenta años y aun cuando era guapa claramente se veía mucho mayor que Carmelo quien a pesar de tener veintinueve años se veía como de veinticuatro. Pero Teresa era una mujer de negocios y muy práctica. Cuando conoció a Carmelo le gustó su juventud y aire despreocupado pero cuando comenzaron a tener relaciones amorosas y la situación se comenzó a poner seria, Teresa vio que Carmelo no iba a cambiar y eso no le gusto a ella. Teresa era divorciada y tenía un hijo adolescente y no quería enredarse con un galán que sólo pensaba en andar de fiesta en fiesta. Además a Teresa le gustaba ir a conciertos de música clásica, a inauguraciones de exposiciones y otros compromisos en los que la gente se comportaba como momias según Carmelo; nadie bailaba, no se ponían a tocar la guitarra o a cantar, olvídate de fumar un guato. Carmelo me confesó que él no le había dado mucha importancia a Teresa al principio pero que ahora la extrañaba mucho al grado de haber considerado suicidarse o secuestrar a Miguel, el hijo de Teresa, para obligarla a volver con él. Al principio yo no sabía si estaba bromeando o hablaba en serio pero después de escucharlo un rato supe que definitivamente Carmelo no estaba muy bien emocionalmente. Quedó de hablarme en unos días para ir a tomar un café. Le pedí que no hiciera nada estúpido pero ya no le platiqué los de los ruidos nocturnos que a mí me estaban afectando.

Al otro día cuando me levanté, Alma ya se había ido; ella entraba a trabajar una hora antes que yo y salía muy temprano por su obsesión de ser la primera en llegar a su oficina. Entonces me acordé de un artículo que había leído en una revista que decía que era bueno escribir un diario o al menos lo que se le ocurriera a uno; era como psicoanalizarse sin tener que pagarle a un psiquiatra. Así que agarré una libreta y escribí:

Yo creo que mi única virtud es que no tengo ninguna virtud. Por más que pienso no encuentro algo sabroso que decir de mi. Además siempre me levanto cansado y ni siquiera sé por qué. Todos mis planes de escribir un artículo sobre los problemas del país en el que vivo se quedan esperando. También dejo de ordenar mis notas. Nomás no tengo energía, como el otro día, estoy viendo un pinche programa de un tarado que es médico y en cada episodio se le presentan casos de personas con enfermedades raras pero que siempre tienen que hacer un drama de todo. El medicucho siempre trabaja sin descanso hasta que resuelve los problemas. ¿Cómo es que los médicos, los policías, los villanos de la televisión nunca están cansados? Por eso no me gusta ver televisión, ¿como me voy a identificar con gentes que nunca se cansan mientras que yo y toda la gente que conozco vive exhausta?

Pasaron varios días, creo que era un miércoles cuando me levanté sintiéndome chinche. Creyendo que se me pasaría, al poco rato me fui al trabajo pero ahí me sentí peor. Me reporté enfermo y me fui a casa. Apenas llegué, me acosté y me quede dormido. Me desperté como a las tres de la tarde sintiéndome mejor pero con un hambre de perro callejero. Como no quería cocinar nada me fui a "La Mordida," el restaurancito de la esquina. Ahí estaba Juan, un estudiante de antropología que vivía en el departamento de abajo al nuestro. A pesar de ser de mi edad, Juan se veía más joven por ser muy delgado y andar siempre con un pantalón vaquero y camiseta con leyendas políticas o graciosas. Ese día traía una que decía: Soy Habano Cubano Y Siempre Gano. No tenía ganas de hablar con nadie pero el restaurante era tan pequeño que no había forma de evitar saludarlo. El cubanito me caía bien pero tenía dificultad entendiendo lo que decía, hablaba rapidísimo y con muchos modismos de su patria que yo no conocía. Juan me invito a sentarme con él y se me ocurrió que tal vez era una buena oportunidad para preguntarle si él o sus compañeras (vivía con otras dos estudiantes) habían oído los quejidos del departamento del lado. Pero Juan no me dejo hablar. Con su sonsonete cubano y hablando más rápido que un locutor mal pagado, me comenzó a explicar porque pedía dos ensaladas de fruta y dos de vegetales. Según él, él disfrutaba más el evacuar la comida que consumirla; "chico, yo antes me jartaba con un buen bistec, o un pescado a la plancha pero ya no, no hay nada como sentarse en el retrete y evacuar los desechos de las viandas, sentir como salen lenta pero seguramente por el culo. Para mí es como que en ese momento me estoy renovando, estoy expulsando las toxinas de mi cuerpo y limpiando mi organismo de desechos impuros. Ah qué rica sensación, ¿No te pasa a ti lo mismo? La verdad que no se me había ocurrido esa interpretación de la evacuación pero hube de admitir que algunas veces disfruto el cagar, especialmente cuando he comido de más y me siento muy lleno. No es lo mismo chico, me respondió Juan, se trata de un acto mágico en que tu organismo expulsa la mierda que son los pecados de la gula, son los males que se van a la mierda. Por ello es importante jamar injerir alimentos que se apean compactos, como los de los borregos. Mira acere, si comes salchichas, hamburguesas, dulces y candela por el estilo, tu mierda va salir pastosa, porque no quiere pelarse. Son desechos que no quieren desalojar tu organismo y por ello son nocivos para tu cuerpo y tu alma. Luego agrego; en Cuba no había de otra chico, teníamos que

17

jamar puras hierbas y raíces, todos estábamos pelados, muy de vez en cuando había un pedazo de pollo o de pescado pero te juro que nunca tuve problemas de la tripa. Por eso cuando llegué aquí me empaché de porquerías, bistecs, pasteles, chicharrones y cuanta fritanga me ponían enfrente, pero mi estomago y toda mi salud se fue al carajo. Había llegado como un bacalao y quede como barril, me puse matungo. Después de dos años volví a los platos de pobre y ahora cago como santo, eso es lo único bueno que me dejo la vida en el paraíso de Fidel Castro. No sabía que contestarle así que me limité a asentir a sus observaciones con ligeros movimientos de cabeza como diciend, tienes razón.

Cuando la mesera nos trajo la cuenta; una para él y otra por lo mío, Juan se calló para ver su nota y ahí aproveche para soltar lo que a mí me inquietaba. Juan, le dije tratando de hacer la voz lo más casual posible; ¿Ustedes no han oído unos quejidos por las noches? ¿Quejidos? ¡No me jodas! Yo no he oído nada, a la mejor es un minino, ya ves que hay muchos gatos vagabundos por la colonia, o a la mejor es la pareja del lado encaramándose al mamey, dijo Juan con una sonrisa burlona. No, no es un gato ni nadie haciendo el amor, más bien son como lamentos de alguien que está siendo torturado, le dije. ¡Ah chingao eso si que suena grave! Tal vez el general tiene algunos presos políticos en el sótano de su casa y los tortura por la noche. Eres un pendejo, le contesté y salí del lugar después de pagar mi cuenta, arrepentido de haberle platicado al cubano lo de los quejidos.

A partir de aquel día me di cuenta que cuando me cruzaba con Juan o sus compañeras de departamento, me veían con cierta mirada burlona. Juan decía que él se había escapado de Cuba pero que toda su familia seguía atrapada en la isla y por ello era un anticastrista rabioso. De las chavas, una de ellas se llamaba Josefina y era de Argentina. Bueno las dos eran de ese país y habían llegado a México para estudiar; Josefina psicología y Rebeca letras. No eran guapas pero tampoco feas, curiosamente a Rebeca le gustaba platicar

18

conmigo sobre la situación política de México. Bueno eso de platicar es un decir, en realidad la argentina con frecuencia me atajaba para interrogarme; que cómo veía la economía de México, que si creía que iba a haber otra revolución, que hasta donde iban a aguantar los pobres mexicanos la lastra de cargar con los zánganos ricos. Yo trataba de contestarle lo mejor que podía pero ella nunca se quedaba conforme, me daba la impresión que ella creía que yo sabía algún secreto que le podía revelar lo que realmente estaba pasando en mi país pero que no quería compartir ese secreto con ella, tal vez por ser extranjera. Para saciar su hambre de conocimiento a veces le inventaba historias locas; que si había un pacto desde los Aztecas para vengarse en el momento adecuado de los conquistadores, que todo estaba controlado por los gringos, y cosas por el estilo pero Rebeca nomás me veía con una ligera sonrisa burlona y volvía a la carga con otra sarta de preguntas incontestables. Yo trataba de esquivarla cuando la veía, ya no sabía que decirle. Pero a los pocos días de la comida con Juan me agarró saliendo del apartamento y de inmediato me abordó. En esa ocasión las preguntas no fueron sobre México sino sobre los quejidos. Dice Juan que tú oyes a alguien que se queja por las noches, ¿es cierto che? Sí, bueno solo han sido un par de veces y a la mejor ha sido un gato. No creo, respondió Rebeca de inmediato, nosotros hemos vivido aquí desde hace mucho y nunca hemos oído ningún gato, pero se pudiera tratar de una esposa maltratada, creo que deberías llamar a la policía para que investiguen. De inmediato me puse a la defensiva, oh no, yo no quiero nada con la policía, ya ves como son aquí en México; luego luego quieren ver si hay forma de sacar un dinero y son capaces de inventar que yo ando golpeando a mi mujer para sacarme unos pesos. ¿Y estás seguro de que no es así? Me respondió Rebeca. A pesar de que esta mujer siempre me había dado la impresión de estar medio zafada no me esperaba esa observación. ¡Cómo crees! Entonces no estaría diciéndole a otra

19

gente de esos quejidos. Algunos lo hacen por sentido de culpabilidad, me contestó rápidamente y con una mirada acusatoria, y otros lo hacen por presumir de machos agregó mi vecina. Además Josefina me platicó que Iturbide (ese es el apellido de Alma y así le decía Rebeca cuando me quería molestar) y tú están teniendo problemas conyugales. ¿Estás loca? Tenemos problemas como todas las parejas pero no es para tanto, además que haces tú metiéndote en nuestros asuntos. Yo nunca me meto en los de ustedes y eso que hay gente de la colonia que asegura que ustedes son lesbianas y que de pilón Juan es su amante. Rebeca se puso lívida. Pinche pueblo de tarados, por eso están como están. Con idiotas como ustedes México está condenado a seguir siendo una colonia gringa del sexto mundo, boludo. Con esa perorata Rebeca se metió a su casa de donde oí que seguía cuestionando la capacidad de los mexicanos para gobernarnos por nosotros mismos. Bueno, pensé, tal vez ya no me va a volver a joder con sus preguntas idiotas. Después de todo ella ya tiene una opinión muy clara de México, me pregunto, si ya sabe nuestros secretos ¿para qué me interroga a mí?

Cuando llegó Alma le platique de mi encuentro con Rebeca y le pregunté si ella le había dicho algo a Josefina ya que las dos se llevaban más o menos bien y a veces iban al cine o a comer. Que importa si le conté algo, es Rebeca la que tiene el problema. De seguro que anda haciendo ruido porque Josefina me platicó que Rebeca quedó medio mal de la cabeza porque los militares argentinos detuvieron a su padre y a un hermano y no volvieron a saber nada de ellos desde los tiempos de la dictadura militar. De inmediato mi coraje contra Rebeca desapareció. Me dio pena, yo sabía que eso significaba que su padre y su hermano habían sido no solo asesinados sino seguramente torturados también. ¿Pero porqué no me dijo nada a mí? pregunté. ¿Qué quieres que lo ande anunciando? Esas cosas son muy dolorosas y a ti te falta sensibilidad, a veces me

20

parece que me casé con un granadero, me contestó Alma. Después le platique a Alma lo que Juan me había dicho de que el disfrutaba más el cagar que el comer. Es que Juan es un pendejo, me dijo Alma, con un tono de enfado. Además, él no come mucha carne porque en Cuba solo comía frijoles y arroz así que no se venga a adornar con que solo come vegetales por motivos de salud. Juan es un tarado y tu también por seguirle la corriente. Mejor ya no seguí conversando con mi mujer, era obvio que no estaba de buen humor.

Esa noche, después que Alma se durmió, me quede leyendo un artículo acerca de un tipo que decía que cuando él iba por la calle se preguntaba a donde iba el individuo que caminaba delante de él, ¿Estará casado? ¿Será feliz? ¿En qué trabajará? Y lo mismo le pasaba con toda la gente con la que se cruzaba. Si iba manejando comenzaba a pensar quien vivía en cada casa que pasaba y sentía unas ganas locas por entrar en algunas de ellas para ver qué muebles poseían, qué ropa tenían en el closet, qué comían, qué medicinas usaban, que libros compraban. Prefería las mansiones antiguas caídas en desgracia, ¿qué pasaría con los dueños que construyeron esa casona? De seguro estuvieron muy orgullos al principio pero ahora ¿quién vive ahí? ¿Apreciaran los nuevos inquilinos que rentan partes de la casona la arquitectura de la mansión?

El escritor sabía que no podía satisfacer su curiosidad así que se conformaba con inventar historias sobre algunas de las gentes que veía. De hecho el autor es un escritor de mediana fama en el país y del que yo he leído un par de libros "Los Mexicanos en Bajada" y "No Me Culpes Por tus Pecados." La primer novela trata de un estudiante que se vuelve guerrillero durante los sucesos de 1968 en la ciudad de México y que después pasa a ser miembro del PRI y se dedica a reprimir a sus antiguos compañeros de la izquierda. Su segunda obra esta mejor lograda; se trata de un sacerdote que se cansa de oír confesiones de personas que semana tras semana regresan a decirle que volvieron a cometer los pecados por los que habían sido absueltos tan solo hacía unos días o semanas atrás. Entonces el clérigo decide tomar un papel proactivo y anónimamente denuncia a esposas infieles, a funcionarios que roban, a comerciantes que dan kilos de 900 gramos y hasta delata a un asesino. Para su sorpresa se entera de que a pesar de sus denuncias no pasa nada y descubre que las personas que se confesaban con él eran actores que trabajaban para una universidad de los Estados Unidos. El sacerdote había sido participante involuntario de un experimento en el que investigadores sociales trataban de descubrir la capacidad de religiosos para aguantar la miseria humana.

Al principio el hombre se siente aliviado de que no cometió una falta contra su promesa de confidencialidad de la confesión. Pero después de unas semanas se siente indignado y entre más vueltas le dá al asunto más crece su coraje. Entonces acude a sus superiores para poner una protesta en contra de los investigadores que lo engañaron y en contra de la universidad y la fundación que financiaba el experimento. Para su desgracia, descubre que él no fue el único sacerdote engañado, había once religiosos más y que de los doce participantes él fue el único que denunció a sus supuestos feligreses pecadores. Su indignación crece, ahora se siente traicionado no sólo por los investigadores sino también por sus superiores eclesiásticos quienes estaban al tanto del experimento. Cuando amenaza con denunciarlos públicamente, el obispo le dice que de hacerlo él saldrá mal librado, se sabría que él traicionó a algunos feligreses aun cuando sus confesiones eran falsas. Decide callarse y como recompensa es nombrado para un puesto en el Vaticano a donde se va de inmediato.

Volví a leer el artículo en donde el escritor exponía su curiosidad morbosa. Al leerlo por segunda vez descubrí que el tema me interesaba porque me sentía identificado con el autor.

Me quedé pensando que yo también me había preguntado por la vida de algunas personas que veía en la calle, en el cine u en otro lugar. Como un día en que vi a un indígena en una tienda en San Cristóbal de las Casas. El hombre tendría como sesenta años, muy alto, vestido con el traje típico de los Tzotziles y me recordó al actor Anthony Quinn. Sus facciones eran duras pero tenía una semblanza de dulzura que me hizo preguntarme como seria su vida. Lo que más me llamó la atención fue su actitud digna, orgullosa, podría decir que era un hombre con carisma. Me hubiera gustado platicar con él, saber en donde vivía, qué comía, como se ganaba el sustento pero pensando en mis amigos que me esperaban en el hotel me fui sin intentarlo.

En otra ocasión me sucedió que iba caminando por las calles de Toluca con Alma y vimos a un tipo viejo, canoso al que la gente que pasaba le decía el alemán. El sujeto se distinguía de los demás por ser bastante más alto que el resto de la población y por ser el único que tenía la piel tan blanca como la nieve. El tipo caminaba despacio pero con un andar seguro, firme como el de alguien que sabe algún secreto que no quiere compartir. Aun cuando usaba ropa similar a la de los obreros del lugar, también lo distinguía que traía un sombrero tirolés. A todas luces me pareció una persona interesante y más que prácticamente todas las gentes que pasaban a su lado le preguntaban ¿Cómo amaneció, alemán? ¿Qué hay de nuevo, alemán? Y así por el estilo. Nos metimos a una fonda a tomar café y pasó el viejo al que la cajera y la mesera saludaron cariñosamente. Les pregunté por qué le decían el alemán y me respondieron que porque era de Alemania. Entonces pregunté qué hacia allí, si vivía con su familia y me contaron que no, vivía solo en la ciudad desde que ellas eran chicas. Nadie sabía cómo había llegado ahí ni porqué seguía viviendo ahí, lo que si sabían era que vivía de una pequeña suma que le llegaba mensualmente desde Alemania y de hacer pequeñas pinturas que vendía a transeúntes de vez en cuando. Según la cajera, algunas gentes decían que había matado al amante de su esposa y que llegó a Toluca escondiéndose de las autoridades de su país. Otra versión era que fue oficial del ejército Nazi y se había ido a refundir en esa ciudad para escapar de la justicia. Cualquiera de las versiones me parecieron fascinantes y le propuse a Alma alcanzar al alemán y hacerle plática para que nos dijera algo de su vida pero ésta me dijo que era una idiotez, ¿qué carajos tienes que andar haciendo metiendo tu narizota en los asuntos de otra gente? Alma era una mujer práctica y no entendía mi interés en asuntos que no llevaban a nada práctico. Tal vez debí de haberme fijado en esas diferencias entre Alma y yo cuando comenzamos a salir juntos pero en esa época pensé que podía hacer que ella se interesara por algo más que un buen empleo y ahorrar para comprar una casa. Tiempo después ella me confesó que ella había pensado lo mismo pero al revés, es decir, creyó que con tiempo me podría hacer un hombre práctico que dejaría de pensar bobadas como un niño.

Puse la revista sobre la mesa de noche y apagué la luz. No habrían pasado más de un par de minutos cuando oí el quejido de nuevo. No sé porque pero me entró un miedo enorme. Había pensado salir a investigar, preguntar si alguien necesitaba ayuda, despertar a los vecinos, averiguar el origen del llanto; pero el miedo me ganó. Me acurruqué en la cama en posición fetal y cerré los ojos tratando de escapar de la realidad. Me pregunté por qué tenía tanto miedo pero no acertaba a pensar cuerdamente, solo sabía que estaba aterrorizado. Recordé los ejercicios de unas clases de yoga que había tomado hacia un par de años y comencé a respirar profundamente y a exhalar el aire lentamente a la vez que relajaba mis músculos. No me dio resultado. Había dejado de oír el llanto pero el miedo me seguía teniendo atrapado, me di cuenta que estaba sudando profusamente y me entro pánico, pensé que a la mejor me iba a dar un ataque al corazón. Iba a despertar a Alma cuando el quejido volvió a oírse pero esta vez había algo diferente. Sentí como si ese quejido estuviera dirigido a mí, me pareció que me pedía que me calmara a pesar que no era más que un mmm, mmm, mmm. Fuera lo que fuera, surtió efecto; dejé de sentir miedo, me levanté y me asomé por la ventana. En cuanto abrí la cortina el ruido cesó y experimenté una presencia muy fuerte que venía del cuarto de los vecinos. ¡Así que me había engañado! los quejidos habían cambiado de tono para atraerme y espiarme desde su cuarto oscuro. De inmediato me quise separar de la ventana pero había una fuerza que me lo impedía, era como un imán que no me dejaba moverme pero con el componente de una curiosidad irresistible por saber quién hacía esos ruidos y porqué. Cuando estaba por retirarme volvió el quejido y me volví a plantar en mi ventana, me moví de un lado hacia el otro, no porque pudiera ver más sino para que la persona que se quejaba supiera que yo quería conocerla. Así estuve un rato hasta que me quede dormido en el suelo. Por la mañana me despertó Alma entre sorprendida y enojada, ¿qué te pasa? ¿Por qué te dormiste en el suelo? Le comencé a contar del llanto cuando me interrumpió; ¿otra vez con esas pesadillas?, debes de ir al médico, de verdad que estas mal Emilio.

2

En los siguientes días no volví a oír los llantos pero pasó lo que tenía que pasar. El viernes me llamó el jefe de sección para informarme que me iban a cambiar de puesto. Ahora iba a ser asistente del coordinador de informática. Prácticamente era un descenso aunque seguiría con el mismo sueldo. No me sorprendió; los constantes choques con varios de mis superiores me habían hecho un sujeto impopular en la oficina. Esa misma tarde cuando volví del trabajo y antes de poder contarle a Alma lo de mi descenso laboral, ella me dijo que necesitaba decirme algo importante. Sentí que el corazón se me caía al estómago, intuí algo malo. Me dijo, yo creo que nos debemos separar por un tiempo. No eres tú, aclaró con tono indulgente; soy yo quien necesita tiempo para evaluar si nuestra relación tiene futuro. Alma hablaba haciendo gestos condescendientes y enunciaba las palabras lentamente como si estuviese dirigiéndose a un niño chiquito o a un retrasado mental

Era indudable que había estado meditando su discurso desde hacia tiempo; cubría todos los puntos paso por paso y mencionaba todos los asuntos que pudiesen ser objetados por mí. No sé cuanto tiempo duró su monólogo pero yo no la interrumpí. En ese momento supe que no importaba lo que dijera, ella se iba a marchar. En cierto modo sentí un alivio, nuestra vida se había convertido en un constante argumento y yo también estaba cansado de oír sus criticas día con día y de estar buscando sus defectos, sus errores para contra atacarla. Alma ya lo tenía todo arreglado, se iría a vivir con su hermano a Mérida. Ya tenía su ropa empacada, había sacado la mitad de nuestros ahorros del banco y una amiga pasaría más tarde para llevarla al aeropuerto. Yo no puse ninguna objeción, lo que pareció sorprenderla pero me di cuenta que estaba haciendo un esfuerzo por no demostrarlo. Me preguntó si yo quería decirle algo, si me parecía que tenía razón, si me sentía bien. Le contesté que estaba de acuerdo y que me alegraba que no tuviéramos hijos pues eso simplificaba la separación. Luego añadí que me daba gusto que se fuera a Mérida, estaba muy pálida y le haría bien tomar el sol. Puso una cara de desconcierto creyendo que me estaba burlando de ella pero la verdad es que no se me ocurrió ninguna otra cosa que decirle, y era cierto que se veía muy demacrada.

Le ofrecí llevarla al aeropuerto pero ella se negó, parecía que no quería pasar ni un segundo más conmigo. Supongo que le quedaba algo de cariño hacia mí y temía arrepentirse. Una hora después sonó el claxon de un coche y ella salió con sus maletas; yo le ayudé a meterlas en una lujosa camioneta de una tal Laura a quien no había visto antes. Antes de subirse al coche Alma hizo un gesto de acercarse a darme un abrazo y yo no supe qué hacer. Me quedé inmóvil, ella se hizo para atrás. Yo le dije que te vaya bien y ella me respondió con una frase que me dejo intrigado: Bueno al menos no te quedas solo, ahora tienes tus quejidos nocturnos para ti solo. No lo dijo en tono de burla ni de sarcasmo por lo que no supe que responderle.

Esa tarde me quedé sentado en la cama pensando, pero en realidad no pensaba en nada, me había quedado atontado dejando que me llegaran todo tipo de recuerdos sin ton ni son. Me vino a la memoria el Trapo Ramírez. El dichoso Trapo, él fue un amigo que vivía en el mismo barrio en que yo vivía en Mazatlán cuando éramos niños. Su padre era muy rico y todo hacía suponer que el Trapo y su hermano mayor tenían su futuro asegurado. Pero al hermano mayor, Joaquín, que le llevaba unos tres años al Trapo le dio por fumar marihuana. Fue durante los años de la preparatoria y muchos conocidos le entraron a la hierba. La mayoría dejaron de fumar marihuana después de un par de años o se fueron por el convencional alcohol pero a Joaquín le dio por experimentar con hongos, pastillas, coca y cualquier substancia que lo intoxicara. El Trapo lo siguió en sus experimentos hasta que su padre los descubrió. Entonces los metieron a clínicas de rehabilitación de donde salían para volver a usar todo tipo de mañas para comprar drogas. El círculo vicioso siguió por varios años hasta que el papá los corrió de su casa. Él y su hermano se fueron a vivir a la Ciudad de México. Yo veía al Trapo esporádicamente pues éste siempre andaba buscando cuates que le prestaran dinero. Cada vez que lo veía estaba más deteriorado, a pesar de andar por los 21 o 22 años se veía como de 40. Joaquín fue capaz de casarse con una muchacha rica de la Ciudad de México cuyos padres siguieron manteniendo el hábito de su yerno, probablemente sin saberlo. Pero el Trapo agotó todos sus recursos y terminó pidiendo limosna por las calles del Distrito Federal.

Yo creo que me acordaba de él porqué la última vez que vi al Trapo éste estaba muy, pero muy jodido. Su plática era incoherente, hablaba de establecer una comuna para artistas e intelectuales, yo estaría invitado porque yo le caía bien. Decía que un amigo de él, un pintor muy famoso pondría el dinero para comprar un terreno y construir chozas y solo raza de buena onda podría vivir ahí. Cuando nos despedimos me pidió unos pesos para comprar cigarros y se los di. Me sentí triste, no supe si debía de tratar de ayudarlo pero sabía que ayudar al Trapo estaba más allá de mis posibilidades así que lo dejé hablando solo, desamparado, y creo que así es como yo me sentía esa tarde. Después me vino a la memoria mi padre. El vivía en Mazatlán. Mi hermana Rosaura vivía cerca de su casa pero él no quería irse a vivir con ella, decía que el mojado y el arrimado a los tres días apestan, pero era evidente que ya no podía vivir solo. Olvidaba los nombres de sus conocidos, a veces olvidaba comer y a veces se perdía en las calles del centro.

Mi padre fue un hombre muy fuerte de carácter hasta que le dio un derrame cerebral del cual no salió muy bien librado. Desde hacia como cuatro años que su salud había comenzado a deteriorarse. Mi relación con él era complicada, por una parte yo admiraba su carácter voluntarioso, por otra parte yo detestaba su carácter voluntarioso. No sé cómo explicarlo pero los dos sentimientos me martirizaban. Hasta los ocho o nueve años lo había vi como a un dios pero después comencé a sentirlo opresivo, intransigente. Mi madre se mortificaba mucho por nuestros conflictos y por ella hacíamos un esfuerzo por llevarnos mejor.

La situación cambio y comenzamos a salir a acampar, otras veces íbamos de cacería. Nuestra relación no era perfecta pero si llevadera hasta que yo comencé a tener conflictos con mi conciencia. Mi madre era muy católica y me habían puesto en una escuela de Maristas. Durante la primaria me volví muy devoto y cuando descubrí que en las tiendas de objetos religiosos del centro se podía comprar estatuillas de Jesucristo y de la virgen y de cualquier santo que uno quisiera, usé mis ahorros para comprarme las más llamativas y puse mi propio altar en mi recámara. Mi madre resplandecía de orgullo y cada vez que había visitas las pasaba a mi cuarto para que vieran mi altar. Mis tías estaban apantalladas y decían que yo iba para santo o de menos para obispo. Yo rezaba todas las noches en mi propio altar, prendía un par de velas, quemaba un poco de incienso y me sentía muy bien. Un día se me ocurrió pedirle a San Pedro, uno de de mis santos favoritos, que me ayudara a sacar mejores calificaciones. Otras veces solo le pedía que me dejara entender las malditas matemáticas que nomás no me entraban a pesar de que yo le ponía muchas ganas. Como no obtenía los resultados deseados cambié de santo y puse a San Francisco de Asís al frente del altar y relegué a San Pedro, que no me había ayudado, a la parte de atrás. Le dije: por ojete te fregaste. Pero el truco no me funcionó y yo seguí sin entender las matemáticas. Tampoco recordaba que la capital de Italia era Roma o la de España era Madrid. Y la historia era otro problema pues el profesor era un tipo tan aburrido que le decían el anestesista Arellano porque dormía a todos sus alumnos con sus largas platicas. Al maestro de religión le habían apodado el Judas López porque siempre estaba pidiendo dinero para toda clase de caridades. A quienes daban donativos les ponía buenos grados no importando si hubieran hecho la tarea o no. Pero el peor de todos era el profesor de matemáticas, Don Pedro. Don Pedro tenía varios apodos; la corcholata porque siempre estaba pegado a la botella, el ruso porque adoraba el vodka, y lo malo es que no se le entendía lo que decía. Así que yo seguí siendo un estudiante mediocre a pesar de mis esfuerzos y mis rezos.

En una ocasión me fui a confesar con el Padre Joaquín y le di la queja de que dios y los santos no estaban atendiendo a mis rezos. El me regaño y me dijo que como se me ocurría culpar a dios; nomas imagínate con tantos problemas graves en el mundo, guerras, niños muriéndose de hambre, ancianos enfermos, y tú te quejas por no sacar mejores calificaciones. Ni que dios no tuviera cosas más importantes en que ocuparse, lo que tienes que hacer es estudiar más y rezar más. Su argumento hizo que me avergonzara de mi egoísmo y al volver a casa puse la figurita de Jesucristo al frente y la virgen María a su lado y les pedí perdón por haberles echado la culpa de mis fallas. Después puse a los ocho santos que tenía en una fila a un mismo nivel para que ninguno fuera a sentirse menos. El argumento del sacerdote me impactó y seguí pensando en sus palabras por varias semanas hasta que un día se me ocurrió preguntarme ¿si dios es todo poderoso porqué no termina con las guerras y el hambre de los niños pobres? ¿Por qué no cura a los enfermos con un milagro? Además si es tan poderoso ¿por qué no puede arreglar los problemas graves y ayudarme en la escuela al mismo tiempo? No tardé en ir a confesarme de nuevo y exponerle mis argumentos al padre Joaquín. El sacerdote se mostro un poco exasperado pero me dijo que Dios nos había mandado a la tierra para probarnos. Nosotros teníamos el poder

30

de escoger y por ello quedaba en nuestras manos el escoger el bien o el mal, estudiar o ir a jugar fútbol, rezar o ver televisión y todo ello eran pruebas para ir al cielo o al infierno. Nuevamente quede convencido que yo era un torpe al que solo se le ocurrían cosas ridículas. Fuí al centro y compre las figuras de Santo Tomas, la Virgen de Guadalupe y San Joaquín en honor del padre Joaquín, después fui al jardín y corte flores para alegrar la estancia de los santos en mi altar.

Así pasaron varias semanas sin que volviera a pensar en el asunto hasta que un día un compañero de clase, Apolo Pérez, me dijo ¿ya te enteraste que al Padre Fernando lo expulsaron de la orden de los franciscanos? No, no puede ser, los sacerdotes hacen votos para servir a dios y no pueden pecar. ¿No pueden pecar? Huy cuate, ¿pues en qué mundo vives? Precisamente corrieron al padre Fernando porque embarazo a una chava de dieciséis años. Y dicen que no es la primera vez, ya lo habían agarrado manoseando a chavos y le habían advertido que le parara pero él nomás decía que sí y volvía a conseguirse jóvenes que lo ayudaran en la sacristía y ahí es donde se agasajaba con ellos. Yo no lo podía creer y esa misma tarde le pregunté a mi mamá si era cierto que el Padre Fernando había enamorado alguna muchacha y manoseaba a los monaguillos. Es pecado juzgar a los servidores de dios me dijo mi mamá. Como volví a insistir ella me dio un coscorrón y me dijo que si me volvía a oír hablando de eso me iba a ir al infierno y le iba a decir a mi padre para que me diera una buena sacudida. Quedé más confundido que nunca. ¿No se suponía que podía hablar con ellos cada vez que tenía algún problema? Cuando comenté mis dudas con unos compañeros del colegio, Rodrigo Montes se burló de mi; huy po's que pendejo eres Emilio, ¿no ves como viven los sacerdotes en buenas casas y comiendo con los ricachones mientras que les dicen a los jodidos que tienen que dar más limosnas para salvar sus almas? Fíjate en el Vaticano pendejo, y al padre Manuel que cada año cambia de coche. Me sentí molesto con Rodrigo por criticar lo que hasta entonces había sido sagrado para mí y por haberme llamado pendejo, pero por otro lado me sentí iluminado, como que estaba comprendiendo cosas que hasta entonces me habían sido prohibidas.

A partir de aquel día me dediqué a atar cabos; ¿por qué dios no hacia un milagro para convencer a los incrédulos? ¿Por qué dios quería que fuéramos los domingos a adorarlo o nos enviaba al infierno? ¿Por qué dios había permitido las cruzadas y tantas otras guerras en las que se mataba en su nombre? ¿Por qué dios iba a enviar a los habitantes de pequeñas tribus al limbo si ellos ni enterados estaban del tal Jesucristo? Y las más duras; ¿Por qué dios no me ayudaba a sacar mejores calificaciones? ¿Por qué dios no le daba un trabajo mejor a mi papá para que me pudiera comprar una bicicleta nueva? Todo el día me la pasaba pensando en las contradicciones de mi religión. Cada vez estaba más convencido de que no había un dios, o al menos un dios lógico, pero deje pasar un mes antes de ir a confrontar al padre Joaquín con mis pensamientos. El me conocía de toda mi vida así que cuando me acerque a confesarme esperaba la confesión habitual pero cuando me solté recitándole mis argumentos sobre dios y la religión se mostró impaciente.

- ¿Con quién te has estado juntando Emilio? ¿Quién te ha metido esas ideas? Tu vienes de una familia muy católica y tu madre se moriría de pena si supiera que tú te estás alejando de dios.

- Pero padre yo no sé por qué me vienen esos pensamientos y por eso vengo con usted para que me aconseje y me ayude a salir de dudas. Yo me quiero salvar, créame padre a mí el calor me afecta mucho y yo no quiero ir al infierno.

- Lo que tienes que hacer es rezar, rezar mucho y pedirle perdón al Señor por tus pecados. El es misericordioso y de seguro que te perdonara si eres sincero en tus sentimientos.

Con mucho tacto el padre Joaquín me hizo sentirme culpable y al salir estaba convencido de que yo tenía algún defecto, tal vez alguna enfermedad que me hacía dudar de algo tan claro como el agua o como la doctrina Católica. Pasados varios meses las dudas me volvieron a asaltar y aun cuando intenté rezar para ahuyentarlas de nada sirvió y conforme pensaba más en el problema más me convencía que no podía haber un dios, menos un dios que fuera bueno y nos quisiera y a la vez permitiera tanto sufrimiento e injusticia. Comencé a platicar con mis amigos al respecto y resultó que la mayoría de ellos pensaban como yo; la única diferencia es que casi todos le restaban importancia a sus dudas y seguían fingiendo para evitarse problemas con sus familias. Pero Apolo y Rodrigo terminaron por convencerme que las religiones eran una estafa. Son puras supersticiones, decía Rodrigo, son patrañas para mantener a la gente explotada pero contenta mientras esperan morirse para ir a la otra vida a disfrutar de un paraíso que no existe. Son puras papas, cuentos chinos, leyendas de viejas menopáusicas, añadió Apolo, fíjate como los pueblos entre más ignorantes son más religiosos. En cambio la gente progresista no cree en jaladas. Un día agarré todas mis estatuas y las metí en una bolsa, fui a caminar a la colonia mas pobre de la ciudad. Me senté en una banqueta viendo viejos y viejas cargando leña o botes de agua, chiquillos desnutridos y semi desnudos jugando con mocos en las caras y llenos de mugre. Cuando había poca gente saqué las figuras de la bolsa y las puse de frente a la calle y les dije: a ver si es cierto que son tan buenos, ahí los dejo para que ayuden a esa gente que esta tan jodida. Me paré y me regresé caminando a mi casa rápidamente. Pensé; si una viejita encuentra a los santitos los va a poner en su casa para rezarles, pero lo más probable es que se los encuentren algunos de los chiquillos que pululan por el barrio y los van a usar como soldaditos para jugar a las guerritas. Qué bueno, que sirvan de algo. Aun cuando estaba convencido que

33

las religiones eran el opio de los pueblos no tuve las agallas para romper o tirar las estatuillas religiosas por aquello de las dudas. Esa noche mi madre me pregunto extrañada que en dónde había puesto mi altar.

- Lo tiré. Mamá, creer en dios es una superstición. Las religiones las crearon nuestros antepasados cuando no sabían mucha información y todos eran unos supersticiosos pero ahora ya no se justifican y los jerarcas de las iglesias solo se dedican a vivir de los ignorantes.

- Pero ¿cómo puedes decir eso Emilio? Te vas a ir al infierno. Tus abuelos y todos tus tíos y tías han sido católicos ¿quiere decir que somos unos ignorantes?

- Me da pena decírtelo mama pero así es.

En ese momento llego mi padre y la discusión que siguió duro horas y el resultado fue que perdí mis domingos, mis libros y discos y el permiso para salir los fines de semana. Además hube de prometer ir a ver al padre Joaquín y confesarme. Mis privilegios me serían devueltos hasta que yo hubiera entrado en razón o en sin razón como era mi punto de vista. Mi hermana Rosaura que hasta entonces me había idolatrado dejo de buscarme. Me decía que sus amigas se burlaban de ella por tener un hermano ateo o lo que era peor; comunista. A pesar de que mi padre era un católico de fin de semana nomas, mientras que mi madre era de siete días a la semana, él fue el que más se enojó y él que se puso más estricto conmigo.

Mi madre trató de explicarme que ahí estaban los milagros para demostrar la existencia de dios y me dio ejemplos. La hija de Cuquis, una prima de una prima, estaba desahuciada y los doctores no le daban más de seis meses de vida, pero una amiga les recomendó que fueran a rezar a la Basílica de Guadalupe y a los tres días su cáncer había desaparecido. Los doctores se quedaron asombrados, pregúntale a tu prima Angélica y verás, eso ya fue hace más de nueve años y Angélica ya hasta tiene familia y todo. Yo refutaba sus argumentos pero comencé a medirme, me daba cuenta que le causaba una pena muy profunda a mi madre. Desde mi deserción religiosa mi mamá se veía muy preocupada y yo estaba convencido de que era por mí culpa, por desilusionarla, por traicionarla. Seis meses después le encontraron cáncer en el seno. En tres semanas la internaron para darle tratamientos y ya no salió del hospital con vida. La última vez que platiqué con ella, ella estaba muy optimista y me decía que cuando saliera quería que yo la acompañara a la Basílica de Guadalupe. A mí se me hizo un nudo en la garganta y le dije, mamá no te preocupes por mí, de verdad. Yo soy sincero en mis creencias y si existe un dios él va a saber que yo nunca le he hecho mal a nadie. De cualquier manera encomiéndate al señor, vas a ver que él me va a curar. Como era costumbre en mi familia, en la sala de espera siempre había tíos, tías, primos, amistades, y todos me veían con resentimiento ya que para entonces ya corrida la voz de que yo no creía en dios y que le había dado un gran disgusto a mi madre con mis opiniones ateas. Según mi primo Fernando, el cáncer de seno de mi madre había sido provocado por el disgusto tan fuerte que yo le di. Mi padre apenas me dirigía la palabra y cuando nos avisaron que mi madre murió él se mantuvo alejado de mí y no me quiso abrazar cuando yo intenté consolarlo y consolarme a mí mismo.

Años después, cuando me fui a estudiar al DF, seguía queriendo a mi padre pero a la vez resentía su resentimiento. Nuestra comunicación era tipo burócrata en donde cada uno de nosotros solo decíamos lo indispensable para funcionar en la casa pero cuando tratábamos de hablar de mi madre, de la familia o de nuestros planes siempre terminábamos pelando. Yo sabía que yo podía acudir a él cuando tuviera problemas y él siempre me ayudaba pero ahora él se estaba deshaciendo y yo me sentía mal por haberle dado tantos malos ratos y por no hacer más por él en los momentos en que estaba perdiendo su capacidad física y mental, pero ¿qué podía hacer? Según

Rosaura, el médico opinaba que eran cosas de la edad y que había que resignarse.

Serian como las nueve de la noche cuando sentí un hambre canina. También tenía ganas de platicar pero no quise ir a la casa de Juan y las argentinas, sabía que al enterarse que Alma me había dejado me iban a llenar de reproches y rollos sobre el machismo y cosas por el estilo. Pensé invitar algún conocido a ir a cenar pero cuando comencé a ver a quien invitar me percaté que no tenía muchos amigos, al menos no muchos con los que tuviera ganas de compartir mis problemas. Saqué mi libreta de contactos y estuve llamando a varios conocidos pero no estaban en casa o estaban ocupados. Luego le tocó el turno a Roberto Hernández, un viejo compañero de la facultad al que no veía desde hacía tiempo. Cuando contestó el teléfono me dijo que parecía que yo fuera adivino, que él quería contactarme pero había perdido mi teléfono. Es que trabajo para el Consulado Americano y están buscando un investigador social para un proyecto de salud en la Universidad de Texas. Yo de inmediato pensé en ti pues tú tienes experiencia en esa rama y dominas el inglés, ¿te interesa? Aunque me agarró desprevenido me quedé sorprendido como en ese día me habían ocurrido cosas que apuntaban mi vida hacia una dirección nueva. Bueno, en principio sí, pero déjame pensarlo ¿Por qué no vamos a cenar y ahí me platicas más como está la onda? Fíjate que ahora no puedo, tengo visitas de fuera pero si quieres te mando los papeles para que veas las condiciones de trabajo y todos los detalles, pero el sueldo es muy generoso, con muchas prestaciones y eso se vería muy bien en tu curriculum.

Me gustó la idea de cambiar de aires. Si me quedaba en el DF iba a estar pensando en Alma pero el irme a los Estados Unidos me obligaría a concentrarme en otros asuntos y así olvidar mis penas. Por otra parte, lo del sueldo generoso también me resultaba muy atractivo. Yo tenía la ventaja de haber estudiado un curso de especialización en Oxford y el inglés no era mayor problema. Roberto quedó de enviarme los documentos lo más pronto posible. Después de esa conversación fui a la cocina y me prepare una torta de jamón. Si me voy al país del norte no voy a comer tortas en mucho tiempo, pensé y entonces le puse más chiles jalapeños a la torta. Luego prendí la televisión y estaba checando diferentes canales cuando encontré el programa favorito de Alma. Se trataba de un chef que se la pasa enseñando como hacer comidas sanas y sabrosas a un grupo de celebridades. En realidad las clases de cocina solo eran el pretexto para que los invitados se pelearan, hicieran las paces, hicieran alianzas entre ellas, se traicionaran y mil dramas más. No aguanté tanta estupidez y seguí buscando algo que me agradara, entonces encontré una película sueca que me pareció interesante. Se trataba de un tipo que iba a los entierros de desconocidos para no sentirse solo. Cuando había mucha gente, el sujeto se mezclaba con los parientes y conocidos del difunto e iba a sus casas a tomar café y a compartir recuerdos. Desde luego que los recuerdos del tipo eran invenciones de él.

El tío se vuelve muy hábil inventando haber conocido al muerto hacía tiempo en un viaje. Así espantaba su soledad, pero un día, en un entierro conoce una mujer con la que entabla una relación y se casa con ella. El protagonista se olvida de sus antiguos trucos y vive muy satisfecho con su mujer hasta que después de seis años se le muere la esposa. Cuando está en el entierro llega un desconocido que se pone a platicar con todos los presentes pero del cual nadie sabe nada. Decide confrontarlo pero el tipo le dice que conoció a su esposa en una fiesta hace muchos años y con respuestas muy generales se evade. El fulano se da cuenta que el personaje misterioso es un hombre solitario como lo era él en el pasado. Decide invitarlo a platicar para explicarle que él conoce el truco y que ahora que él se ha vuelto a quedar solo está dispuesto a compartir su compañía. El otro se asusta, piensa que el viudo lo va a denunciar y se escapa. Al poco tiempo el tío se vuelve a sentir terriblemente solo así que regresa a su antigua maña de colarse a entierros; pero encuentra que ya para entonces hay muchas personas que hacen lo mismo. El quiere entablar amistad con algunos pero los demás lo evaden, todos tienen vergüenza de lo que hacen y pasan la vida resignados a vivir así hasta la muerte. Cambié de canal pero me encontré con programas de concursos pendejos en los que la gente que ganaba cualquier premio tenía que gritar como loco y brincar y abrazar y besar al locutor para demostrar lo felices que los hace el haberse ganado una televisión, una motocicleta o un viaje a las Vegas.

Tome mi libreta de apuntes y escribí:

Adiós patria mía. Me voy, no me voy. Si me voy soy traidor si me quedo soy pendejo. De todos modos a México se lo está llevando la chingada y yo no puedo hacer nada. En mi trabajo no me toman en cuenta y cuando mando cartas a los periódicos ni las publican. País de mierda, país de la chingada. El problema es que a los Estados Unidos también se los está llevado la chingada. Como quiera que sea estoy jodido.

Esa noche casi no dormí. La partida de Alma me dejó todo confuso. Habíamos hecho tantos planes, pensábamos que ella se debería embarazar para el año entrante pero, con su partida todo eso se quedo flotando, que digo flotando, ahora eran planes y sueños en el fondo de un mar de dudas, ahogados. Aun cuando ella dijo que era una separación temporal yo estaba seguro que nunca volveríamos a reconciliarnos. Recordando detalles me di cuenta que nos alejamos gradualmente, de una manera imperceptible, ya no reíamos, ya no jugábamos como cuando comenzamos nuestra relación en la universidad. Ya no teníamos deseos de ir a las exposiciones, organizar días de campo con nuestros amigos, o

38

hacer una cena con otras parejas. Pero lo que más me tenía despierto era lo que me había dicho antes de irse: ahora tienes los quejidos para ti solo, ¿había querido decir que ella también los había oído? O a la mejor estaba pensando que yo oía voces, que me estaba dando esquizofrenia o algo por el estilo. No lo sabía pero pensé que esa noche iba a oír al culpable burlándose de mi desgracia pero no paso nada, ni el más leve ruido de parte del quejumbroso. Oí otros ruidos eso sí, una pareja discutiendo a lo lejos, un coche que no quería funcionar, una gotera en el lavabo de la cocina y el paso de gatos o ratas por el techo pero nada más.

No tardé mucho en comprobar que mi nuevo puesto era un portal hacia la calle. Mi oficina era un pequeño cuarto de unos cinco metros de largo por tres de ancho. Ahí solo cabía un pequeño escritorio, el resto del espacio estaba lleno de cajas con papeles para archivar. No tenía ventanas y el olor era repulsivo ya que por las noches había ratas que corrían por las cajas y defecaban sin que nadie limpiara sus excrementos por días y días. Cada mañana tenía que encender la luz pero aprendí a tomar una toalla de papel para hacerlo, a veces hasta el botón tenía caca de las ratas. No me asignaban funciones y cuando pedí que me pusieran a hacer algo, el supervisor, un tal Francisco Pereira me ordenó que pasara los datos de unas hojas a una hoja formateada. Ese era un trabajo que podía hacer una secretaria mucho más eficientemente que yo y por un sueldo menor que el mío, así que ya no me quedó la menor duda de que querían que me fastidiara para que renunciara. Para empeorar mi situación, al tener mucho tiempo libre hizo que me la pasara pensando en Alma obsesivamente; ¿Debería de llamarla? ¿Sería posible buscar la reconciliación? ¿Me convendría salir con otras mujeres para ver si así olvidaba a mi esposa? Llevaba un par de semanas en esa situación cuando recibí una llamada de un tal señor White. Yo había olvidado mi conversación con Roberto pero cuando el tal White me dijo que me llamaba de la Universidad de Texas me acorde de la propuesta de Roberto. Si Mark, que así se llamaba, no me hubiera dicho su nombre y de dónde me hablaba yo hubiera pensado que se trataba de un chilango; hablaba el español como cualquier habitante del Distrito Federal, con albures y toda la cosa.

Al otro día me encontré con Mark White en El Gordo Sabroso, un restaurante del centro. Él fue quien sugirió dicho lugar el cual yo no conocía, pero según White ahí hacían la mejor sopa de tortilla del Distrito Federal. Cuando llegué, era temprano para comer en México por lo que estaba medio solo. Sin embargo, en una mesa de la entrada estaban seis o siete individuos del tipo de policías judiciales. Cuando pasé enfrente de ellos me examinaron insolentemente, como sólo los policías y guaruras fachosos suelen hacerlo. Supongo que estaban nerviosos, tan solo unos días antes, unos traficantes de drogas habían emboscado a un grupo de policías y soldados. Aun un tipo como yo, de facha de burócrata frustrado, les causaba desconfianza. Me senté en una mesa del fondo para que no me estuvieran viendo los sujetos cuando llegó un negro alto de unos cincuenta años portando un traje que a leguas se veía caro y desentonaba con el lugar. ¿Emilio? Me preguntó. Yo le tendí la mano aún sorprendido ya que con tal apellido no me había pasado por la cabeza que pudiera ser negro. White se sentó y resultó ser un individuo de lo más simpático, hablaba salpicando su plática con picardías, groserías y anécdotas de diferentes partes del mundo en donde había vivido. Me explicó que estaba casado con una mexicana y vivía largas temporadas en este país. Sus conexiones le servían para tramitar asuntos de varias instituciones estadunidenses con organizaciones mexicanas.

Después de varios tequilas ordenamos la comida, yo cabrito y él un plato de sopa de tortilla y un huachinango a la plancha. La comida fue en efecto muy sabrosa, aun más por la abundante ración de cervezas que nos tomamos para digerirla.

A mí se me subió el alcohol después de la tercer Tecate, al rato le estaba contando a mi nuevo amigo que mi esposa me había abandonado injustamente; despotricaba contra todas las mujeres, menos contra mi mamá. A pesar de que tomamos a la par, Mark no mostraba estar borracho pero yo sabía que yo estaba más allá de mi capacidad etílica pues casi lloraba cuando le contaba que me sentía miserable, cosa que ni yo mismo había registrado mientras estaba sobrio. Mientras Mark hablaba yo pensaba en lo frustrado que estaba con mi trabajo y luego, sin saber porque, pensaba en mi padre que vivía lejos y quien según Rosaura se perdía a cada rato y a veces no recordaba ni su nombre. Creo que Mark no se dio cuenta de que no escuché ni la mitad de lo que dijo por estar con mi mente como a mil kilómetros de ahí. Eso me sucedía desde que era niño, me desconectaba de las pláticas que me aburrían mientras que mi mente divagaba en otros asuntos. Eso sí, seguía viendo a mi interlocutor como si estuviera muy atento, y hasta asentía a lo que me decía la otra persona, como si estuviera fascinado con sus idioteces.

Después de la comida Mark me recomendó que tomara un café negro y así lo hice. El café surgió efecto, logré mantener un nivel de comportamiento decente. Entonces él me comenzó a explicar de qué se trataba la oferta de trabajo. Yo tendría que ayudar con tareas de investigación y administrativas del sistema de hospitales de Dallas, tareas que eran coordinadas por investigadores de la Universidad de Texas. Un equipo de médicos llevaba a cabo varios proyectos que involucraban una gran cantidad de hispanos. Pero dichos investigadores no entendían muchas de las características de los mexicanos y centroamericanos y por más esfuerzos que hacían no lograban trasmitirles sus ideas o entender las de esa comunidad. Por ejemplo, me dijo, muchos de los pacientes de los hospitales llegaban con enfermedades estomacales que podían ser evitadas con prácticas de higiene tan sencillas como lavarse las manos antes de comer y no tomar agua de lugares insalubres. Por ello hace tiempo decidimos ir a las comunidades con una enfermera que hablaba español para explicarles la causa de sus constantes infecciones estomacales.

Llevamos pósters como de medio metro con dibujos de moscas y les explicamos como éstas trasmiten enfermedades que causan diarrea, dolores y otros males. Cuando terminamos la plática, el jefe del grupo, el doctor Perkins, les pidió que si tenían preguntas las hicieran. Nadie preguntó nada a pesar de que se reían entre ellos por lo que no sabíamos si la plática había sido un éxito o no habían entendido nada. Por fin nos despedimos y repartimos algunas muestras de aspirinas, cepillos de dientes y jabones a través de Jesusa, una mujer que era la que nos ayudó a arreglar la reunión. Entonces Jesusa me dijo con una gran sonrisa; dígale al doctorcito Perkins que muchas gracias por los jabones y las medicinas y que no se preocupe por nosotros, aquí hay moscas, pero no son tan grandotas como las que les causan problemas a ustedes. Yo solté una carcajada pero la cara seria de Mark me dio a entender que no se trataba de una broma. Para ese entonces el restaurante ya estaba lleno y varias personas de las mesas cercanas se voltearon a verme. Cuando nos despedimos, Mark me dio un folder con información de la Universidad para la cual trabajaría. También traía una lista de los documentos que yo tendría que enviarle si es que me interesaba el trabajo. Los sujetos con facha de judiciales ya se habían ido pero otros con similares características ocupaban su lugar. Cundo pasamos por su lado uno de ellos le dijo a White algo así como: tú nunca paras de trabajar. A lo que White respondió para eso me pagan. Ya en la calle, Mark me dijo como disculpándose que allí cerca estaban las oficinas de la policía judicial y que a veces tenía que arreglar algunos asuntos con oficiales del procurador. Su explicación no me dejó muy tranquilo pero dada mi situación no quise indagar más, me sentía acorralado y no quería perder la oportunidad que se me abría como por milagro.

En los días siguientes me llamaron varios amigos a los que había dejado mensajes cuando los quería invitar a cenar. Me tuve que resignar a contarles lo de mi rompimiento con Alma, los problemas en mi trabajo y la posibilidad de que me fuera a trabajar a los Estados Unidos. El Pato Rodríguez, un amigo con el que jugaba tenis, me felicitó y me dijo que no fuera a desaprovechar esa oportunidad. Si se pudiera, me comentó, todo México se iría a los Estados Unidos, mira como está la situación aquí, no tardamos en tronar, todo es corrupción y nos estamos acabando el petróleo que es lo único que nos mantiene con ingresos. No es que Estados Unidos sea perfecto pero al menos allá los policías no te quitan hasta la camisa por pasarte un semáforo en rojo y las calles están limpias. Por su parte la Güera Flores, una antigua compañera de trabajo, me invitó a cenar a su casa para presentarme a una prima que según ella era perfecta para mí. Yo sabía que Alma y tú no iban a durar, no es por nada pero Alma es muy fresa, pero mi prima si te conviene, a ella le gusta el cine al igual que a ti y le encanta cocinar. No te miento pero hace un pozole verde de re chupete, hasta se ganó un concurso de la delegación Benito Juárez. Me disculpé con ella, le dije que no me sentía con ánimos de tener otra relación por el momento. Era verdad pero la Güera no desistió. La persistente mujer me siguió hablando a diario por varias semanas, quería saber si ya estaba listo para buscar otra pareja. A toda fuerza quería tratar de concertar un encuentro con su prima Ramona que se acababa de divorciar y tenía dos niños y una niña "encantadores."

También me llamó Jorge, un antiguo amigo de la prepa, empleado de la Compañía de Luz y Fuerza. Jorge se escandalizo y me pidió que reflexionara. ¿Cómo te vas a ir a un país que nos robó la mitad del territorio, invadió Viet Nam, Grenada, derrocó a Allende para poner a Pinochet, aisló a Cuba y no le sigo porque no acabo? Yo esperaría eso de cualquier otra persona menos de ti mi hermano, tú estudiaste economía y sabes que Los Estados Unidos son un país imperialista y se creen el ombligo del mundo aun cuando carecen de cultura. Me convenció que fuera a comer con el él sábado siguiente. Te voy a presentar a un cuate que acaba de regresar de los Estados Unidos para que te cuente como es la vida allá, la pura neta, no como te la presentan en el cine y en la televisión los programas gringos. El no es ideólogo como yo pero el te va a abrir los ojos, te va a explicar cómo es la vida cotidiana para que sepas en la que te vas a meter si te vas a vivir a gringolandia. Ya para despedirnos me dijo, sí te vas a vivir a los Estados Unidos te vas a convertir en un gringo, en un gringo latino.

3

En mi tiempo libre me dediqué a revisar los documentos que me dio White. Comencé a llenar las miles de formas del paquete. En cada forma había que llenara cantidad de datos que en la siguiente forma volvían a requerir. Me hizo pensar inventan tramites fastidiosos e innecesarios   para que los que no aguantan tanta burocracia se den por vencidos, yo estuve a punto de hacerlo pero, el recuerdo de mi oficina llena de cagadas de ratas me dio fuerzas para seguir adelante. Bueno, no me quedó otra y llené las chorrocientas formas y reuní los documentos que pedían. Apenas terminé envié todo el papeleo a un tal John McKnee quien era el encargado de mi contratación en la Universidad de Texas. A veces sentía que no tenia caso irme a los Estados Unidos, me sentía desanimado, perdido, pero al ir a mi oficina me convencía que no podía seguir aguantando la politiquería de esa dependencia burocrática. Además el idiota de Pereira usaba peluca y no sé porqué pero eso me molestaba de sobremanera. Creo que me hacía ver lo falso de todo lo que representaba ese burócrata hipócrita. Yo lo odiaba cada vez más aún cuando en unas clases de yoga que había tomado años atrás me hicieron saber que odiar a alguien es dañino contra la salud de uno mismo. Todavía no había renunciado a mi trabajo pero me saboreaba el imaginar llegando a la oficina del calvo disfrazado y decirle al pelón idiota, aquí está mi renuncia, esta oficina es una farsa, ustedes no están interesados en servir al público, ustedes solo quieren asegurar sus puestos y esto no es para mí. Ahí los dejo con su corrupción, con su mediocridad, bola de inútiles. No sé cuantas veces renuncié mentalmente pero fueron muchas y cada vez con un discurso más fuerte, más elaborado en donde les reclamaba desde ser corruptos hasta lo malo que era el café en esa oficina. El sábado Jorge me recogió en su coche. Su saludo: ¿Cómo estás Gringo? El apodo era con la clara intención de degradarme, entre nosotros el ser gringo indicaba ser un imperialista inculto, pero me aguanté para que no me fregara más, y no dije nada. Nos fuimos a un restaurante en la colonia Hipódromo; era una casa grande acondicionada de fonda, pintada de verde aguacate donde vendían birria, menudo y pozole. Ahí nos encontramos con un tal Octavio Campos quien hacía dos meses había regresado de los Estados Unidos. Según Jorge, su amigo médico trabajó seis años en tres diferentes hospitales, uno en Los Ángeles, otro en Baltimore y un tercero en McAllen. Octavio tendría como 35 años, de un metro ochenta centímetros y pelo rubio, viéndolo en la calle uno diría que era un gringo o europeo pero había nacido en San Luis Potosí. Una vez que pedimos la comida Jorge, le dijo a Octavio:

- A ver Octavio, platícale aquí a mi amigo el gringuito latino como es la vida en gringolandia.

- La verdad es que no es tan mala como tú piensas Jorge, pero eso sí, no es para todo el mundo. Al menos yo no me acomodé y no pienso volver a vivir allá. A visitar si pero a vivir no.

- Bueno pero platícale de la discriminación y la violencia y todas esas cosas que aquí no salen en las noticias.

- Pues sí, hay veces que algunos gringos te ven de arriba abajo pero es más bien los rotitos que se sienten muy por encima de los demás. Eso lo hacen con sus mismos compatriotas que tienen menos dinero, pero en ese sentido la situación no es muy diferente al medio de aquí. Ustedes saben que en México también hay cuates que se creen muy superiores y tratan a los que tienes menos recursos la punta del pie. La verdad es que no todos los americanos son así, de hecho yo diría que son pocos los que tienen esa actitud. Ahora, lo que a mí no me gustó es que la mayoría de los gringos son como robots. Todos ven las mismas noticas y creen que los Estados Unidos están muy por arriba de todos los demás países del mundo. Según ellos no hay país más libre que los Estados

Unidos y toda la demás gente del mundo quiere irse a vivir a su país, o al menos que quieren vivir como ellos. Pero la mayoría de ellos son súper-ignorantes, no saben donde esta Venezuela ni les interesa, no saben qué idioma se habla en Italia y tienen un pavor a los comunistas aun cuando ni saben qué es el comunismo.

También temen que los mexicanos los estemos invadiendo, según ellos, y que vayamos a convertir a los Estados Unidos en un México grandote. ¡Ah! pero a lo que más miedo le tienen son a los gérmenes. Desinfectan todo en sus casas y tiendas con toda clase de químicos y luego se andan enfermando de cáncer y no saben ni porqué. Pero el miedo que le tienen a los gérmenes es para dar risa, hasta hay programas en la televisión en donde salen una especie de policías de bichos con aparatos de rayos ultravioleta buscando gérmenes en las camas de los hoteles, en las cocinas de casas particulares, en los aeropuertos y hacen un escándalo porque encuentran gérmenes por todos lados. Como si los humanos no fuéramos un conglomerado de microbios. Yo creo que eso les viene de su culto religioso que los hace ver al mundo en blanco y negro, y según ellos la religión y la limpieza son los buenos y los no creyentes y la mugre son el pecado, lo malo. Pero así vive mucha gente donando dinero a lo loco a ministros religiosos que salen en la televisión y que más parecen merolicos acompañados de mujeres que parecen prostitutas por la forma en que se visten y hablan. Con las limosnas se construyen palacetes y viven como reyes a pesar de que de cuando en cuando algunos periodistas exhiben sus excesos en la televisión o revistas. Pero la gente sigue llenando los bolsillos de los charlatanes de dólares.

Por otra parte se dicen muy civilizados pero no quieren dejar sus pistolas, según ellos así se aseguran que el gobierno no vaya a abusar de ellos. Puros sueños de opio po's qué, lo único que hacen es matarse entre ellos, no hay semana en que no haya un loco que vaya armado a una oficina o a una escuela y mate a un montón de personas inocentes. Generalmente matan a sus familiares o compañeros de trabajo y a cuanto cristiano se les atraviese por el camino. No en balde tienen un par de millones de gente en las cárceles y no meten más porque ya tiene las cárceles a reventar pero siguen construyendo más y más prisiones. Mira Emilio, te lo voy a decir como profesionista, como médico, los gringos son unos salvajes; a veces cuando algún chiquillo de trece o catorce años mata a alguien lo disque certifican como adulto. ¿De cuándo a acá un chiquillo de trece o a veces hasta de doce años tiene la capacidad mental de un adulto? Eso es una barrabasada y el pueblo ni protesta, dicen: él se lo buscó; ¡que pendejos! Ah pero eso sí, es ilegal que un individuo compre cigarros hasta los dieciocho años y alcohol hasta los veintiuno, es una hipocresía bárbara.

Yo no me explico cómo pueden ser tan ilógicos, por un lado se la pasan citando a la biblia y diciendo que dios esto y que dios lo otro pero en las cárceles tienen individuos encerrados en pequeños calabozos veintitrés horas al día, nomas los dejan salir una pinche horita a un patiecito enfrente de su celda, y así están encerrados por años. Algunos eran enfermos mentales que cometieron algún crimen pero si alguno no estaba loco ahí enloquece a los pocos meses. Eso es tortura hermano, a mí que no me cuenten. Yo creo que de menos la cuarta parte de los individuos que están en las cárceles debería estar en un hospital psiquiátrico y no en una prisión. Ya lo verás si te vas, al principio llegas con todas tus ideas de que vas a ayudar a mejorar las cosas pero muy pronto te comen con su televisión y periódicos de mierda. Tienen a la gente entrenada a hablar de puras tonterías; de los partidos de básquetbol, del senador que se andaba tronando a su secretaria, del actor que mató a su amante y así se la pasan de chisme en chisme. Y luego, lo curioso es que tienen una obsesión por el perdón. A veces agarran a un político que ha estado robando por años pero si pide perdón entonces ya es como si se hubiese redimido socialmente. Con decirte que en las reseñas de juicios de criminales que han matado y violado a sus víctimas, los periodistas no dejan de reportar si a la hora de la sentencia pidieron perdón. Si no lo hicieron es como la afrenta máxima y prueba de que se trata de un verdadero monstruo, ¡Ah! Pero si se muestran arrepentidos y lloran y dicen una bonita disculpa, entonces ya los vuelven a considerar decentes, no importa que los tipos sean maestros de la manipulación.

Cuando salí del restaurante estaba exhausto. La comida había sido sabrosa pero con el panorama pintado por el doctor Ocampo sentía retortijones en el estomago. Curiosamente Jorge estuvo muy callado cuando me llevó a mi casa. Me dio la impresión de que sentía pena por haberme bajado las ganas de irme a los Estados Unidos, no quiso subir a tomar un café en mi departamento y me alegré de ello ya que no me sentía muy bien. Me tiré en la cama y me quedé dormido. No sé si esa noche tuve pesadillas o en realidad el vecino quejoso estuvo emitiendo sus quejidos con más fuerzas que antes pero yo sentía que un sujeto deforme me llamaba y yo me negaba a ir con él, entonces él me jalaba de la ropa y yo me agarraba con todas mis fuerzas a la cama pero era inútil pues el sujeto a pesar de no medir más de metro y medio tenia más fuerzas que yo. Cuando estaba a punto de desprenderme de la cama me despertaba y me quedaba un rato aterrorizado sin poder moverme. Al rato me volvía a dormir y la escena se volvía a repetir. Al otro día me levante sintiéndome muy mal. Llamé al trabajo para avisar que no podía ir y me dijeron que tenía que llevar una excusa firmada por un médico. No quería estar solo pero mis amigos estaban trabajando así es que me fui a un cine y me metí sin ver que película estaban dando. Ahí me quedé dormido y solo me desperté cuando un trabajador de limpieza me dijo que tenía que irme, que iban a cerrar la sala.

Eran como las doce de la noche y tenía hambre así que me fui a comer unos tacos. Me sentí mejor. Comencé a recordar mis viajes a Estados Unidos. Yo lo había visitado varias veces de turista, con familiares o amigos, y no había podido ver lo que decía Ocampo, pero es que solo estuve por unos días, nunca por más de diez. Una vez fui con un grupo de compañeros de la escuela para tomar un curso de "inmersión total" de nuestra clase de inglés. En otra ocasión pasé cinco días en Miami con unos amigos para celebrar que terminamos la carrera de economía. También conocía New York, San Francisco y Laredo a donde había ido varias veces de compras, pero siempre como turista sin conocer los problemas sociales. Sin embargo aparte de las revistas de economía y de noticias que nos llegaban por la prensa nacional, leía de cuando en cuando el Times, el Washington Post, el New Yorker y publicaciones similares por lo que la conversación con Ocampo no me había sorprendido tanto.

La siguiente semana me mandó llamar Pereira a su oficina. Mi jefe usaba una peluca nueva y parecía un Elvis cincuentón. Estaba acompañado de un abogado y me dijo simple y llanamente que ya no necesitaban de mis servicios. Me dijo que si renunciaba me darían seis meses de sueldo con beneficios y además cuatro semanas de vacaciones que tenía acumuladas. Si no renunciaba me despedirían acusándome de haberme robado algunos expedientes que habían desaparecido del archivo en donde estaba mi oficina. En tal caso, añadió Pereira, no te tocaría ninguna compensación y nos encargaríamos de que no se te vuelva a contratar en ninguna otra oficina gubernamental.

Mientras el burócrata hablaba, yo pensaba que el pelón había cometido un grave error al cambiar de peluca. Su pelambre nuevo era muy evidente y se le movía de oreja a oreja cada vez que hablaba. Parecía que se le iba a caer en cualquier momento. Pensé si yo iría a cometer un error similar al irme de

México a los Estados Unidos, a veces uno no sabe que está metiendo la pata hasta que es muy tarde. El abogado, un sujeto chaparro con cara de rana asentía a todo lo que decía su jefe y al final agregó; yo le sugiero que acepte la generosa oferta del señor director, legalmente estamos cubiertos para despedirlo y tal vez hasta para levantarle cargos judiciales. Yo pensé; los únicos que se han robado expedientes de esa buhardilla son las ratas que viven de comerse esos papeles, pero lo único que dije; creo que tiene razón, lo mejor para todos es que renuncie, es tiempo de un cambio.

De hecho el despido me convenía, me daban una compensación y unos días con sueldo que no tendría si renunciaba. Pereira sonrió y el abogaducho respiró profundo como admitiendo que sentía un gran alivio, tal vez no tuvieran su caso tan fuerte en contra mía y les daba gusto que yo no fuera a entablar una demanda. Pero una larga y engorrosa demanda era lo menos que yo deseaba. Estaba harto de esa oficina, de esos burócratas, de esa hipocresía, de esa corrupción de la cual ya me había contaminado por haber aceptado un despido injustificado y una compensación ventajosa a cambio de mi silencio. No me importa, pensé, me voy a largar de este pinche país y a la mejor no regreso nunca. Lo único malo fue que no le pude decir mi arenga a Pereira so pena de echar a perder mi compensación.

La renuncia me sentó muy bien. Dejé de sentir la presión del trabajo y la angustia de soportar humillaciones de empleados que a duras penas habían terminado la preparatoria pero que se sentían "big shots" porque conocían a un primo del vecino del director, o algo así. Los días siguientes me los pasé reconectándome con viejas amistades, leyendo, yendo al cine, visitando exposiciones y asistiendo a conferencias. Escuché a Carlos Monsiváis hablar sobre la importancia de la poesía de Tepito en la cultura Mexicana. Asistí a una lectura de Elena Poniatowska, a otra de José Agustín y a un mitin de Rosario

51

Ibarra de Piedra. El pintor José Luis Cuevas se aventó un berrinche sensacional en la apertura de una exposición de Rufino Tamayo en la que varios jóvenes trataron de echar pintura fresca a las obras de Tamayo. No tuvieron éxito, ya se sabía de antemano que su grupo estaba preparando la protesta contra Tamayo porque lo consideraban un elemento oficial que estorbaba el desarrollo de las corrientes innovadoras. Por ello, en la exposición había más policías vestidos de civiles que admiradores del pintor y no tuvieron dificultad en parar a los revoltosos antes de que estos pudieran llevar a cabo su pinta de pinturas.

Me volví a sentir vivo y conectado con personas que a su modo trataba de hacer algo por cambiar al país. Como a las tres semanas de haber dejado mi trabajo me llegó el contrato de la Universidad de Texas. Era cosa de que lo firmara, lo certificara y tenía un mes para presentarme en mi nuevo puesto en Dallas. Me sentí contento por tener esa oportunidad, estaba entusiasmado por irme a vivir fuera de México pero a la vez me sentía deprimido por no quedarme a hacer la lucha por denunciar la corrupción, por desenmascarar la hipocresía del "gobierno del cambio" aun cuando no había tenido mucho éxito en esa empresa hasta entonces.

Ya había llamado a la señora Goldau para informarle que iba a desocupar el departamento. Ella se porto muy amable y me dijo que no tenía ningún problema, quedó de pasar en una semana para revisar que todo estuviera en orden y para poner un anuncio de Se Renta pero no anticipaba ningún problema. De paso me contó que estaba algo triste, que la salud de su esposo estaba deteriorándose a pasos agigantados y pudiera ser que no durara más de unos meses. Me identifiqué con ella, yo me sentía desorientado después de mi separación de Alma y eso que solo habíamos estado juntos por unos cuantos años. En cambio los Goldau llevaban más de cuarenta años de matrimonio y ni siquiera tenían hijos que pudieran amainar el sufrimiento de la mujer. También me recordó a mi padre quien estuvo casado con mi madre por una eternidad, y después de la muerte de ésta, había aguantado la soledad a duras penas. Rosaura quedó huérfana muy chica y mi padre no sabía cómo relacionarse con ella, y conmigo tenía una relación muy fría por culparme indirectamente de lo sucedido a mi madre.

Entre mis antiguas amistades que había dejado de ver cuando comencé a salir con Alma estaba Rocío de la Cruz. Rocío era una maestra de danza y de yoga. Ella y yo salimos ella muchas veces, me agradaba su personalidad luchona, siempre estaba participando en algún movimiento feminista, a favor de presos políticos, en contra del uso de animales en experimentos químicos y no sé en cuantas otras locuras. Cuando me hice novio de Alma la dejé de frecuentar pero le seguía teniendo mucho cariño. Rocío me invitó a una fiesta que daba Nadia Ortiz, una amiga de ella, para introducir a varios becarios de países de Europa del Este que estaban en México para estudiar español, letras, arqueología y arquitectura. Yo no tenía muchas ganas de ir, me estaba preparando para mi nueva vida y ya sabía como eran esas fiestas que más bien se podían calificar de parrandas. Roció insistió, no seas aguado, mira que va a ir mucha gente interesante y así dejas de pensar en Alma y en lo desgraciado que eres por un rato. Como siempre que hablaba con ella, Rocío me convenció y terminé por aceptar ir, aunque fuera por un ratito.

El departamento de Nadia era amplio y decorado con muy buen gusto con artesanías de México y de Polonia, de donde era su esposo. A pesar de la amplitud del lugar había tantas personas que parecía que se iba a desbordar como una taza de café a la que se le sigue vertiendo liquido aun cuando está hasta el tope. Entre los estudiantes extranjeros estaba una rubia de Rumania que me pareció la mujer más bella que había visto en mi vida. Nadia me la presentó como una estudiante de arquitectura y yo traté de impresionarla con mis conocimientos

53

sobre los edificios coloniales del centro, de los cuales yo no sabía nada, pero que al calor de varios tequilas me sentí capaz de señalar elaboradas teorías sobre su diseño. Rigina o Rajina, o cómo se llamara la linda estudiante, no me hizo caso y terminó yéndose a platicar con otra gente. Cuando Rocío se dio cuenta de mi fracaso se acercó a mí y me dijo en voz baja, no te preocupes Don Juan, ella es lesbiana. Lesbiana o no, yo me sentí mal y me dediqué a tomar tequila hasta que un individuo se me acercó para preguntarme cual tequila le recomendaba. Seguramente me había visto probar de las cuatro marcas que estaban representadas en la mesa bar. A decir verdad, yo sabía tan poco de tequilas como de edificios coloniales, pero no quise decepcionar al güero con su abundante melena toda despeinada así que le dije sin ningún asomo de vergüenza; sin lugar a dudas el Cuervo Añejo es el mejor. Procedí a explicarle que dicha marca era producida por la familia Cuervo para consumo propio, pero vendían una pequeña cantidad que les sobraba al público. El güero pareció impresionado con mis conocimientos y se sirvió una copa de Añejo, el que probó con mucho cuidado, saboreándolo como todo un conocedor. Magnifico, está riquísimo, puede competir con el mejor coñac del mundo me dijo.

El tipo me cayó bien y le serví otra copa. Me llamo Ron, me dijo con acento extranjero, a la vez que se servía otra copa con limón y sal para acompañarlo. Entonces me enteré que Ron no era de los países del este sino de Estados Unidos y estaba en México haciendo su tesis de doctorado sobre Octavio Paz. Según él, Paz era un neurótico y vivía recluido en su casa en donde su mujer lo manejaba como a un títere. Me dio tantos detalles íntimos de la vida del poeta y de su esposa que yo hubiera jurado que Ron vivía con ellos y no se les despegaba ni cuando hacían el amor, lo cual era poco frecuente si había de creerle al gringo chismoso. Normalmente no me interesaban mucho los cuentos de celebridades, pero me di cuenta que el alcohol me despertaba un apetito desmedido por la vida privada de los intelectuales. En efecto, Ron también sabía historias de Salvador Novo, Carlos Fuentes, Carlos Pellicer y otros intelectuales de menos renombre pero de vidas no menos sabrosas que la de Paz. Después de un rato me pregunté ¿cómo es que este individuo sabe tantas cosas de tantos intelectuales? Estaba borracho, pero llegué a la conclusión de que Ron estaba inventando las anécdotas, de la misma manera que yo había estado inventando mis teorías sobre la arquitectura colonial y los tequilas.

Yo estaba tan cuete que hasta el tal Ron se hartó de mí y me dejó hablando solo. Medio me acuerdo que comencé a tratar de platicarle a todo el que me encontraba que había perdido a mi Alma querida. Franz, un tío de no sé qué país pero que no hablaba muy bien el español me dijo; no te preocupes, dios es grande y si te arrepientes el te va a perdonar, aún puedes salvar tu alma. Esa no es el Alma que yo perdí pendejo, perdí a Alma Iturbide y no creo que ni dios me pueda ayudar a recuperarla, mi vieja es muy terca, bien, bien terca, más terca que una mula. Después que Franz me mando a la chingada seguí buscando un prójimo comprensivo pero creo que no lo encontré y terminé acurrucándome en un rincón llorando mi desgracia. Esa noche no supe como salí de la fiesta pero al otro día me desperté en el departamento de Rocío con una cruda espantosa. Te traje aquí porque estabas muy borracho y muy necio. Te querías ir a Acapulco con un polaco y su novia manejando a pesar de que ni te podías mantener parado. ¿Y cómo le hiciste para traerme? Le pregunté en medio de un dolor de cabeza fatal. Te dije que yo me iba con ustedes pero necesitaba pasar a mi departamento por ropa y dinero. Cuando llegamos subiste para ir al baño y te quedaste dormido en la taza. Te tuvimos que arrastrar al sofá y subirte los calzones y el pantalón. Los polacos se quedaron dormidos en el coche. Después de tres cafés bien fuertes vomité lo que quedaba de los tequilas en mi estomago. Me sentí mejor y tras ayudar a Rocío a limpiar mis vómitos y orines que había desparramado por todo el baño, salimos para que Rocío me llevara a recoger mi coche que había dejado estacionado en la colonia Del Valle. Los becarios polacos ya no estaban en el coche de Rocío, quién sabe a dónde se fueron.

4

Mi primer día de trabajo en la Universidad de Texas iba a ser en tres semanas, pero me recomendaron llegar con unos diez días de anticipación a Dallas para buscar alojamiento, y familiarizarme con el sistema universitario y hospitalario de Texas. De inmediato salí para Mazatlán, quería despedirme de mi padre y de mi hermana, ver a los demás miembros de mi familia y a algunos amigos de mi juventud con los que mantenía contacto. Invité a Rocío a acompañarme pero se negó aduciendo compromisos de trabajo, sin embrago al siguiente día me llamó para decirme que un periodista conocido de ella estaba planeando un viaje al interior de la república para hacer unos reportajes sobre la vida en provincia y se ofrecía a acompañarme. Acepté llevarlo más por compromiso con Rocío que por ganas de compañía.

El viaje se me hizo largo, mi Renault, al que nunca le daba mantenimiento, no pasaba de 80 kilómetros por hora y eso en las rectas de bajada. José Fernández, el periodista amigo de Rocío, no me cayó muy bien al principio, cualquier pregunta o comentario mío era aprovechado por él para hacer una broma de la cual solo él se reía. Entonces le dio por ponerse a contar chistes colorados y malos. Lo aguanté durante la primera hora y después deje de hablar aduciendo que me dolía la cabeza. Me olvidé de él y me fui acordando de las veces que había recorrido esa carretera cuando todavía estudiaba en la UNAM e iba a pasar las vacaciones con mi familia a Mazatlán.

Después de unas tres horas de manejar me paré en una gasolinera para cargar combustible y comer algo. Entonces José se ofreció a manejar y acepté su oferta. El cambio fue sorprendente, desde que tomó el volante, José se olvido de sus bromas estúpidas y comenzó a platicar de su niñez en Poza

Rica y lo difícil que había sido para él conseguir trabajo de periodista. Cuando le conté que yo iba a Mazatlán a despedirme de mi familia porque me iba a trabajar a los Estados Unidos se entusiasmó, él había vivido en California, Chicago y Florida como doce años. No si te contara, ahí no te vas a aburrir, los gringos están bien locos. A la mejor te linchan o te balacean pero eso sí, no te aburres. No hay día en que no salga algo en las noticias que digas ¿cómo es posible que esto pase en el país más poderoso del mundo? Y es que en ese país están muy adelantados en cuestiones tecnológicas pero en cosas sociales son algo serio. Con decirte que yo conocí jueces y policías que le entran a la droga pero en serio. Y no se diga los artistas, cualquier pinche actor de tercera se siente una estrella y se mete todo tipo de drogas. A mí me invitaron a probar menjunjes que yo ni sabía que existieran. A la mejor por eso quedé medio tocado del coco, aunque no te miento, me divertí en grande. Y hay que ver a los que están enamorados de sus pistolas, según ellos son para defender a su familia. Yo tuve varios amigos de esos y te muestran sus armas como si fuera su pene, a ver quien lo tiene más grande y más grueso, a ver cuál es el más poderoso.

Cuando volví a tomar el volante José regresó a su temperamento de payaso contando historias de una vulgaridad monstruosa. Opté por pedirle que me hiciera el favor de manejar y así el viaje resultó más llevadero, pero entonces el que no aguantó fue el Renault y nos tuvimos que quedar a dormir en Morelia mientras le cambiaban el carburador.

José le daba un aire a Al Capone, bajito y un poco gordo, además usaba unos pantalones muy holgados y un saco de la época del famoso gánster de Chicago. Creo que juntos hacíamos una pareja muy curiosa; yo, alto y flaco y él chaparro y gordo; yo, reservado y medido y José, escandaloso y gritón. Nos hospedamos en un hotel barato que nos recomendó un taxista. Después de dejar nuestras maletas en el cuarto nos fuimos a comer a una fonda que estaba como a media cuadra del hotel y en el que según el recepcionista hacían un cabrito riquísimo. Para pasar el cabrito que no estaba mal, pedimos unas cervezas. Ya te digo Emilio, en gringolandia no te vas a aburrir con tanto loco, pero te vas a aburrir con las ciudades; todas iguales, todas tienen las mismas tiendas, los mismos restaurantes y todas las casas son iguales. Y es que la televisión los empareja, todas las cadenas de televisión tienen su noticiero pero dan las mismas noticias con los mismos enfoques. Yo no sé para que la cadena ABC desperdicia dinero en sacar su propio noticiero si va a ser igual que el de CBS y el de NBC. Tu puedes ver una noticia en un canal, le cambias a otro y están dando la misma noticia con la misma perspectiva, lo único que cambia son los reporteros. Como que les faltan huevos para hacer algo diferente pero bueno allá ellos, es su dinero.

Después José me platicó que en Estados Unidos se había casado con una chicana a pesar de que todavía estaba casado con una mujer de México. Cuando se fue a vivir a Miami se volvió a casar, esta vez con una gringa. ¿Po's que tiene? Son chingaderas José, ¿por qué no te divorcias primero y luego te casas? Porque eso cuesta dinero, me contestó. Además yo nunca maltrato a mis mujeres. Mira te voy a contar quienes si son unos cabrones, algunos de los mojados. Cuando yo estuve en Chicago trabajé en una empacadora en donde había unos tipos que ponían anuncios en periódicos de la comunidad o en estaciones de radio diciendo que estaban buscando pareja y que no les importaba si la mujer ya tenía chiquillos de una relación anterior. No les costaba trabajo conseguirse amantes pues hay muchas chavas que apenas tenían entre 20 y 25 años, pero que ya tenían uno dos o tres chavalos, y nadie quería cargan con ellas. Bueno, estos cabrones disque se enamoraban de ellas y se iban a su casa pero su verdadera intención era estrenarse a los esquínclas ya fueran niñas o niños. Después

59

presumían de cuantas chavalas se habían jodido. A veces las mujeres los descubrían o los hijos los delataban pero ellos amenazaban a las mujeres con dejarlas y éstas, por no quedarse solas se hacían de la vista gorda. A mí eso si me cagaba y yo nunca le entré a ese baile a pesar de que algunos me querían pasar mujeres que ellos querían dejar. Hazme el quite compadre, la Jenny tiene dos chavalas de doce y catorce años que ya están bien entrenadas, te vas a divertir. Yo no me quería meter en sus asuntos pero un día que una ruca vino al trabajo con una chamaquilla como de trece años a buscar a un tal Jacinto sí me dio harto coraje, el muy cabrón estaba despachándose a la madre y a la pobre chiquilla. Esa tarde llamé a la policía y les di la información sobre lo que estaba pasando, claro que todo fue sin decir mi nombre. Híjole para qué quieres, ¡la que se armó! Metieron al tambo a Jacinto; pero en el trabajo, sus amigos se pusieron a especular, que quien había sido el que lo había denunciado. Varios de ellos sospechaban de mí así que un buen día, después de la raya me desaparecí y me fui a Miami. Y ahí me enteré que ahí también algunos hijos de puta hacían lo mismo en esa ciudad, no sí no te digo, el mundo está hecho una porquería. Mira que yo no soy ningún persignado pero eso sí que es más de lo que yo puedo aguantar.

Yo no supe si creerle a José pero pensé que probablemente decía la verdad, no tenía ninguna razón para estar inventado esas historia. Cuando salimos de la fonda José quería ir a un burdel a parrandear. Yo no era ningún santo pero tampoco era muy aficionado a ir a esos lugares, además me sentía medio deprimido como para andar metiéndome con putas pero José insistió tanto que decidí acompañarlo e irme al hotel después de un rato. Nos subimos a un taxi y José le preguntó al taxista por el mejor sitio para encontrar unas chicas.

- Caballeros, yo les recomiendo el de doña Rosa, es más caro que el Corral pero las nenas están mejores, más jovencitas.

Ahora que si quieren más variedad entonces también está el Club Amistad, ahí hay más de treinta chavas para todos los gustos y sabores. Tienen desde chavas tiernitas hasta abuelas para los que les gustan experimentadas y que no dicen que no a nada porque no les queda otra.

- Óigame mi cuate, ¿y son lugares seguros?, ¿quiero decir no va a llegar la policía y hacer una redada?

- ¡Nombre! Cómo cree, po's si son de los jefes policíacos. El Corral lo regentea la amante del jefe de la policía estatal y dicen que doña Rosa solo es la encargada del local pero el mero, mero es uno de los hijos del gobernador.

- Ah, pues entonces llévanos al de doña Rosa para echarnos unos tragos y pasar revisión a las chicas.

Contra lo que yo suponía el local era pequeño, solo había una barra larga y unas mesas todas amontonadas llenas de hombres cuarentones que parecían ser obreros o empleados de comercios. Lo que más me sorprendió fue que estaba situado en pleno centro de la ciudad, en una zona comercial con toda clase de tiendas; zapaterías, restaurantes, librerías y tiendas de ropa. Serian como las nueve de la noche pero aun se veían muchas familias haciendo compras o paseando por el lugar. El antro se llamaba La Cueva de Doña Rosa y supuestamente era un centro de recreación. Apenas pasando la entrada un tipo con cara de guarura registraba a los visitantes y después una mujer viejísima cobraba cincuenta pesos de entrada. La luz era tenue y la decoración consistía en cortinas rojas con bordes dorados. Las sillas también exhibían un gusto rococó. En el local habría como 40 clientes y no cabrían muchos más por el reducido tamaño del lugar. Entre diez a doce mujeres hacían el trabajo de bailarinas, meseras y cantineras cambiando de funciones cada quince o veinte minutos. Nosotros nos acomodamos en la barra y una morena chaparrita como de veinte años y treinta kilos de sobrepeso nos atendió con una sonrisa de anuncio de pasta de dientes. ¿Qué se van a tomar los caballeros? Una Cuba libre respondió José, yo pedí una cerveza.

Para ambientar el lugar una de las mujeres bailaba en la barra provocando a los clientes que le daban propinas por que se dejara acariciar las piernas, si las propinas eran buenas, entonces se agachaba para que le apachurraran los senos. Las bailarinas no eran especialmente bonitas, pero debido a que eran jóvenes, hacían que los mirones se pusieran cachondos y las recompensaran con billetes de cinco o diez pesos. Después de tres bailarinas le toco el turno a Celia, la mujer que nos había servido los tragos. Yo pensé que nadie le iba a dar propinas ya que con su sobrepeso se veía francamente fatal. Para colmo de los males Celia no sabía bailar por lo que con sus movimientos torpes estuvo a punto de caerse de la barra varias veces. Sin embargo vi como un sujeto se entusiasmo de sobremanera con la gorda; que linda, le gritaba, esto sí es arte cabrones, ¡viva Celia! El tío no dejaba de aplaudirle y ponerle billetes en su sostén. Por la edad, el tipo pudiera ser el abuelo de la danzadora Celia. Canoso y con un gran bigote el fulano disfrutaba las caricias de la vedette y no le quitó los ojos de encima a la vez que sus manos de trabajador del campo acariciaron las piernas de esta. La agradecida Celia le puso muchas ganas al baile enfrente de su benefactor, que tendría como sesenta y cinco años, y quien vestía ropas modestas pero que derrochaba dinero como si fuera un potentado. En su afán de complacer a su admirador, Celia se arrodillaba en la cara del hombre y le pasaba los brazos o una pierna por encima de sus hombros. Tal vez con el propósito de alentarlo a ser más generoso, Celia hizo que su seguidor se agachara y ella se le sentó en la cabeza de donde paso a los hombros hasta que por poco se cae. Se suponía que el espectáculo fuera erótico pero yo casi no podía aguantar la risa, Celia y su galán parecían estar luchando más que fajando. Volteé a ver la reacción de José pero éste platicaba con una de las meseras. Aproveche la situación y le dije a mi compañero que no me sentía bien y que me iba al hotel. José apenas y se volteó a mirarme, aparentemente estaba en negociaciones con su nueva amiga. Salí del lugar directo a la habitación del hotel. A la mañana siguiente me desperté como a las ocho y para mi sorpresa vi que José no estaba en su cama. Pero mi sorpresa fue aún mayor cuando vi que la maleta de José no estaba en el cuarto y su cepillo de dientes y rastrillo tampoco estaban en el baño. No sé a qué horas pudo haber ido por sus cosas y porqué no me aviso que se iba a ir pero como lo conocía poco no me extrañó mucho. En la administración me informaron que la mitad de la cuenta había sido liquidada, deduje que José debió de haber tenido una emergencia y salió destapado sin avisarme. Mejor, pensé, así no tengo que ir sufriendo sus bromas idiotas. También me dio un poco de pena, el tipo no era malo sólo un poco latoso. Entonces me pregunté si se habría dado cuenta que sus chistes no me hacían mucha gracia. No sería la primera vez que alguien me acusase de ser intolerante, Alma decía que yo era más inflexible que un diamante y no lo decía como alabanza. Pero un tipo como José, más curtido por la vida que un gato callejero, no se iba a molestar por unos cuantos desaires así que dejé de preocuparme por él. Recogí el Renault del taller y llegué a Mazatlán como a las cuatro de la mañana, busqué un hotel para no despertar a mi padre a esas horas.

Tenía pensado pasar tres días en mi ciudad natal, tal vez cuatro si lograba reconectarme con mis amistades, pero la realidad resultó muy distinta. Hacía más de tres años que no iba a Mazatlán por una u otra razón y mi padre se negaba a ir a la Gran Tenochtitlán, lo ponía nervioso ver tanta gente, el tráfico lo irritaba, el ruido y el olor pungente del centro de la ciudad le resultaban repulsivos. Toqué la puerta y no oí ninguna respuesta. Volví a tocar más fuerte, no se escuchaba ningún ruido. Cuando estaba por sacar mi teléfono y llamarlo se abrió la puerta bruscamente y apareció un anciano al que no reconocí; era mi padre. Su pelo estaba totalmente blanco, había perdido no sé cuantos kilos y un par de centímetros de altura. El tampoco me reconoció inmediatamente y con voz molesta me dijo:

- ¿Qué quiere? ¿Qué prisa tiene? No ve que ya venía a abrir ¿no se podía esperar unos segundos a que llegara?

Ya no me cupo duda que se trataba del corajudo de mi padre.

- Papá soy Emilio. Diciendo esto me acerqué para darle un abrazo, pero no calculé que su mente ya no estaba tan lúcida como antes, así que no entendió que se trataba de mi y se echó para atrás evitándome. Un rayo de dolor recorrió todo mi cuerpo. Supe que ese encuentro era un presagio no sólo de lo mal que iría mi visita sino también lo deteriorada que estaba nuestra relación.

- Papá, soy yo, tu hijo Emilio. Vine del DF para saludarte.

Entonces ya cayó en cuenta de quien se trataba, aun así se quedo viendo mi cara por unos segundos, aún inseguro.

- La verdad que no te reconocí Emilio, estás muy cambiado, estas más, más, más... que antes y te ves más, más... aseñorado. Pasa, pasa y llama a tu hermana que me ha estado llame y llame para ver si ya habías llegado. Dile que se venga a tomarse un café.

Me tendió la mano y se hizo a un lado para que pasara. Yo ya había desayunado pero como mi padre me dijo que él tenía hambre, le preparé unos huevos con arroz. Luego calenté café para él y para mí y comenzamos a charlar. Me preguntó por mi esposa, ¿Cómo se llama?, y por mis hijos. Cuando estaba a punto de recordarle que yo no tenía hijos, él se puso a hablar del clima, que si este año había estado particularmente frío, que a dónde íbamos a dar, que ya nadie se preocupaba por hacer mejoras a la ciudad, que ahora las mujeres eran unas descocadas. Después del desayuno y diez minutos de un monologo sobre el tiempo me pregunto cómo estaba el clima en el DF. Después de desayunar y con un café caliente se animó un poco más. Conversamos sobre lo caro que estaba todo pero cuando le comenzaba a platicar sobre mi nuevo trabajo o sobre el rompimiento con Alma, me cortaba de inmediato. Era como si le estuviera hablando de otro planeta, nomás no le interesaba y volvía a sus temas favoritos; los precios altos, lo loco del clima, la invasión de gente nueva en Mazatlán y la mucha lata que le daba mi hermana tratándolo como a un inválido que no se pudiera valer por sí mismo. En la sala había una pantalla de televisión gigantesca que según me dijo mi padre, Rosaura le había regalado para que se distrajera, pero a él no le gustaba ver la televisión, prefería el radio y efectivamente tenía el radio prendido todo el tiempo escuchando noticias. Cuando el locutor daba un reporte sobre la temperatura, mi padre interrumpía la conversación de inmediato para escuchar lo que decían. Después retomaba el tema de lo cambiado que estaba el clima en Mazatlán. ¿Y los niños como están? ¿Cómo se llaman? Se me olvidan sus nombres, últimamente se me olvidan muchas cosas. Le contesté; están bien, te mandan muchos saludos papá, para no mortificarlo más.

Cuando mi madre vivía, siempre había alegría en la casa, ella era bromista, inventaba adivinanzas bobas que nos llenaban de risa. También le encantaba cantar y todas sus pláticas estaban salpicadas de dichos populares; se sabía cientos de ellos y los sacaba a relucir en todas las conversaciones. Mi padre por el contrario era poco comunicativo y tenía ideas muy fijas de cómo deberían ser las cosas; desde el partido político por el que había que votar hasta la altura a la que debían usar el cinturón los hombres.

Desde la hora en que llegué, mi padre me comenzó a decir a qué familiares debería visitar y en qué orden. Mira Emilio primero tienes que ir a ver a mi prima Julia porque ha estado muy enferma y no sea que se vaya a morir y no la vuelvas a ver

65

con vida. Luego debes pasar a saludar a Jaime, recuerda que él es tu padrino ¿o es el padrino de Rosaura? Y ya que vas a andar por ese rumbo, dale una vuelta a tu tía Carmen que ha estado algo enferma. La tía Carmen había muerto hacía más de tres años atrás. De golpe me sentí como un niño de ocho años y recordé las razones por las que había salido de Mazatlán en mi juventud y que ya había medio olvidado. Papá me llamaba la atención por la ropa que vestía, como la vestía, lo que comía, como lo comía, lo que platicaba, como lo platicaba. Técnicamente no eran regaños, eran constantes observaciones que me enervaban cada vez más.

Mi hermana Rosaura se presentó como a las dos horas hecha un mar de disculpas por no haber podido llegar antes pero entre llevar los niños a la escuela, ir a una junta de padres de familia, comprar un regalo para una amiga que cumplía años, todos su planes se le habían estropeado. Ella se seguía viendo muy jovial y se arreglaba con mucho esmero, típico de las mujeres de la llamada "sociedad" de Mazatlán. Rosaura, aunque con mas tacto que mi padre, también quería dirigir mis actividades sociales en Mazatlán. Tienes que visitar a Juan José de la Garza, vieras que bien le ha ido, ahora es dueño de la mitad de la ciudad y es nuestro compadre; ah, pero eso si no te vayas a juntar con tu amigote Rodrigo Fuentes, ese bueno para nada se metió al Partido de los Trabajadores y ahora es un comunista de primera. Con decirte que el Padre Julián no quiere ni que entre a su iglesia. Yo me llevé muy bien con mi hermana, quien era cuatro años menor que yo, cuando ella era chica pero cuando ella cumplió los once o doce años se comenzó a juntar con chiquillas que sólo hablaban de los bailes de "la alta" como ellas los llamaban. También el choque que tuve con mis padres por cuestiones religiosas nos alejó aún más por un buen tiempo. De adolescente Rosaura se volvió totalmente superficial y quería que yo me hiciera novio de muchachas del círculo social más snob de la ciudad. Entonces nos comenzamos a distanciar pero a los pocos años me fui a estudiar al DF. Cuando venía a ver a mi familia ya no tenía mucho de qué hablar con ella, Rosaura se hacía más fresa cada día. Ella a su vez no me soportaba por mis ideas socialistas según ella. Años más tarde ella se casó con Manolo. Esa fue la gota que derramó el vaso, el tal Manolo era una de las personas más superficiales y vanas que he conocido. Todos en esa familia son una bola de mamones pero Manolo se lleva el premio mayor a tal grado que ni su mamá lo aguanta. El idiota nunca había viajado fuera del país pero de luna de miel se fueron a España y el presumido de mi cuñado regresó con acento español a pesar de que solo estuvieron por allá diez días.

A la boba de Rosaura se le caía la baba por las tarugadas que hacia Manolo, hasta le compraba su ropa a través de catálogos de Italia o Inglaterra y se ponía trajes que allá serian muy elegantes pero que en Mazatlán se veían ridículos. Y para ello se endrogaban hasta el cuello. La familia de Manolo tuvo algo de dinero antes de la revolución y aun cuando ya se les había acabado, actuaban como si fueran descendientes directos de la reina de Inglaterra. Después que acabé de desempacar llegó Manolo a saludarme. Se veía algo avejentado pero seguía con su misma actitud de come mierda. Sobre todo a mi me veía con una sonrisita burlona que acentuaba cuando me preguntaba cuándo iba a comenzar la revolución comunista. Lo bueno, decía, es que yo tengo un cuñado en el alto mando de los bolcheviques así que me vas a dar un buen puesto ¿verdad cuñis? Después de todo somos familia. Como yo lo consideraba semi-retardado mental, no me molestaban tanto sus comentarios y los dejé pasar, sobre todo para no molestar a mi padre porque sabía que él tampoco aguantaba a Manolo. Lo que si hice fue dejarlo hablando solo con el pretexto de que tenía unos asuntos que atender, me fui a la cocina a prepararme un café bien fuerte con un café cubano que yo había comprado en el DF.

Esa misma tarde fui a buscar a mis antiguos amigos para escaparme del ambiente familiar, pero descubrí que con ellos la situación no era muy diferente. Felipe Contreras que había sido mi mejor amigo durante la preparatoria, y con el cual seguía teniendo contacto de vez en cuando, contestó el teléfono cuando lo llamé: Qué milagrazo Emilio, ya ni la chingas, abandonaste a los cuates y no se diga a tu papá que esta medio malo. Después de los regaños quedamos de vernos en el Casino Español, él se encargaría de contactar a nuestros antiguos compinches con los que Felipe seguía teniendo nexos. Me fui a pasear por el malecón y por el centro. La ciudad estaba cambiando rápidamente como decía mi padre. A pesar de que había comercios nuevos y edificios modernos, a mí el cambio me pareció deprimente, tumbaban palacios coloniales para construir cajas de zapatos sin ninguna personalidad. En fin, que se puede hacer pensé y me fui a mi cita con los amigos de mi juventud. Ellos me recibieron cálidamente e hicimos un gran escándalo saludándonos a gritos, insultándonos de mentiras, fingiendo pelear a golpes, etc. Pero muy pronto me percaté que no teníamos mucho de que hablar. A ellos les interesaba platicar del futbol, o de negocios que estaban cocinando entre ellos y de los cuales yo no sabía nada ni me interesaba. Por otra parte me fastidió de tener que dar explicaciones de mi ruptura con Alma. De veras que no sé porque se fue, era mi respuesta sincera. Mis amigos nomás no me creían: de seguro que hay algo más cabrón, no te hagas el santito, podrás engañar a los chilangos pendejos pero nosotros sabemos lo tremendo que eres. Eso me agriaba aun más la noche y la situación fue peor cuando llegaron las esposas y novias de varios de ellos y las preguntas se duplicaron. Ahora no sólo fueron preguntas sino que varias de las mujeres comenzaron a darme sus teorías y hasta consejos; tal vez no eras suficientemente romántico con ella, ¿alguna vez le llevaste flores?... ¿Estás seguro de que no tenía un amante?... Generalmente cuando una mujer se va es por influencia de su familia... ¿Te piensas volver a casar?... Las mujeres de Yucatán son muy raras, muy cabezonas, te debiste de haber buscado una de Mazatlán... Me despedí de mis cuates y de sus parejas con el pretexto de que quería estar con mi padre, aunque no era cierto, así que cuando pasé por un cine me metí sin saber qué película estaban pasando.

Me senté casi al fondo, la sala estaba casi vacía y la película ya había comenzado. Yo veía escenas de unos tipos discutiendo que salían y entraban en una casa a seguir con un grave conflicto pero no sabía de qué se trataba, no estaba poniendo atención a la trama. Quería aclarar mi cabeza y decidir qué hacer en los próximos días pero no me podía concentrar, estaba como adormilado, decaído y no sabía por qué. En la pantalla salía una mujer bellísima y en una escena se envolvía con un tipo mucho más viejo que ella, al poco tiempo se besaban y cachondeaban intensamente. Entonces me distrajo un ruido que parecían suspiros. Volteé a ver de qué se trataba y vi a un individuo en las filas de mero atrás que se masturbaba sin dejar de ver la pantalla. Evidentemente el tipo trataba de no hacer ruido pero no podía disimular su entusiasmo cada treinta o cuarenta segundos. Entonces se detenía y volvía a comenzar su labor de autosatisfacción. No podía ver si se trataba de un hombre joven o maduro ni su condición social pero me pareció lamentable que aquel sujeto tuviera que acudir a una sala de cine para experimentar placer sexual. Ciertamente en Mazatlán la sociedad de ese tiempo era conservadora y era muy difícil tener relaciones sexuales si no era casándose o pagando por los servicios de una prostituta. Cualquiera de las dos opciones eran costosas para la mayoría de los jóvenes o viejos viudos, por lo que la masturbación era la única opción para las gentes de pocos recursos económicos. Pensé en la masturbación como la única actividad verdaderamente democrática de México. Me levante para irme y el masturbador, quien no se había dado cuenta de mi presencia saltó como una rana apresurándose a meterse su miembro en el pantalón y salió corriendo tapándose la cara.

Apenas eran las diez de la noche el clima, templado, súper agradable. El cielo estaba lleno de estrellas, espectáculo que no veía en el DF. Me puse a caminar hacia la casa de mi padre cuando oí que alguien me decía: ¿Emilio? ¿Eres tú Emilio? Cuando volteé me encontré con una cara familiar pero que no lograba reconocer. Cuando el sujeto vio mi asombro me dijo; no te hagas cabrón, soy yo, Rodrigo, Rodrigo Fuentes. Estaba mucho más flaco que la última vez que lo había visto y eso lo hacía parecer más alto que antes. Además llevaba una barba de varios días y el pelo medio largo y no muy peinado. Por si fuera poco ahora usaba anteojos. Nos dimos un fuerte abrazo y nos fuimos a un restaurante que estaba en la esquina a comer tacos y tomar café.

Recordé lo que me había dicho Rosaura de sus supuestas actividades socialistas, le pregunté a qué se dedicaba. Has de saber que yo estuve estudiando leyes. Como parte de nuestros estudios hacíamos servicio social y yo comencé a asesorar a obreros que habían sido despedidos. Pronto me di cuenta que muchos empleadores corren trabajadores para ahorrarse dinero y no les pagan la indemnización que les corresponde, bueno, a veces ni su sueldo les pagan los muy malditos. Yo pensé que era cosa de llevar los casos a los tribunales pero resultó que las gentes del Departamento de Quejas y los mismos jueces están involucrados en el asunto. No me lo vas a creer pero, por una feria, son capaces de fallar en contra de viejos que han sido despedidos después de 30 años con una empresa y que no tienen ningún chance de encontrar otro trabajo. Eso me indignó un chorro pero cuando pedí ayuda a mis maestros, ellos me dijeron que no me involucrara más de la cuenta. Tú presenta el caso a las autoridades pero si el juez falla en su contra no hay nada que hacer. No te agries la vida así es la movida y tu no vas a poder cambiar esa situación. Vas a ver que en algunos casos los quejosos reciben alguna compensación y la mayoría se conforma con eso y dejan de molestar. Eso me encabronó aun más. Fui con Reynaldo Juárez, un amigo mío que trabajaba para el periódico el Imparcial y éste me dijo lo mismo. Huy cuate pues en qué mundo vives. Eso todo mundo lo sabe. Nomás vete los sábados al Casino y veras a los jueces tomando la copa con los dueños de las empresas, con los funcionarios del gobierno y con los jefazos de los periódicos. Mira, por ejemplo Saúl Barragán que tiene una fábrica de zapatos y varias tiendas de abarrotes, está casado con Diana Ortega, hija del presidente municipal. Su hijo Samuel está casado con Lola Alcántara, hija del juez Alcántara, quien además es socio de Barragán en un negocio de compra venta de ganado, y que no faltan las malas lenguas que dicen que algo del ganado con que trafican es robado en otros estados y viene a parar a sus establos. Luego el cuate ese que era tu amigo, Juan José de la Garza se casó con Mónica del Pozo, sobrina del gobernador y se alió con su cuñado, Alonso del Pozo en un negocio de bienes raíces, ellos reciben información confidencial de funcionarios del gobierno de donde se van a construir escuelas, caminos o cosas por el estilo y compran terrenos y casas antes que la noticia sea oficial. Entonces le venden al gobierno esas propiedades al doble o triple de su valor, así se han hecho riquísimos. Sobra decirte que cuando ellos despiden a alguno de sus empleados, le dan lo que a ellos les da la gana y ¿a ver qué juez o autoridad los va a contradecir? Y luego tu cuñadito Manolo, que es primo de la esposa de Juan José, quien tiene otro primo que a su vez está casado con una hermana de Lola Alcántara, vive de los favores de su parentela. Disculpa que te lo diga pero bueno así está la onda en este pinche pueblo de mierda. ¿Tú crees que ellos van a matar a la gallina de los huevos de oro? Y esos son los más o menos decentes porque hay banqueros que están metidos de lleno en el lavado de dinero de los traficantes de drogas. Así

71

funciona todo el país y Mazatlán no es la excepción, nomás que aquí se hace a lo chiquito, en la capital se hace en grande y en Estados Unidos se hace a lo gigante.

Mientras Rodrigo hablaba vi a un individuo que nos observaba desde afuera del restaurante. Como estábamos junto a la ventana era fácil vernos, primero no le puse atención, pero luego me pareció que su cara me era conocida a pesar de que éste se había movido atrás de un coche en cuanto notó que yo lo había visto. Estaba tratando de recordar de donde lo conocía cuando llegó otro hombre y le dijo algo al primer individuo, este lo jaló de inmediato para que quedara cubierto por el coche. Entonces caí en cuenta que se trataba de uno de los judiciales que había visto en compañía de Mark White, y que el tipo que nos había vigilando era otro de los que había visto aquel día en el Distrito Federal. ¿Pero porque nos vigilaban? La idea me pareció absurda y pensé que me estaba imaginando cosas, debería haber sido un error. Después de todo los sujetos, que para entonces ya no se veían por ningún lado, habían estado como a treinta metros de distancia, y la luz de la calle no era muy buena que digamos.

Traté de volver a escuchar a Rodrigo pero mi atención estaba en otro lado, mi amigo había caído en una letanía de quejas de todos los habitantes del puerto; y la Vivis Márquez quedo embarazada del padre Rodríguez… la empresa quebró porque el contador, que era su yerno, se fue con todo el capital a Brasil… el crimen fue muy sonado pero nunca supieron quien había sido el asesino… el padre de Jonás tuvo que salir de volada porque el papá de una de las niñas… y así fue como tu cuñado Manolo se clavó toda la lana para los damnificados, ¿qué piensas de eso? En ese momento no supe que contestarle, yo seguía pensando en que alguien nos vigilaba. Me preocupé, tal vez el cansancio y el estrés me estaban volviendo paranoico, después de todo ¿Qué podría haber hecho yo como para que me fueran siguiendo desde la capital hasta

Mazatlán? No le dije nada a Rodrigo, no quería que me incluyera en su recetario de historias así que sólo le seguí la corriente. No sé qué decirte Rodrigo, todo parece de película. Sí Emilio, pero una película de gánsteres. Al rato me despedí, estaba harto de oír tanto chisme y tanta queja de parte de Rodrigo. Él tenía razón en sentirse desilusionado de muchas cosas, pero no paraba de hablar y de despotricar contra todo el mundo. Usando a mi familia como pretexto nuevamente, me rehusé a ir a tomar unas copas con mi amigo, y me fui a la casa prometiéndole que lo llamaría otro día para que me contara quien era el padre del hijo de Josefina Barnet.

Por la mañana me despertaron unos ruidos y fui a la cocina. Mi padre estaba tratando de prender la estufa, aparentemente quería hacer desayuno para mí y para él, puso la mesa con los platos y cubiertos, mezcló huevos con harina para hacer panqueques, pero el resultado fue espantoso. Había huevos y harina por toda la cocina menos en el sartén. Las cuatro hornillas de la estufa estaban prendidas y olía olor a algo rancio. Mi hermana tenía razón, mi padre ya no podía hacer las cosas por su cuenta. Cociné los panqueques, y después me pase la mitad de la mañana limpiando la cocina, y ordenando un poco la recámara de mi padre. Su clóset se desbordaba de objetos que no usaba desde hacía muchísimo años, la mayoría de los cuales, yo creo que ya ni le servían. Había ropa de era de cuando tenía tres o cuatro centímetros más de altura, abrigos de una vez que fue a Alaska, rifles de la época en que iba de cacería, y hasta condones de no sé cuándo y para qué. El problema es que cuando comencé a hacer una bolsa con objetos para regalar o tirar, él me preguntó que pensaba hacer con esas cosas. Cuando le dije que era para darle algo a los pobres se molestó, comenzó a explicarme por qué no podía deshacerse de una corbata rosa que le había dado mamá en un viaje por Oaxaca. Y al peine de carey, al que le faltaba la mitad de los dientes, no lo quería tirar, de vez en cuando lo usaba aun

73

cuando tenía otros peines nuevos. Todo lo que yo encontraba desechable, él lo encontraba útil, o al menos memorable. Al final de la mañana lo único que aceptó que tirara fue una pelota desinflada, que ni el sabia de quién era ni porqué estaba ahí, y un par de zapatos viejos.

En la tarde lo quise llevar a comer a algún restaurante pero él se negó; ¿para qué vamos a gastar dinero cuando aquí tengo todo para hacer una buena sopa? Al final lo único que aprobó fue que saliera a comprar un pollo rostizado. Por la tarde vino Rosaura con sus hijos; José Manuel, Olga y Rolando pero después de media hora se tuvo que ir. Los escuincles no conocían la disciplina, brincoteaban por todos, lados echando gritos a todo pulmón y Rosaura era incapaz de controlarlos. Mi padre se metió a su cuarto, yo estaba a punto de hacer lo mismo, cuando Rosaura se acordó que tenía que llevar a Manolito a su clase de catecismo. A pesar de no ser creyente, yo le di gracias a la Iglesia Católica por el catecismo. La verdad es que no estaba acostumbrado a estar entre niños, y mi hermana les suplicaba a sus hijos que se portaran bien, pero no les ponía nada de disciplina, el resultado era el caos. Después me quedé ojeando algunos libros míos que databan de cuando yo estaba en la primaria y en la secundaria. Varios de mis amigos llamaron para invitarme a salir, pero preferí quedarme a rumiar mis pertenencias de mi niñez y juventud, que aún estaban arrumbadas en un closet. No me explico por qué no las habían tirado o regalado. Hasta había varios tubos llenos de pólvora, que según yo, cuando tenía como once o doce años, eran cuetes que pensaba lanzar a ver qué tan alto llegaban, pero que nunca lance por miedo a que me explotaran y me volaran una mano como le sucedió al Chicolín Escobedo. También me encontré una medalla de asistencia que fue la única que saqué en los nueve años que estuve en el colegio de maristas. Mi diploma de la primaria estaba enmarcado muy elegantemente, recuerdo que fue mi madre la que en ese tiempo le peleó a mi padre para que gastaran una buena suma para ponerle un marco caro, diciendo que como yo era mal estudiante necesitaba todos los estímulos posibles a ver si así me entusiasmaba por estudiar. Pobre de mi madre, el dichoso marco no funcionó y yo seguí siendo un mal estudiante durante la secundaria, y la preparatoria.

Mi padre salió de su recámara un par de horas más tarde después de una siesta. Yo pensé que era la ocasión de tratar algunos temas importantes con él. Me interesaba saber si papá estaba dispuesto a irse a vivir a casa de Rosaura, o al menos con uno de sus hermanos que era más joven y quien vivía solo también. Grave error, el hablar del tema lo puso de pésimo humor. Si nomás viniste a meter tu cuchara para sacarme de mi casa, mejor te regresas ahora mismo por donde viniste. A mí no me sacan de aquí hasta que ya esté más muerto que una enchilada. En esta casa murió tu madre y en esta casa voy a morir yo también, así que ya te vas regresando por donde viniste, hijo desagradecido. Por más que trate de hablar de los beneficios de vivir con otra gente mi padre no se ablandó, al contrario cada vez se ponía mas agitado, cuando llegó al punto de ponerse a gritar y soltarme un rosario de insultos, acepté mi derrota, supe que no iba a lograr nada. Después de esa situación él se porto muy seco conmigo y no quiso ni probar del caldo de pollo que le había preparado. Lo invite a ver la televisión, iban a comenzar las noticias así que le prepare un té. Se sentó pero no me hablo. Después de que dieron el estado del tiempo comentó; que clima tan raro Emilio, está cambiando mucho, todo está muy cambiado, no sé a donde vamos a dar. Se levantó y se fue a su cuarto. Vi que traía unos pantalones míos, de cuando yo estudiaba en el DF, le quedaban grandes y los arrastraba, barriendo por donde pasaba. Me dio mucha pena, hubiera querido darle un abrazo pero no me atreví. No tenía ni la menor idea de cómo podría reaccionar, así es como me sentía con él desde que yo era muy pequeño.

Al otro día, después del desayuno le dije a mi padre que tenía que irme. Inventé que me habían llamado de la oficina de la Universidad para decirme que tenía que llenar algunas formas urgentemente. Sospecho que él sabía que mentía pero se mostró comprensivo y creo que hasta cierto punto aliviado. Me pidió que le dirá sus saludos a mi mujer, ¿Cómo se llama? y me dio un billete de cien pesos para cada uno de mis dos hijos. Cogí el dinero y más tarde lo puse en un sobre. Puse el sobre entre unas cajas de comida en la cocina para que mi padre lo encontrara después. Estoy seguro de que ni iba a saber de dónde habían salido esos billetes. La que si se disgustó mucho fue mi hermana, ella y Manolo habían organizado una reunión en mi honor con varias amistades y familiares para el día siguiente.

Apenas y había visto a mis sobrinos, Rosaura se la pasaba llevándolos a todo tipo clases después de la escuela. Me dio pena, a pesar de que eran muy traviesos yo los quería mucho. Les regalé muchos juguetes que había comprado en el DF y eso me había hecho muy popular con ellos. Rosaura insistía en que me quedara hasta después de la reunión, pero yo me sentía agobiado, el ambiente me recordaba un pasado que creía había superado pero que aún me dolía. Me mantuve firme con el pretexto que no tenía alternativa si es que quería preservar mi nuevo trabajo. Creo que Rosaura me perdonó porque la idea de tener una excusa para viajar a los Estados Unidos le era muy atractiva. Mi hermana me lo hizo saber repetidamente. En cuanto estés instalado me avisas para ir a visitarte, a mí siempre me ha encantado Dallas, ahí se encuentra mejor ropa que la que hay en las tiendas de Laredo o San Antonio. Ya tengo algunos dolaritos ahorrados pero voy a ahorrar más para ir a visitarte en grande.

5

El viaje de regreso lo hice en dos jornadas y sin ningún contratiempo. Ya en casa pasé los siguientes días deshaciéndome de muebles, ropa y libros que no podría llevarme a Dallas. Juan y Josefina se quedaron con muchos de los libros y trastes de cocina mientras que Rebeca se llevó discos y algo de ropa que Alma había dejado en el apartamento. Para mí el irme de México representaba una catarsis, me sentí culpable de dejar a mis compatriotas pero por otro lado tenía esperanzas de encontrar nuevas motivaciones, hacer algo con mi vida, descubrir cosas nuevas. Gracias a la terquedad de mi madre, yo estudié cursos de inglés en el Instituto Cultural Benjamín Franklin de joven. Después de recibirme de economista, gané una beca para estudiar un curso de especialización en macroeconomía en Oxford por nueve meses que me permitían manejar el inglés bastante bien. Nunca había tenido problemas comunicándome en ese idioma. Lo que si me daba algo de nervios era la cuestión racial. Mi piel, mis facciones, mi estatura y complexión física hacían que en mis viajes a los Estados Unidos me confundieran con un gringo más, pero sabía que algunas gentes en ese país aún discriminaban a los latinos, y yo no me sentía seguro de poder soportar el rechazo de algún racista estúpido. Me producía algo de miedo enfrascarme en alguna discusión política con algún gringo ignorante, y que ello me llevara a los golpes, como me había sucedido en mi adolescencia. Pero que le iba a hacer, no me iba a privar de vivir en otro país por miedo.

Rocío me llamó para decirme que estaba organizando una reunión para despedirme. Yo no quería ninguna fiesta, pero no le podía decir que no, después de todo ella se había tomado la molestia de invitar a algunos de mis amigos a su casa y ya todo estaba arreglado. El miércoles por la noche, Carmelo pasó a recogerme, yo ya había vendido mi coche y ahora me desplazaba en taxis o con amigos. Para mi sorpresa, en el pequeño apartamento de Rocío, se hallaban más de treinta gentes para la reunión. Creo que la mayoría habían ido por tomarse unos tragos gratis y comer de la famosa paella que preparaba mi amiga y no tanto por despedirse de mí. Claro que esa noche fui el centro de las bromas y cuentos de cómo me iba a agringar en un par de meses; ya no te van a gustar los tacos, ahora puros perros calientes, se te va a olvidar el español, te van a enviar a invadir Cuba, te deberías de pintar el pelo de rubio para que te dejen entrar a los restaurantes. Un par de horas después llegó Jorge y les informo a todos que mi nuevo nombre era el gringo, el gringo latino. Al calor de las copas todos comenzaron a llamarme gringo latino y no me quedo más que aguantarme ya que si mostraba mi disgusto me iban a joder aún más con ese apodo.

Disfruté la reunión pero me sentí desprotegido. En el pasado había convivido con muchos de esos amigos en compañía de Alma y ella siempre secundaba los chistes a mi costa con fuertes carcajadas, pero si sentía que yo me comenzaba a poner tenso o molesto por algún comentario, ella salía en mi defensa como una leona protegiendo a su cachorro. Eso me molestaba, me hacía sentirme como un niño pero ahora que no la tenía a mi lado me di cuenta que la actitud de mi mujer me ayudaba a sentirme parte de algo más que mi individualidad. No, sé, como que sin el respaldo de de Alma me sentí raro, solo. Ya con la conversación con mis amigos y la bulla de la fiesta me olvidé del asunto. Total que lo de Alma ya no tenía futuro, al menos así lo pensé después de un par de tragos. Me distrajo la llegada de un individuo al que yo no conocía, de corta estatura vestía unos pantalones anaranjados que combinaban con su pelo rojo. Rocío me lo presento como Toño Márquez, pintor y pareja de ella desde hacía un par de meses. El tipo era locuaz y no paraba de hablar. No sé porque me agarró de público y me platicó que el sólo leía libros de autores europeos. Según Toño, Europa era el continente con más cultura; los gringos son unos ojetes y los japoneses son unos robots. Luego me dijo que cuando el comenzaba a leer una novela lo primero que revisaba era el número de páginas. Después de leer por el día, checaba en que página iba y así calculaba; mmm, si este libro tiene 370 páginas y voy por la 91 quiere decir que llevo aproximadamente el veinticinco por ciento de su lectura. A este paso terminaré de leer este libro en cuatro días. No sé porque Rocío se había conseguido un tipo tan mamón, pero yo no estaba con ánimo de confrontación, así que después de una hora de oír idioteces, le dije al tal Toño que me tenía que ir ya que tenía que acabar de empacar.

Al día siguiente terminé todos los trámites que tenía pendientes y me negué a salir con algunos amigos que querían llevarme a cenar de despedida. Pedí un taxi para las seis de la mañana, mi vuelo salía a las nueve y quería estar fresco así que me metí a la cama con el libro Catcher in the Rye de J. D. Salinger. Desde hacía varias semanas estaba tratando de absorber lo más que pudiera de la cultura americana antes de llegar allá, y que mejor que leer algunos de los autores americanos clásicos. Estaba solo en un colchón que Carmelo recogería al día siguiente y con mis maletas listas. Tenía ganas de tomar una copa de vino pero sólo me quedaban un par de cervezas en el refrigerador, abrí una y me la tome. Me sentí muy relajado y fui por la otra, la abrí y me la tome poco a poco saboreando la lectura con la cerveza. Serían como las once de la noche cuando el sueño me ganó y me quedé dormido. Yo oía que Alma se quejaba y lloraba. Eso me angustio y yo le dije; ¿qué te pasa, porque lloras? Pero ella no me contestó y seguía con sus lamentos. Entonces caí en cuenta de que no era ella la que se quejaba sino la persona de la casa vecina. Medio despierto pensé si debía despertar a Alma para demostrarle que sí había alguien llorando cuando un grito espantoso me hizo saltar de la cama. Nunca se había oído un grito tan fuerte y desgarrador como aquel. Ahora sí, Alma no va a poder negar que hay alguien sufriendo pensé, pero entonces caí en cuenta que Alma no estaba ahí, que yo vivía solo y que estaba por irme de ese lugar para siempre. Tenía los pelos de punta, más que un grito, lo que oí, fue un alarido de dolor intolerable. Probablemente no fue de más de tres segundos, tal vez dos pero de una brusquedad brutal. Me imaginé a un niño siendo golpeado con un bate, tal vez era una niña que estaba siendo asaltada. Lentamente me levanté para acercarme a la ventana cuando me tropecé con una de mis maletas. Caí estrepitosamente y me golpeé la cara con la otra maleta, sentí un hilillo de sangre cálida recorrer mi frente y mi nariz. No me dolía nada pero maldije mi suerte y pensé que lo mejor sería ir al baño para ver mi herida en el espejo.

Tratando de no tropezar de nuevo me comencé a levantar cuando un grito aun más fuerte y desgarrador que el primero me llegó como un huracán. Olvidándome de todo brinqué para incorporarme y corrí hacia la ventana, descubrí la cortina rápidamente con la mirada fija en la ventana de los vecinos. Entonces pude captar una forma que se movió precipitadamente del lugar. No sé si era una persona o un animal pero la impresión que me quedó era que se trataba de un alma en pena, una fuerza sobrenatural. Sin pensarlo grité a todo pulmón: ¿qué pasa ahí? ¿Quién está gritando? Nadie me contestó pero vi que en otras ventanas de otras casas cercanas se prendían luces. Esta vez los gritos habían sido tan fuertes que era imposible que no hubieran sido escuchados por otros vecinos. Pensé llamar a la policía pero me acordé que ya no tenía teléfono, lo había dado de baja y me lo habían cortado hacia tres días. Me puse los pantalones y la camisa y bajé corriendo a la casa de las argentinas; comencé a tocar y entonces me acordé que estaban fuera de la ciudad. Tenían un puente y se habían ido de campamento con un grupo de amigos. Esto no puede seguir así pensé, es una infamia, alguien está torturando a una mujer o a un niño y yo sería un cómplice si no hago algo por detenerlo. Indignado me dirigí a un teléfono público que quedaba en la esquina y desde donde yo podía seguir viendo los tres departamentos de los Goldau. Pedí a la operadora que me comunicara con la policía diciendo que se trataba de un asunto de vida o muerte. Una mujer tomó los datos y me dijo que enviarían una patrulla a investigar en cuanto fuera posible. Tiene que ser ahorita señorita, están matando a alguien y no se pueden tardar o va a ser muy tarde. No se preocupe, hay varias patrullas cerca de ese lugar y solo es cuestión de unos minutos me dijo la despachadora.

Me fui a mi departamento de nuevo, prendí todas las luces y me paré enfrente de mi ventana que daba a la casa vecina. Las luces de las otras casas comenzaron a apagarse. Yo no, dije en voz alta, yo no me muevo de aquí hasta que llegue la policía. No sé si sería mi estado de ánimo pero yo sentía que todo había caído en un estado de calma inusual. El único ruido que escuchaba era el de mi corazón bombeado sangre aceleradamente. Entonces me acordé de mi lastimadura y fui al espejo de baño. En efecto, un hilo de sangre corría sobre mi frente, mi nariz exhibía rastros de sangre coagulada. Me lavé la cara y me puse a esperar, por primera vez se me ocurrió ver el reloj, no lo traía conmigo y fui a mi recámara a recogerlo; eran las doce de la noche con veintitrés minutos. Mi desesperación crecía con la espera, estaba muy excitado y no tenía nada de sueño pero por otra parte me sentí mareado, tal vez por el golpe en la cabeza, tal vez por la cerveza. Estaba tan sentí tan mareado que no me podía sostener así que me senté en el colchón y me quede dormido. El ruido del timbre me despertó, alguien tocaba con gran urgencia y golpeaba la puerta fuertemente, corrí asustado a ver quién era y por la ventana pude ver a dos policías, uno de ellos enfrente de mi puerta y el otro enfrente de la puerta de los vecinos de al lado. Bajé a abrir de inmediato y un policía de baja estatura y con un aliento terrible me preguntó ¿Emilio Alonso? Sí, respondí. Me puede decir ¿qué ruidos oyó y de donde provenían? Me parece que estaban matando a alguien o al menos golpeando a alguien en esa casa de al lado. ¿Vio algo o nomas oyó gritos? Nomás oí gritos pero no es la primera vez que pasa. ¿Ya había reportado esos gritos a la policía? No. ¿Por qué? ¿Quién lo golpeó? Nadie, ¿por qué? ¿Ha estado tomando? En ese momento caí en cuenta que el hilillo de sangre me había vuelto correr por la frente. El policía tomaba notas, supongo que anotaba lo que yo le decía pero también lo que veía.

Yo no estaba en la condición idónea para discutir con el policía, así que sólo le dije que estaba preocupado por los pavorosos gritos que había escuchado. Añadí, estoy seguro que alguien fue golpeado o algo así, yo escuché claramente esos gritos. En ese momento el otro policía se acerco a nosotros y con cara de aburrimiento le dijo a su compañero, no contestan sargento, yo creo que ahí no hay nadie. No se ve ninguna luz prendida, ni ningún vehículo en la cochera. ¡No estoy loco, grité, alguien está siendo maltratado y es su deber investigar! Los dos policías me miraron con cara de sorpresa, mire amigo para mí que usted ha tomado demasiado. Es mejor que se vaya a dormir o lo tenderemos que detener por hacer escándalo a estas horas. Una cascada de frustración me dejó la boca seca. No pude decir nada, mis pensamientos corrían por mi cerebro sin dejarme concentrar. El policía chaparro se dio cuenta de mi aturdimiento y le dijo a su compañero, toca de nuevo Luis, nomás para estar seguros. El tal Luis camino a la puerta de los vecinos de mala gana, tocó el timbre a la vez que golpeo fuertemente la puerta con la mano. Nadie respondió. El policía esperó unos diez segundos y volvió a repetir la rutina con el mismo resultado.

Entonces el policía chaparro me dijo; si quiere mañana llame a la oficina de averiguaciones, ellos pueden mandar a alguien a investigar con más calma, pero por ahora no hay nada más que podamos hacer. Lo entiendo, fue todo lo que acerté a decir. Los policías se subieron a su patrulla y se fueron velozmente. Vi mi reloj, eran las dos cuarenta y tres de la mañana. Subí a mi departamento, me asomé hacia la ventana de los vecinos, no vi nada pero sentía que alguien me observaba desde ahí. Era una especie de fuerza que me atraía y me repelía a la vez. Curiosamente en ese momento pensé que era la misma sensación que me producía la idea de dios; me atraía por intuir que había algo después de esta vida pero me chocaba por absurda. También la idea de que existiera o no un dios me daba miedo. Trate de quedarme mirando fijamente a la oscuridad lacerante para demostrar que no tenía miedo, aún cuando si lo tenía, pero me comencé a sentir mareado de nuevo. Fui al baño a limpiarme la sangre y cuando vi que estaba detenida me tiré en el colchón y me quedé dormido.

En la sala de espera del aeropuerto saqué mi libreta y escribí:

Adiós a los gritos, adiós a quien sufre, ya no te podre ayudar, ya no me podrás aterrorizar. Serás un misterio más en mi vida, qué más da, ya no me importa, ni me importa mi patria, ni me importa si hay un dios o no. Adiós México, Mexiquito, ¿el país más chingón del mundo? Créete Negrete, Yo siempre he sido un incrédulo y no creo que Mazatlán sea la mejor ciudad de México ni que México sea el mejor país del mundo. Tampoco creo que mi familia sea especial, ni que la cerveza mexicana sea muy fregona, ni que los gringos sean muy listos o los japoneses muy trabajadores. Todo es una farsa pero así funciona el mundo. Me tengo que adapta a vivir en un teatro en donde tengo que decir una cosa para los demás y callarme mis dudas y objeciones. Como todo el mundo.

En el avión me tocó sentarme en medio de una monja de unos cuarenta años, y un americano de esos gordos, que parecen marranos porque la grasa se les sale por todos lados. Me hubiera gustado cambiarme de lugar para poder recostarme y dormir un poco, pero no vi ningún lugar vacio. Resignado agaché la cabeza y cerré los ojos esperando que mis compañeros de asiento no me fueran a tratar de hacer plática, pero no tuve suerte. A los pocos minutos de despegar, la azafata paso ofreciendo una charola con fruta, jugo, pan y café. Aun cuando yo dije que no quería nada, el gordo aprovecho para hacer plática; que comida de mierda, siquiera nos debían de ofrecer mantequilla con el pan ¿no cree? Claro, claro, contesté tratando de escaparme pero el gordo ya me tenía atrapado así que siguió: Las mejores comidas las sirven en KLM, Ah! Qué quesos, que carnes secas tan sabrosas, y con un buen vino de Bordeaux y ya nadie se quiere bajar del avión. Hasta dan ganas de volar nomas por sus comidas, ¿ha volando alguna vez por KLM? No, fue mi respuesta, y pensé, no en balde estas tan cachetón, gordo tragón. No sabe de los que se pierde. Resultó que el tipo era un vendedor de piezas para aviones y viajaba por todo el mundo ofreciendo refacciones y herramientas para todo tipo de aeroplanos y helicópteros.

El no lo dijo, pero yo sospeche que también vendía armas. Venia de hacer viajes por varios países que tenían conflictos bélicos. Al principio no le di importancia pero después de la tercera vez ya no me cupo ninguna duda, la pierna de la monja rosaba la mía cada vez con mayor descaro. Volteé a verla y ella se sonrió con mas picardía que las mujeres en los bares de la Zona Rosa. La monja tenía facciones agradables, no guapa pero agradable, sin embrago su vestimenta me hacía sentirme como si estuviera fajando con mi propia madre por lo que retiré mi pierna lo más que pude sin que fuera muy obvio para que el gordo no fuera a darse cuenta de lo que estaba sucediendo. El asalto paró momentáneamente pero a los pocos minutos volví a sentir la pierna de la monja buscando mi cuerpo.

Por su parte, el gordo me agredía con su plática interminable sobre las ventajas del capitalismo sobre cualquier otro sistema económico en el mundo. Según él, México estaba destinado a ser los Estados Unidos de Latinoamérica siempre y cuando los comunistas no se apoderaran del poder, cosa muy posible, me dijo. Los mexicanos son muy ingenuos, argumentó, y yo deduje que no quiso decir pendejos porque yo era mexicano. Yo lo escuchaba sin hacerle ningún comentario, tenía un sueño horrible y solo quería dormir. Y en efecto, por algunos segundos dormitaba pero preguntándome si no estaría soñando ya que entre las pláticas anticomunistas del gordo, y la pierna de la monja me sentía en un mundo irreal. Cuando el gordo comenzó a decir que la mejor opción para México era que surgiera un caudillo como Pinochet para salvar al país ya no pude más y me excusé para ir al baño. El gordo se dio cuenta de mi disgusto y se hizo a un lado para que yo pudiera pasar. Me metí al baño, enjuagué la cara y cerré los ojos tratando de dormir un poco aun cuando apenas y cabía parado. Así hubiera seguido indefinidamente de no ser porque alguien tocó la puerta. Era la azafata preguntando si me encontraba bien, no me quedo otra que volver a mi lugar.

El gordo se mantuvo quieto por un par de minutos pero luego me dijo, ¿sabe? Le voy a confesar un secreto; la Unión Soviética no era tan poderosa como la pintaban, pero fue muy buena para los negocios de mi compañía ya que vendimos mucho más que si no hubiera habido comunistas, ja, ja, ja. Pero no crea que es malo, no, al contrario porque si los comunistas se quieren meter en Argentina o Brasil, estos países ya van a estar armados hasta los dientes y van a poder rechazar cualquier rebelión, gracias al equipo que nosotros les vendemos o regalamos. ¡Ah! porque ha de saber que el mejor comprador de equipo bélico es nuestro propio gobierno que nos compra cosas para tener preparados a los regímenes libres del continente. Aun los políticos mexicanos que dicen que son

85

amigos de Cuba y no sé que tanto, nos vienen a pedir ayuda para domar a los rebeldes que andan por la Sierra de Guerrero. Entre las embestidas ideológicas del gordo y las físicas de la monja, yo preferí las de la religiosa, al menos esas me parecían más honestas así que me volteé hacia ella y le pregunte; ¿de qué orden es usted madre? Del Espíritu Santo, pero resulta que ya me voy a salir, he descubierto que mi misión es de laica, y diciendo eso sacó una tarjeta de presentación que me entrego diciéndome: si alguna vez necesita consejo espiritual no dude en llamarme pero solo si es dentro de dos o tres meses, después ya no voy a pertenecer a la orden y ya no me va a encontrar en ese número. Me sentí un poco aliviado; al menos la monja, que se llamaba Rachel O'Connors según su tarjeta, había encontrado su verdadera vocación y estaba actuando en consecuencia. Para mí era una nueva experiencia, yo nunca había sido muy afortunado con las mujeres. No es que no hubiese tenido novias y amantes pero no era de los que les caen del cielo. Me guardé la tarjeta en la bolsa del saco a la vez que ella me puso la mano en mi pierna y me preguntó: ¿y usted a qué se dedica? Cuando le comencé a platicar en donde iba a trabajar ella asentía con la cabeza como aprobando mi decisión mientras que con su mano me daba palmaditas en mi pierna. Me resultaba difícil concentrarme en la plática con las acciones de la religiosa, así que balbuceaba muchas de mis respuestas, lo que parecía no importarle a la monja quien seguía dándome palmadas en mi pierna. Por fin aterrizamos y al salir del avión la monja se despidió muy amablemente mientras, que el gordo me dijo con cara de asco; eso es lo que me molesta de los mexicanos, no respetan ni a las religiosas.

En el aeropuerto me esperaba el señor White con un tal Bob Murray quien sería mi enlace con la universidad. Murray era un estudiante de postgrado en el departamento de periodismo y trabajaba en la universidad como profesor adjunto. Yo nunca he sido muy fijado en la ropa pero el traje de White llamaba la atención por lo bien que se veía. Indudablemente que era un traje caro y combinaba perfectamente con la corbata y zapatos que parecían recién salidos de la tienda. Murray en cambio llevaba una chaqueta deportiva de los Dallas Cowboys y pantalones de mezclilla. El contraste no podía ser más extremo y por razones misteriosas me sentí contento.

White estaba muy alegre pero me dijo que estaba sufriendo porque en Dallas no se conseguía comida mexicana decente, según él, ya se había hecho adicto a las tortillas hechas a mano. Discretamente le pregunté si había viajando por el interior de México ultimamente, para ver si mencionaba algo de Mazatlán, pero según él, él no había ido a ninguna parte desde nuestro último encuentro. Sin embrago, cuando me respondió note que su voz cambió de cordial a fría, eso y las facciones de su cara me hicieron pensar que estaba mintiendo. No quise presionar más, si él tenía algo que ver con vigilarme no me iba a decir nada. White y Murray me llevaron a un edificio de apartamentos amueblados que estaba convenientemente situado cerca de donde yo iba a trabajar. Después te cambias si no te gusta me dijo White. Aquí se paga por semana pero si te quieres mudar a otro lugar, sólo tienes que avisarle al administrador con tres días de anticipación.

Cuando White y Murray se fueron, me puse a desempacar mi maleta, a pesar de que yo casi no había dormido se me había quitado el sueño. Me sentía emocionado de estar en una situación completamente nueva, nueva casa, nueva comida, nueva gente e incluso idioma nuevo. Dejé la mayoría de mis cosas sobre la cama y me salí a caminar. Eran las cinco de la tarde y hacia un poco de calor. Al salir del edificio me encontré con una calle larga llena de edificios de dos a seis pisos. No veía persona en la calle, solo sujetos en coches que parecían sonámbulos, casi todos viajaban solos y con la mirada fija, como si fueran robots. Comencé a caminar con la esperanza de ver alguna tienda o café en donde distraerme. No vi niños, ni perros, eso me daba una sensación rara, como si estuviera en una ciudad deshabitada. Algunos de los individuos que pasaban manejando volteaban a verme, supongo que no estaban acostumbrados a ver gente usando las banquetas. Tal vez por eso están tan limpias las calles, pensé, nadie las usa. Al llegar a la esquina mire hacia todos lados esperando encontrar un panorama más alentador pero la calle con el nombre de Yucon se veía tan desolada como la que yo estaba recorriendo. Seguí caminado una media hora hasta que llegué a un pequeño parque en el que había unas bancas, en una de ellas estaba una mujer que vigilaba a unos niños que jugaban a perseguirse.

Me senté en otra banca, pensé en Alma, a ella le hubiera gustado viajar a Dallas. Le encantaba la ropa gringa sobre todo las blusas y los sostenes, según decía la ropa interior era más cómoda que la que se conseguía en México. Luego me vino a la memoria mi padre, ¿Cómo estaría ahora? ¿Qué iba a ser de él? Sus signos de senilidad, de demencia me preocupaban. Ya desde hacía mucho tiempo yo hacía esfuerzos por acercarme a él pero nunca funcionaba, sus comentarios me irritaban, sentía que me criticaba por todo y que él no cedía ni un ápice. Por otra parte, me irritaba que yo no pudiera ser más paciente con él. Yo estaba consciente de que yo tenía mucho de la culpa, pero no sabía cómo remediar esa situación y eso me mortificaba mucho. Como quiera que sea, me resultaba muy penoso ver a mi padre perdiendo sus facultades mentales.

Comencé a sentirme solo, tenía ganas de platicar, me hubiera gustado poder comentarle a alguien sobre mi padre, sobre mi hermana, sobre mí. Pensé regresar al hotel y llamar a Rocío cuando un negro gigantesco se sentó a mi lado. Era mucho más alto que yo y muy fornido, daba la impresión de ser una montaña viviente. Tendría como cuarenta o cincuenta años pero me era difícil calcular su edad, por alguna razón las gentes de color guardan mejor los años así que podría tener sesenta años. Usted es nuevo por aquí ¿verdad? me dijo. Si apenas acabo de llegar. ¿Y de donde viene? De México. Ah! México lindo y querido dijo en español. Entonces se puso a platicarme que él había estado en varios países de Latinoamérica cuando era soldado. Trabajé en embajadas y entrenando policías y soldados en técnicas de interrogación.

Su plática me puso incomodo, varios compañeros de la universidad habían sido interrogados por participar en actividades sindicales y organizando comunidades. Bastaba que el dueño de una empresa acusara, a algún empleado de comunista, para que cuerpos paramilitares los torturaran, y en el caso de dos conocidos míos los desaparecieran. Generalmente las acusaciones eran porque los individuos se quejaban por los sueldos bajos, o porque los hacían trabajar horas extras y no se las pagaban. Y este mendigo gringo es de los que entrenaron a algunos de esos torturadores latinoamericanos, pensé. Pero no duré mucho en ese cargo, añadió Paul, me di cuenta que había muchas injusticias; los policías y los soldados agarraban gente, a cualquier gente y la hacían confesar lo que se les diera la gana. Yo les daba la queja a mis superiores y en lugar de hacer algo por terminar con los abusos me transferían, a otra plaza, así que me salí del ejército. ¿Cómo podía saber que me estaba contando la verdad? Me despedí aduciendo que tenía una reunión. El negro me gritó, me llamó Paul y estuve en Brasil, Argentina y Nicaragua pero nunca en México.

Llegando al hotel llamé a mi padre pero no pude hablar con él. Rosaura me dijo que papá había pasado una noche muy mala y en ese momento estaba dormido. Después llame a varios amigos para darles mi dirección y teléfono.

El Centro para Estudios Médicos contaba con más dinero para investigación científica que todas las instituciones de investigación de la Ciudad de México juntas. Jamás me había imaginado tantos recursos disponibles para proyectos de investigación. Mi cubículo tenía todas las comodidades posibles y computadoras con programas que no se conocían en México. Mi supervisor, Jack Muton, resulto ser un médico muy agradable y bromista. Había visitado México de vacaciones, y también había trabajando con un grupo de voluntarios de su iglesia que, durante sus vacaciones, se dedicaban a tratar pacientes de colonias pobres en la frontera o en Chiapas. Los demás miembros del equipo también se mostraron muy amables con la excepción de un médico de origen Mexicano; Daniel Somoza. No entendí su actitud pero en varias ocasiones me interrumpió de una manera evidentemente hostil para, según él, corregirme. Hice varios intentos por acercarme a él, pensé que podía ayudarme a entender la estructura del departamento, pero no fue así. Siempre que hablaba con él, me trataba como a un empleado inferior, y se deleitaba pretendiendo no entenderme por mi pronunciación aun cuando los americanos no tenían ningún problema con mi acento.

Sarah Rossel, otra doctora del equipo se dio cuenta de la situación y un día me dijo; no te preocupes por Daniel, el está celoso porque él era el supuesto experto en asuntos hispanos y ahora se siente amenazado por tí. Desde antes que llegaras él criticó la decisión de traer a un investigador de México. Según él, en tu país no hay personas calificadas para hacer investigación científica. Su observación resulto acertada, me di cuenta que Daniel cuestionaba todo lo que yo decía en las juntas, hasta cuando había un cumpleaños y yo decía que compráramos un pastel de chocolate, él de inmediato decía no, mejor de vainilla.

Daniel era chaparro, muy moreno y regordete, pensé que tal vez por eso yo no le caía bien, pues chance y se sentía acomplejado por su estatura y su color. Esas cosas a mí no me importaban pero creo que a él sí. Daniel no era el único que me ponía piedras en el camino. Había una doctora en sociología, Elena Swann, presunta experta en métodos de investigación social. Ella hacia todo tipo de aseveraciones sobre los hispanos, y no admitía que nadie cuestionara sus argumentos, por ello muy pronto me gané su antipatía. La Doctora Swann, gringa desabrida, pelos de elote, decía que las costumbres religiosas de los híspanos los mantenían atados a ser fatalistas y esperar que todo les caiga del cielo. Bueno, eso era cierto con mucha gente, pero no sólo hispanos, yo conocía muchos gringos que eran igual.

La doctora Swann basaba sus declaraciones en reportes de investigadores anglos con grupos de hispanos desempleados, o que estaban en la cárcel. Ella nunca se molestó por poner sus hallazgos en contexto. Puedo decir que no habían transcurrido ni dos semanas en mi nuevo trabajo cuando ya me comenzaba a sentir asfixiado por la politiquería que había en esa oficina y que no distaba mucho de la que conocía en México. En otras palabras, era la misma mierda que en México aunque con más discreción. Por otra parte, con más recursos se hacían más pendejadas y más grandes.

Pronto me compré un coche, ya que a pesar de que mi departamento estaba cerca de mi trabajo, necesitaba en que transportarme para ir a cualquier otro lado. El sistema de transporte público de Dallas era prácticamente inexistente. Resulta que un vecino de departamento, un holandés que había estado trabajando para la universidad, tenía que regresar a su país. Se le había terminado su contrato así me ofreció venderme su carro. Adam, el holandés, bioquímico de profesión, alcohólico por afición, quería cuatro mil dólares por su Toyota Corolla. Yo le ofrecí tres mil y de inmediato aceptó. El carro estaba en muy buenas condiciones del motor pero por dentro olía a alcohol, tabaco y hamburguesas. Cuando limpie el Corolla me encontré varias botellas de vodka y whiskey vacías, y una de ron sin abrir. También había cientos de colillas de cigarros y restos de tomate, cebolla y envolturas de comida rápida. Ya con mi Toyota automático me iba a pasear por diferentes rumbos de la ciudad cuando salía de mi trabajo. Visitaba museos, parques, galerías y librerías en las que me entretenía ojeando libros. Me gustaba pasear por colonias de gente rica por ver las enormes mansiones e imaginar cómo estarían por dentro. Muchas veces había hombres trabajando en los gigantesco jardines de esas residencias, e invariablemente tenían la facha de ser mexicanos, o de cualquier otro país Latinoamericano. Cuando tenía hambre comía en algún restaurante de comida rápida. Por otra parte, probé muchas marcas y diferentes tipos de platillos de comidas congeladas pero no me gustaron. En mi departamento guardaba una provisión de galletas y carnes frías, latas de sopas y otras cosas para cuando me diera hambre.

Si mal no recuerdo fue un jueves por la noche en que recibí una llamada de la señora Goldau. Me sorprendió ya que yo no la había llamado así que no tenía idea cómo había conseguido mi número telefónico.

-Emilio disculpe que lo moleste pero es un caso urgente por lo que le hablo. Ayer en la noche vinieron a la casa dos policías para preguntar por el matrimonio Harris. Parece que hay un problema con un hijo que tienen y que está desaparecido, bueno ellos también desaparecieron y la policía los anda buscando. Me preguntaron si usted tendría alguna información, según dijo uno de los detectives, usted llamó a la policía en una ocasión para reportar unos gritos en la casa de los Harris.

- ¿Un hijo? Yo nunca vi a ningún niño pero es cierto que los gritos que oí parecían de un niño más que de un adulto.

- ¿Y nunca vio a un niño?

- Jamás, ni tampoco oí a ningún vecino mencionar nada sobre un niño.

- Yo tampoco, cuando el señor Harris vino a rentar el apartamento nunca mencionó que tenían un hijo. Según él, vivía sólo con su esposa pero la policía dice que tienen un hijo llamado Franco que debe tener entre diez y doce años y es retrasado mental. Si viera ¡como me dejaron el apartamento! Y es que tenían encerrado al tal Franco en el cuarto de enfrente y parece que nunca lo sacaban. El cuarto estaba lleno de excrementos y las paredes todas rayadas, parece que el niño arañaba las paredes. Pobre chamaco, la policía los busca por abuso infantil. Yo jamás pensé que esas gentes pudieran ser tan crueles, se veían tan serios y pagaban la renta muy puntualmente, pero ahora voy a tener que gastar un dineral en limpiar ese cuarto. Y viera usted que el resto de la casa estaba impecable, ellos si vivían normalmente pero a su hijo lo tenían como a un prisionero, peor que a un prisionero, entre mierda y orines, qué horrible, pobre chiquillo.

- Pero ¿cómo es que durante el día no se escuchaban los gritos?

-Según los policías de día lo metían en un baño que no tiene ventanas y lo dejaban medio drogado con medicinas muy fuertes. Qué padres tan desalmados ¿no cree? Ojalá que los encuentren pronto. Por eso le hablo, ya que un detective de apellido Salinas me pidió sus datos, quieren hacerle algunas preguntas, cualquier información que les sirva para localizar a los Harris. Yo llamé a la casa de su papá y su hermana fue la que me dio su teléfono, espero que no le moleste.

- No, no, de ninguna manera, le agradezco mucho que me haya llamado y por favor avíseme si sabe algo más de esas gentes y de su hijo. Ahora entiendo lo de los gritos y lamento no haber hecho más por ayudar a Franco a salir de su situación.

- Hay sí, dios mío ¿a dónde va llegar este mundo?

- Bueno ¿y Juan y las muchachas no saben nada?

- Fíjese que ellos también desaparecieron. Resulta que según la policía Juan era un contrarrevolucionario en Cuba pero se escapo y le dieron asilo político en México. Él estaba esperando que le dieran una visa para irse a los Estados Unidos. En ese entonces las autoridades de México no se metían con él pero dicen que comenzó a ayudar a organizar protestas contra las embajadas de Cuba y de los Estados Unidos, por fin ¿de qué lado estaría? O a la mejor era un doble

93

espía, el caso es que cuando comenzó con eso de las protestas de la policía lo detuvo de inmediato. Pero lo dejaron salir bajo fianza y se desapareció, yo no sé si será cierto que él se fue a esconder en algún lado o la policía lo tiene detenido en el campo militar. Algunas gentes de la colonia andan diciendo que sin lugar a dudas era un doble agente, que si era castrista, que a la mejor era contrarrevolucionario, vaya usted a saber. El caso es que a los pocos días Josefina y Rebeca también se esfumaron como por arte de magia. Ay Emilio, no sabe lo difícil que ha sido esto para mí, con Joseff enfermo y todos estos líos. Ya nos han venido a interrogar todo tipo de policías, detectives y hasta unos militares. También catearon los apartamentos, volcaron todo lo que había y nos hicieron muchos destrozos. Joseff se pone muy nervioso cada vez que vienen los detectives a hacer preguntas y yo también pero me hago la que no tiene importancia para no alarmar a mi pobre marido. No sé cuándo vamos a poder rentar esos apartamentos de nuevo, y con la falta que nos hace el dinero para pagar tanto gasto médico por los tratamientos de mi marido. Dice el detective Salinas aún está buscando pistas. Bueno, lo dejo, Joseff me está llamando. Estas noticias de los Harris y de las estudiantes han puesto muy nervioso a mi Joseff y yo creo que por eso se ha desmejorado tanto.

La noticia me dejo frío. Así que se trataba de un niño. Me sentí mal, yo trataba de ayudar a cambiar el mundo con mis teorías espectaculares y ni siquiera había sido capaz de ayudar a un niño que sufría un cruel maltrato. Pensé llamar a Alma para hacerle ver que al menos en eso yo tenía razón y no me estaba volviendo loco ni nada por el estilo. No lo hice, conociéndola, sabía que me iba a salir con alguna explicación totalmente ilógica nomas por no dar su brazo a torcer.

Al día siguiente Sarah me pregunto si me sentía bien. Me dijo que tenía una cara de preocupación que no podía con ella. Le comenté lo sucedido y se alarmó, me dijo que ella tenía un hijo de aproximadamente esa edad que era autista y por ello sentía mucho coraje contra las personas que maltrataban a personas con problemas mentales. Esa tarde fuimos a comer el lunch juntos y resultó que teníamos muchas cosas en común. Ella se había divorciado hacia poco, le encantaba leer, ver películas extranjeras, era agnóstica y sus padres eran una constante fuente de preocupación. Ellos vivían en California y daban muestras de senilidad pero no querían irse a un asilo aun cuando era evidente que ya no estaban en condiciones de vivir independientemente.

Comencé a salir con Sarah por las tardes y los fines de semana. A veces íbamos a recoger a su hijo Sam a un internado para niños con incapacidades mentales. Él era un chico dulce y le encantaba que yo jugara a las carreras con él y le compráramos helado de fresa con una cereza en el centro. Sam tenía unos diez años y era flaco y pecoso de pelo medio rojo, al verlo me recordaba a Alfred Newman, la caricatura de la revista MAD pero tenía mucho cuidado de guardarme mi opinión para no molestar a Sarah.

Algunos fines de semana, Sam los pasaba con papá, entonces Sarah y yo salíamos a pasear a pueblos cercanos o centros nocturnos. Yo no estaba enamorado de Sarah pero disfrutaba su compañía y la forma de ser directa conmigo. A diferencia de las mujeres que habían sido mis novias, amantes o Alma, Sarah me decía lo que pensaba y no se enfadaba si yo criticaba algo de ella siempre y cuando le dijera mis razones. Otra diferencia con mis antiguas relaciones era que ella me decía si quería tener sexo conmigo sin inhibiciones. Las mujeres con las que yo había salido hasta entonces siempre se andaban por las ramas, y a veces aun cuando yo me daba cuenta que querían hacer el amor, disfrazaban sus intenciones a toda costa. Era como si el admitir que estar calientes fuera un pecado. Mi primer impulso fue pensar que la diferencia entre Sarah y las latinas era debido a la herencia cultural, pero deseche la idea por torpe. Yo vi a muchos individuos que al conocer a un japonés o a un ruso, ya se consideraban expertos en japoneses o rusos, y juzgaban a todas las personas de un país o un grupo étnico por sus experiencias con una o dos personas. Yo no quería categorizar a todas las americanas o a todas las latinas por unas cuantas mujeres con las que tuve amores. Por otra parte, era indudable que algunas cosas eran muy diferentes entre la cultura de México y la de los Estados Unidos. Me llamó la atención que las casas no tenían bardas, parecía que cualquier ladrón se podía meter como Pedro por su casa a robar. Las ventanas solo tenían unos postes de madera que cualquier individuo ladrón podría romper fácilmente y meterse a llevarse lo que quisiera. Eso en México era inconcebible, hasta las viviendas más humildes contaban con barras de hierro para desalentar a los ladrones. Se suponía que la mayoría de las casas de cierto nivel tuvieran alarmas pero por eficiente que fueran las alarmas no iban a detener a alguien que quisiera matar o secuestrar a algún riquillo. En fin, allá ellos, yo no tenía ese problema.

También me sorprendió que aun cuando hubiera congestionamiento, los automovilistas dejaban pasar a quien quisiera cambiar de línea, qué diferencia con el tráfico de la Ciudad de México en donde el que se le metieran a uno en su fila se consideraba un ataque personal que había que desagraviar, por lo menos con unos buenos bocinazos o mejor aún, con unas mentadas de madre. Y luego las calles siempre limpias, ¿En dónde está la basura? Me preguntaba, ni siquiera perros callejeros se veían por las colonias. Claro que tampoco se veía gente, menos chiquillos jugando fútbol en la calle como en México. Pronto me di cuenta que todo mundo salía del trabajo o la escuela y se metían a sus casas a ver televisión o se iban a los centros comerciales de compra, pero no se mezclaban con otra gente que no fueran de su grupo. Una de las cosas que me impresionaban más fue la influencia de la televisión en los americanos. Cuando me invitaban a una casa o tenía que ir a hacer alguna entrevista, la familia siempre tenía la televisión encendida aun, cuando no estuvieran viéndola. Era como un zumbido constante en las casa, en las tiendas, en los restaurantes, en las salas de espera. Si salían de día de campo o iban a la playa se llevaban una televisión portátil y se ponían a ver los mismos programas bobos de chistes súper usados que seguían haciendo reír a los gringos como si fuera la primera vez que los oían. Sarah no era así y yo creo que por eso nos gustábamos tanto, platicábamos de las películas que habíamos visto, de nuestros padres, de nuestros amores.

Pronto hice mi rutina, un día, como todas las mañanas, me levanté y me desayuné de volada. Me estaba rasurando cuando oí gritos y llantos en el pasillo. Antes de que pudiera reaccionar alguien tocó en mi puerta con fuertes golpes y gritó: prendan su televisor, hay noticias importantes. Prendí el aparato de inmediato. Al principio pensé que me había equivocado de canal y que estaba viendo una película de acción. Un avión se estrellaba en contra de una de las Torres Gemelas en New York. Sin pensarlo, cambié de canal y vi la misma escena. Era el once de septiembre y al igual que otras decenas de millones de gentes, estaba presenciando en vivo un acto que cambió nuestra forma de vivir e hizo que reevaluáramos nuestras creencias. De otros departamentos salían gritos, aullidos, insultos. Alguien volvió a tocar en mi puerta. Cuando abrí ya no había nadie pero mucha gente se había congregado en el pasillo y hablaban animadamente; ¿había comenzado la tercer guerra mundial? ¿Había sido un ataque de los rusos, de los chinos, de los grupos de extrema derecha? George, un compañero de trabajo en la universidad sacó una televisión al pasillo pues todos queríamos más información pero a la vez nos sentíamos necesitados de compañía.

Comenzaron a surgir todo tipo de teorías. Algunas personas entraban y salían de sus apartamentos en busca de información, todos tratábamos de comprender lo que estaba pasando. Otros se encerraron en sus habitaciones. No faltaron algunos que salieron rápidamente a buscar algún ser querido por si es que se trataba del inicio de una guerra. Los días siguientes fueron llenando los huecos de información con datos sobre los perpetradores de los atentados y sus justificaciones. Luego siguió la consecuente reacción de los líderes del país. Algunos querían bombardear a todos los países sospechosos de haber perpetrado el atentado, otros pedían calma y no precipitarse en acciones que solo empeorarían la situación. A los pocos días, cuando se aclaró que los terroristas eran miembros de Al Qaeda, se restableció cierto sentido de normalidad. Pero la vida ya nunca volvería a ser igual en los Estados Unidos. El sentido de invulnerabilidad quedo destrozado con los avionazos del once de septiembre.

Rosaura me llamó a los pocos días para saber si todo estaba bien en Dallas. Me pasó a mi padre quien con voz débil me preguntó: ¿Éstas bien hijo? Rosaura me dijo que echaron unas bombas por dónde vives, ¿no les paso nada a los niños? Estoy bien papá. Todos estamos bien. Jorge también me llamó Jorge para desquitarse:

- ¡Ya ves buey! Te lo dije que no te fueras para allá pero no me quisiste creer. Los Estados Unidos están de bajada, ya hasta los bombardean en su propia casa. Abusado carnal, a mí se me hace que ahora los terroristas van a joderse a Dallas por aquello del petróleo.

-Cálmate Jorge, eso pasó en New York y Washington. Aquí no ha pasado nada, todo sigue igual que antes.

- Por el momento Emilio. Pero ahora los gringos van a invadir a los árabes y Osama Bin Laden va a enviar terroristas por todos los Estados Unidos, ya te digo, Dallas es un blanco muy atractivo para los fanáticos, acuérdate que ahí se desarrollaba la serie esa de la televisión en donde una familia de ojetes hacían todo tipo de transas, y esa serie se veía por todo el mundo. Mejor regrésate, aquí estamos medio pobretones pero seguros.

Con el tiempo las cosas volvieron a la normalidad. Hasta cierto punto. Aumentó la ola anti inmigrantes, la vigilancia en aeropuertos y edificios de gobierno llegó a extremos absurdos. Cuando me enviaron a una conferencia en Alburquerque me tocó padecer las largas colas para ser sometido a revisiones por motivos de seguridad. Era de entenderse que se tomaran precauciones, me acordé del dicho que decía mamá: más vale prevenir que remediar. Pero también vi cómo los guardias de seguridad hicieron salirse de la fila a un hombre de unos noventa años que usaba un andador para caminar. El señor en cuestión era anglo y de ninguna manera coincidía con el perfil de un terrorista. Entonces lo sometieron a una revisión rigurosa en que casi lo hicieron desnudarse a un lado de la fila. Le pregunté a uno de los guardias porque hacían eso, me contestó que tenían el sistema de revisar exhaustivamente a uno de cada nueve o diez pasajeros como medida preventiva. No había nada ni nadie que los sacara de su rígida, y torpe, rutina.

Esa fe ciega en los métodos era lo que me descontrolaba de la cultura americana. Cambiaban el uso de la razón y el sentido común por métodos que se inventaban algunos burócratas en oficinas gubernamentales. Los empleados encargados de implementar esas medidas tenían que seguir esas reglas o perder su empleo. Así se formaba una cultura de "yo cumplo aunque la regla sea absurda, y aun cuando vaya en contra de mi capacidad intelectual." Esa forma de pensar se aplicaba en todas las esferas de la vida; las leyes de tránsito, los exámenes médicos, la educación desde primaria hasta la universidad, y hasta en la investigación científica.

6

Una de las funciones en mi empleo, era entrenar a los investigadores que iban a casas de personas que habían aceptado participar en alguno de los proyectos de investigación que manejábamos. Yo iba con los entrevistadores y comenzaba las charlas, o en algunos casos simplemente supervisaba las entrevistas e intervenía con observaciones. Esa faceta de mi trabajo resultó fascinante, ya que tuve la oportunidad de conocer a mucha gente. Conocí personas de todo tipo, desde retirados hasta adolecentes; algunos sanos, otros enfermos, la mayoría cuerdos, otros tantos locos, en fin, se nos presentaban todo tipo de situaciones. Había latinos, negros, asiáticos, anglos, algunos eran de países que yo ni sabía que existirán. La mayoría era de escasos recursos pero no faltaba gente de clase media; periodistas, médicos, enfermeros y hasta boxeadores. Así tuve la oportunidad de escuchar muchas historias fascinantes como la de Magda, una madre soltera que era la mamá de un asesino en serie que había matado de menos a cuatro mujeres y estaba en la cárcel de por vida. Magda me platicó que su hijo Felipe, el asesino, era el mejor de sus hijos pues desde chico la ayudaba con el gasto. Su único defecto era que no le gustaban las mujeres y ni sabía porque, decía Magda muy afligida. Otra señora que recuerdo, Consuelo, había perdido la custodia de sus cuatro hijos porque los descuidaba y con frecuencia se le perdían. Sin embargo esa mujer tenía seis perros a los que no les faltaba nada a pesar de que vivía de la asistencia pública. Es que los perros son más agradecidos que los niños, me dijo Consuelo como disculpa. Me dio mucho gusto cuando terminé esa entrevista pues la casa de Consuelo olía a perrera. Pero la gran mayoría de las personas que entrevistaba eran personas comunes y corrientes. Gente tratando de salir adelante a como diera lugar, luchando en un ambiente muy difícil.

Sin lugar a dudas las condiciones de vida de esas personas determinaban la salud y su actitud ante la vida, a veces tanto o más que las medicinas y los tratamientos que recibían. Yo alentaba a los sujetos a hablar de su niñez, de sus hijos, de su matrimonio, cosa que generalmente hacían con mucho gusto. Muchas de las historias resultaron interesantes o divertidas como las que mencioné. Otro relato que me impactó fue el que me platico un anciano de más de noventa años, Guadalupe Ordoñez, y que aquí trascribo más o menos como recuerdo: Cuando yo vivía en Veracruz, vivía en un caserío llamado Jamal, ahora ya está más mejor pero en aquel entonces estaba re' jodido. Güeno po's ahí ocurrió esto que le voy a contar que es una historia bien cierta no le aunque que algunas almas digan que yo me la inventé. Aunque yo era un escuincle, recuerdo que una sombría tarde de un inverno bien frio, se podía ver en los ojos de Venancio, el mero mero de Jamal, que la muerte se acercaba poco a poco a reclamar el cuerpo del vicioso vejete. Al menos eso era lo que decían mis padres y mis tíos. Los familiares y amistades del enfermo comenzaron a aparecer para despedir al otrora incorregible cacique del pueblo. Unos iban por curiosidad, otros por puro júbilo ya que el Venancio les había hecho alguna maldad. Todos coincidían en que era cuestión de horas para que Venancio, Dios lo ampare, se fuera a rendir cuentas al creador. Fue entonces que llegó el padre Santiago acompañado de una sobrina que lo visitaba de la capital del estado. Cuando apareció la fuereña Martina, con una entallada falda roja, moviendo sus caderas al ritmo de los rezos de los familiares, todos los asistentes nos quedamos boquiabiertos. "Que mujer tan descarada, como se le ocurre presentarse con esas fachas a lo que pronto será un velorio" susurraban las viejas beatas del pueblo. Yo nunca había visto a ninguna mujer vestida con la falda arriba de las rodillas. Estaba medio llenita la ruca pero despertaba el apetito, más en escuincles como yo. Cuando los ojos de Venancio repararon en ella, se lo juro por dios santito, se prendieron con tal pasión que la muerte se espantó y salió volando del cuarto. Yo lo vi con mis propios ojos, a mi naiden me lo contó. En ese t'onces yo tenía como quince años y nunca había visto ni he vuelto a ver una cosa igual. Güeno pues ahí tiene uste que contra la voluntad de los dieciséis hijos reconocidos, la prohibición del cura Santiago y el consejo del doctor Pérez, Venancio de plano resucitó y a los pocos días se casó por sexta vez con la treintona Martina. Entonces procreo otros tres chilpayates durante los seis ajetreados años extras que vivió Venancio. El presente gobernador del estado, Quique Cañales, es hijo de uno de los llamados tres pilones de Venancio, y debe su vida a que su madre, la salerosa Martina, expulsó aquella sombría tarde de octubre a la muerte con su falda roja y su vibrante cadereo.

Otro anciano que apenas y se podía mover por problemas de artritis pero cuya mente estaba más lúcida que la de un chaval, me platicó el siguiente incidente que según él sucedió en Laredo. Por esa época el peor insulto que se le podía hace a un hombre en Laredo era decir que este era joto, o lo que es lo mismo maricón, o sea; puto. Eso era peor que mentarle la madre o decirle que era comunista, golpeador de mujeres o flojo. De esto ya hace muchos años y ya llovió pero una tarde en la escuela, el orejón Martínez se comenzó a burlar del trompo Muñiz. Y es que el trompo se había llevado tremendo susto cuando el profesor Rodríguez lo despertó en la clase de historia dándole una fuerte palmada atrás de este. El Trompo se levantó como resorte y comenzó a correr, todos en la clase comenzamos a reír y el Trompo paró de correr enfrente de la puerta, volteó a mirarnos. El muy buey aún no sabía lo que había pasado hasta que el profesor le dijo que se sentara en su lugar y no se volviera a dormir durante la clase o se iba a ir al infierno. El Trompo se resignó a sufrir las guasas de todos nosotros. Aguantó las burlas y bromas varios días, pero el Orejón quiso aumentar la humillación del Trompo y en un recreo le dijo; te asustaste tanto que a mí se me hace que eres maricón. Como un rayo el Trompo saltó sobre el Orejón y le hubiera arrancado las orejotas de no ser porque el profe Rodríguez pasaba por ahí y logro despegar al Trompo de su presa. Al principio todo mundo condenó al Trompo por golpear al Orejón quien era un año más chico y además era muy popular en la clase. Sin embrago cuando se supo que el Orejón había llamado al Trompo maricón, todo mundo se puso del lado de Muñiz, y eso que Laredo era un pueblo en donde la población era muy tolerante. Según me decía mi primo Alberto de Guanajuato con mucho orgullo, que en Guanajuato no había putos. Cuando salía alguno le daban tal paliza que lo mandaban al hospital o a la morgue y por ello los jotos se habían ido de Guanajuato. Años más tarde me enteré que mi primo era joto pero había guardado su secreto muy celosamente al grado de que solo cuando murió de SIDA nos enteramos de su orientación sexual.

Comencé a transcribir las historias más interesantes que escuché en esas entrevistas pero cuando traté de que se tomara en cuenta el aspecto etnográfico de los participantes me encontré con la rotunda negativa de la doctora Swann. Por su parte el lambiscón de Somoza se agarró de mi propuesta para tratar de ridicularizarme en las juntas. No le dio resultado ya que los demás participantes encontraban las historias significativas pero la doctora Swann impuso su autoridad para bloquear cualquier asomo de ·mis informes. Desgraciadamente cuando tiempo después tuve que salir de prisa de Dallas, perdí mis notas y con ellas un cúmulo de información fascinante.

Cándido era un hombre relativamente joven que limpiaba las oficinas del departamento en la universidad. El llegaba como a las siete de la tarde cuando la mayoría de los empleados se habían ido pero yo me lo encontraba con frecuencia. Muchas veces me quedaba a trabajar hasta bien entrada la noche. Cuando Cándido notó que yo era de México de inmediato me abordó; ¿y usted de donde es jefe? De Mazatlán. Ha po's casi vecinos, yo soy de Guadalajara pero llevo un chorro de mojarra, ya hasta soy medio chicano o pocho o como se diga aunque yo digo que soy Azteca. Y ¿desde cuándo la gira por acá? ¿What? Po's que how long have you been here? ¡Ha! Ya voy para un año. Jijo, po's ta' green, yo voy para un twenty pero chance que me pele para México soon. Why? No pus la vida is hard aquí, very hard, la neta. La migra siempre anda chingando y además tengo una vieja y chavalos en Guadalajara. I miss them. Con el tiempo Candido comenzó a llegar más temprano, sospecho que simplemente quería platicar conmigo. Por razones que desconozco se ponía a hablarme de sus problemas y de sus planes pero, también, me daba consejos aun cuando yo no sé los pidiera.

- I tell you doc. Lo mejor es juntar plata y regresarse a México, allá la vida es más sabrosa. Here you are a second class citizen manqué tengas papers. Ganas más money pero gastas más. I'm going to open a changarro en mi colonia y voy a ser mi propio boss. No more toilets para mi, que los güeros limpien su propia caca.

- Y ¿cuándo te piensas ir Cándido?

- Nomás que junte un poco más de dolores, you know. Genoveva me dice que todo está muy caro por allá, I need more chelines por si no sale bien la cosa you know. I took a class, un curso de business en el colegio de comunidad y tengo que hacer my business plan. Maybe you can help me. Tú fuiste a la universidad y me puedes echar una handita.

- ¿Una que?

- Una manita man.

- Ah, bueno, yo te ayudo en lo que pueda pero te advierto no se mucho de negocios, más bien no sé nada de business, siempre he trabajado en universidades o en el gobierno de burrocrata, ja, ja, ja.

- No le aunque jefe. Algo se te debe haber pegado, at least the words que los businessmen usan.

Así fue como quedé enganchado de asesor empresarial de Cándido, desgraciadamente para él no le pude ayudar mucho, mis conocimientos de negocios resultaron tan limitados que muy pronto Candido dejó de pedirme asesoría.

Una noche en que me quedé a dormir en la casa de Sarah me despertó un ligero quejido. Aún estaba medio dormido y entre sueños me pregunté de que se trataba, pero el sueño me ganó y comencé a dormirme de nuevo. El quejido volvió a repetirse ahora con más fuerza. En eso me desperté sintiendo que Franco estaba llorando pero pronto me di cuenta de que no estaba en mi cuarto de la colonia Guadalupe. Volteé a buscar a Alma y en su lugar me encontré con Sarah quien dormía plácidamente. ¿Será posible que Franco me hubiera seguido a Dallas? Que absurdo pensé, pero los lamentos que había escuchado eran los del niño de mis vecinos, ¿Qué explicación podía haber? Me asusté, es capaz que ahora si me este volviendo loco. Puedo decir que sólo fue un segundo antes de que tomara conciencia de que los lamentos venían de la recamara de Sam. Entonces el universo volvía a ser lógico, pero dentro de mi ser quedaba algo de hechicería, como que las cosas todavía no estaban en su lugar. Me acabé de despertar con la férrea intención de ir a asomarme a la recamara de Sam, de comprobar que el mundo aún consistía de una serie de secuencias, dictadas por fenómenos físicos perfectamente predecibles, aun cuando no del todo entendidos por mí. Con paso resuelto me encamine al cuarto del fondo dispuesto a enfrentar mis miedos y desenmascarar mi absurda superstición. Apenas había dado unos seis pasos cuando un nuevo gemido atravesó mis oídos como si fuera un rayo fulminante, volví a quedar inmóvil. Mi mente me decía que lo que estaba haciendo era absurdo pero mis músculos no me obedecían. Lo peor de todo es que me dio pánico, ni siquiera sabía a que temía pero comencé a sudar y a sentir que las paredes se me venían encima. Algo me decía que los gemidos eran de Franco y aunque sabía que esa idea era falsa, dentro de mí realmente lo creía. No sé en qué momento perdí la conciencia pero de pronto todo se nubló y ya no sentí nada. Cuando desperté Sarah me estaba poniendo una toalla mojada en la frente. Reconocí la casa de mi amante y comprendí que me había confundido. Sarah vio que abría los ojos y me preguntó cómo me sentía. Le mentí y le dije que bien. Ella me quería llevar al hospital para que me checaran para encontrar la causa de mi desmayo. Yo le dije que no era para tanto, que algo que me había caído mal de la cena y por eso estaba débil, no quise decirle que los gemidos de Sam me habían dado terror por haberme llevado al pasado cuando Franco era maltratado. Como pude me levanté, me vestí y salí para mi departamento. Al pasar por el jardín, vi a Sam que se asomaba por la ventana de la sala. Se sonrió al verme pero yo sentí que debajo de su sonrisa había un mensaje como si me estuviera diciendo, te conozco cabrón, a mi no me engañas y no te vas a liberar tan fácilmente de mi. Aterrorizado apreté el paso. Después de un par de horas de haber llegado a mi casa Sarah me llamó para preguntarme cómo me sentía. Entonces le confesé que había oído a Sam gemir en la noche y eso me hecho recordar los lamentos de Franco. Ella se mostro sorprendida y noté una cierta dureza en su voz pero no me dijo que estuviera molesta.

El domingo Sarah me llamó y me dijo que tenía una reunión familiar y no podía verme. Yo no tenía nada que hacer, por lo que después de leer el periódico, decidí pasear por el parque al que había ido en mi primer día en Dallas. A diferencia de la primera vez que fui, ahora el parque estaba lleno de gente, había una festividad para honrar la diversidad en los Estados Unidos. En el centro del parque, en una tarima, presentaban músicos, magos, comediantes y bailarines entre otros espectáculos. A los lados, en puestos portátiles, algunas gentes vendían joyas, juguetes, artesanías y comida. El ambiente era muy agradable, muchas familias de diversos orígenes participaban; orientales, africanos, latinos, pero lo que más había eran anglos. Después de recorrer el lugar un par de veces me decidí por probar rollos vietnamitas, y una especie de tortilla de Etiopia. Para rematar me compré un café expreso en un puesto de comida colombiana. Estaba saboreando mi bebida cuando oí que alguien me llamaba. Volteé y me encontré con la sonriente cara de Paul. Este iba acompañado de otro negro que hacía contraste con Paul, era casi un enano y flaquísimo. Paul me lo presentó como Roy, un amigo del barrio. Nos fuimos a sentar en una banca y comenzó la diversión. Roy hacía comentarios de cada persona que pasaba; miren a ese mono con capa, se equivocó de lugar, debería haberse ido a un entierro, y que me dicen de aquel idiota que trae unos pantalones de brinca charcos, casi le llegan a las rodillas, estoy seguro que los tiene desde que tenía diez años. Mira, mira, ese estúpido con aquella nena tan linda, de seguro que ha de estar forrado de lana de otra manera no se explica como un churro tan sabroso va a salir con un joto roñoso.

Casualmente me di cuenta que Roy tomaba unas pastillas, al notarlo Roy me ofreció una, ¿quieres elevarte al cielo? Son pura vida. Yo rechacé su oferta, no quería ningún problema con la ley. Supongo que eran anfetaminas pero no estoy seguro. Paul tampoco aceptó las drogas que le ofrecía Roy por lo que este volvió a su tarea de crítico de la humanidad. Aun cuando los comentarios de Roy eran ofensivos, Paul y yo no dejábamos de reírnos porque sus observaciones eran muy acertadas. Sin embargo el tema de la muchacha bonita dio paso a que Roy nos platicara su teoría de las mujeres. Miren, hay toda clase de mujeres, algunas son muy bonitas, las que tienen una cara bella, ya llevan puntos ganados conmigo y luego, si tienen un cuerpo bien formado, uff, yo me siento en el cielo. La siguiente categoría son las mujeres bellas, buenotas y que

107

caminan como barco en alta mar, que cosa más bella mi hermano, nomás de verlas y yo me siento en el cielo, ah porque hay que aclarar que hay mujeres bellas con un cuerpazo que sin embargo caminan como robots. En cambio hay algunas feas que tienen un cuerpazo, que además se saben sacar partido usando ropa que hace que sus curvas se acentúen y se vean aún más cachondas y además se mueven bien sexy. Pero lo máximo son las mujeres bellas, jóvenes que tienen cara de ángel, con cuerpazos tipo Raquel Welch y que se mueven cachondamente inspirando deseos sexuales hasta en las piedras. Esas son las que hacen que la vida valga la pena vivirse a pesar de tanto sufrimiento. Yo he estudiado a esas mujeres a fondo y he llegado a la conclusión de que tienen que tener una cintura chiquita, unas posaderas amplias y respingadas, no nomas anchas pero salidas. Luego tienen que tener buen muslo y por ultimo sus hombros deben ser atléticos. Esas mujeres son las que caminan como diciendo; cógeme o de menos admírame, ve lo que traigo atrás y que no te voy a dar. Ah, pinches viejas cabronas, como les gusta hacernos sufrir. Paul comentó; es cierto por donde yo vivo, hay una chica de esas que trae a todos los hombres de la colonia de cabeza, y la muy pendeja fue a caer con un pobretón que lo único que tiene es una cara de muñeco. Roy volvió a coger el tema; yo no sé en qué consiste pero esas chicas caminan como pidiendo amor, desafiando a las testosteronas, despertando los deseos carnales, son un viva a la vida, una fuente de placer sexual y sensual ilimitado. El movimiento de sus nalgas es una poesía viviente que ni Neruda podría haber mejorado. Si te fijas, esas mujeres están destinadas a vivir incitando a los varones a cumplir con su tarea más elemental; el procrear. Ellas pueden ser unas santas, pero sus cuerpos son anuncios de la naturaleza que recuerda a los varones que hay algo más importante que comer, guerrear o trabajar; hay que coger, hay que reproducirse. Esa es la misión más importante de nuestra vida. Y si no salen hijos, mejor, para que no estorben. Pero hay que vivir haciendo la lucha.

- Miren por ejemplo a esa nena que va pasando, está casi perfecta, si la ves de frente tiene unas curvas insuperables, pero mírenla de perfil. Y con esto nos hizo caminar a un punto donde podíamos ver a la mujer de perfil. En efecto era una hembra de tremendo cuerpo y muy bonita.

- Fíjense como tiene las nalgas aplanadas. Esta defectuosa.

- A mi no me importan sus nalgas aplanadas, dijo Paul. Yo me la comería en este instante si pudiera, para mi esas nalgotas son dignas de un rey.

- Yo también agregó Roy, pero ese no es el punto. Lo que quiero es que se den cuenta que por no tener las nalgas respingaditas no se lleva un diez. Un nueve si, pero no llega al diez.

- Yo como no estoy muy perfecto me conformaba con esa mujer, dije yo. Yo agarro de seis para arriba así que imagínate una de nueve.

Paul se carcajeó y agregó:

- Yo le entro a cualquier mujer que me de chance así que me vale madre que no tengan las nalgas perfectas, me basta con que tenga nalgas.

Roy se enojó y terminó diciendo:

- Ustedes son un par de pendejos. No entienden la importancia de saber apreciar la perfección en las mujeres por eso están tan jodidos y no agarran nada. Que se me hace que hasta son putos.

Tanto hablar de mujeres nos despertó el apetito y nos fuimos a formar en la fila de una taquería para comer algo. Roy me retó a que le pusiera mucha salsa a mis tacos para demostrar que era mexicano. Así lo hice y me tuve que aguantar hacer caras para no delatar que ya no aguantaba el chile como cuando vivía en México. De cualquier manera Roy y Paul notaron lágrimas en mis ojos y me picaron el orgullo; ja, ja, ja mira qué clase de mexicano eres, a mí se me hace que eres mexicano hecho en China, yo creo que de mexicano sólo tienes el nombre, ja, ja, ja. Más que el chile, me picó el orgullo, apenas y llevaba unos cuantos meses en los Estados Unidos y ya estaba cambiando. Me pregunté qué otros rasgos estaría perdiendo sin que me diera cuenta. Era como que ya no era mexicano, al menos no totalmente mexicano, ahora tenía un poco de gringo, ¿Cómo era posible que ahora un poco de chile me pusiera rojo?

Según la doctora Swann los inmigrantes que se asimilan a su nueva cultura tienen más probabilidades de tener éxito en su nuevo ambiente, no obstante, los mexicanos tendían a aferrarse a sus costumbres y por ello quedaban rezagados. Yo nuca había sido nacionalista, desde chico me pareció absurdo eso de que por haber nacido en una ciudad, en un país, esa ciudad, y ese país son motivos de orgullo. Para mí uno nace por accidente en un lugar y no tiene ningún mérito de lo que es ese lugar o ese país. Sólo lo que uno hace por su grupo o por su país tiene valor. Pero en ese momento, el saber que estaba perdiendo algunas características de mexicano, y que nunca ni me había percatado de ellas, me produjo un vacío en el estomago. Sobre todo porque no había substituido esas idiosincrasias con otras cosas nuevas, al menos que yo me percatara. Además, el vacío en mi estómago se mezcló con la irritación en todo mi sistema gástrico que me producía el chile, desde la boca, hasta el culo. Y las burlas idiotas de los imbéciles de mis amigos acabaron por ponerme de un humor de perros.

Cerca de nosotros estaba una mujer de tipo anglosajón extremadamente obesa, yo creo que de menos pesaba unos ciento veinte kilos, e iba acompañada de un tipo delgado que parecía ser su marido. De inmediato Roy afiló su lengua y comenzó a hacer comentarios sobre un trasatlántico que se hundió porque lo sobrecargaron. La pareja escuchó lo que Roy dijo pero como el comentario era velado no dijeron nada. Después la mujer gorda fue a un puesto y pidió tres hamburgesas y tres hot dogs. Entonces Roy le dijo en voz alta; que bárbara, deje algo para los niños pobres de África. Si usted dejara de comer tanto no habría escases de comida en el mundo. El compañero de la mujer se abalanzó sobre Roy, pero éste salió corriendo y se puso a buena distancia de su agresor, el hombrecillo se quedó desconcertado por un instante. Entonces Roy volvió a la carga y le gritó desde lejos; no se enoje, es sólo un comentario para que su vieja deje de comer tanto y así baje el precio de la comida. El flaco volvió a tratar de alcanzar a Roy quien salió corriendo como un conejo. El flaco regresó y se vino hacia nosotros. Paul y yo nos separamos instintivamente, al llegar cerca de nosotros el flaco vio que Paul era una mole humana, mientras que yo pesaba como la mitad del negro por lo que me escogió a mí. Me tiró un trancazo pero como yo ya le había visto las intenciones me hice a un lado y el flaco fue a caer en la banqueta. En ese momento ya se había juntado un grupo de gente mirando el espectáculo. Yo me quedé parado esperando por si el flaco me quería pegar de nuevo cuando sentí un golpe en la espalda, fue un bolsazo que la mujer gorda me propinó con todas sus fuerzas. Por suerte esta no era muy fuerte así que no me hizo gran daño, sin embargo me distrajo lo suficiente para que el flaco llegara a mi por un lado y me surtiera un puñetazo en la cara. Paul se interpuso cuando llegaron dos policías a poner el orden. La gorda lloraba y decía que la habíamos insultado y faltado a sus derechos civiles. Nosotros les dijimos a los polis que nosotros no teníamos nada que ver con el tipo que había hecho los comentarios a la gorda. Varios testigos respaldaron nuestras delaciones diciendo que quien había hecho burla a la mujer había salido corriendo, y que nosotros no habíamos sido los agresores sino los agredidos. Uno de los policías me preguntó si quería levantar cargos en contra del flaco que me pegó, y que resultó ser hermano de la gorda, pero yo considere que no tenía caso. El golpe que me había dado había sido leve y lo que yo quería era irme a casa.

Tres días después recibí una llamada del detective Salinas. Al principio se mostró muy amable y me dijo que nomás quería corroborar cierta información. Sin embrago sus preguntas fueron repetitivas y con comentarios incriminatorios;

- Si usted sabía que había un niño que estaba siendo maltratado ¿por qué no insistió a las autoridades que investigaran?

- Yo no sabía que ahí vivía un niño, y menos aun que estuvieran maltratando a un chamaco, ni siquiera sospeché que se tratara de un caso de abuso. Yo pensé que alguien podría estar enfermo, pero no sabía que se trataba de un niño y mucho menos que lo tenían abandonado.

- Mmmm, sí, es cierto, lo comprendo. Además con la vida tan ocupada que llevamos todos en la capital no tenemos mucho tiempo para pensar, ¿verdad? Lástima que en este caso se tratara de una criatura indefensa. Vaya usted a saber que tanto lo maltrataban, pero no me extrañaría que hasta lo torturaran como es muy común en estos casos. Viera que yo como policía he visto una crueldad extrema a escuincles pequeños, ningún animal se atrevería a maltratar así a sus críos, que vergüenza, ¿no cree? Y dígame ¿Cómo le va en Dallas?

- Bien, no me puedo quejar.

- Yo he estado en Houston y otras ciudades de Estados Unidos pero no tengo el gusto de conocer Dallas. A la mejor si este caso toma otro rumbo me toca ir por allá. Uno nunca sabe, el niño está desaparecido y hay que buscarlo en los lugares más lógicos ¿no cree?

- ¿Que insinúa, que yo secuestré al niño? Por favor.

- No, no, no me malinterprete, yo sólo soy un pobre policía que tiene que seguir todas las pistas posibles. Yo trato de hacer todo lo que puedo para que no haya otros casos de abusos contra chicos indefensos, que vergüenza ¿no le parece? ¡Ah! por cierto le quería preguntar si sabe algo de su amigo Juan.

- ¿Cual Juan?

- Su antiguo vecino, Juan Márquez. A la mejor él puede avalar su historia.

- ¡Ah!, ese Juan. No, ya no volví a saber nada de él desde que salí de México.

- Pues si sabe algo de él, no deje de llamarme. Me gustaría hablar con él.

La indirecta me dejó frío. Así que había yo pasado de testigo a sospechoso. Pero me dejó más inquieto lo que me dijo después el detective.

- Bueno, lo dejo para que siga con su trabajo, ya no lo quiero molestar con más preguntas, aun cuando se trate de un caso tan penoso, ¿qué vergüenza, No cree? Al fin que ya tengo su número telefónico y le llamaré si es que necesito de su cooperación. Por cierto ¿como sigue del golpe que le dio la señora gorda el otro día en el parque?

Yo no había mencionado nada a mis amistades de México sobre ese incidente así que la información de Salinas tenía que venir de otra fuente. Me estaban vigilando, ¿Quién y por qué? Aunque yo fuera sospechoso del caso de Franco dudaba mucho que eso fuera causa para que alguien de México me estuviera siguiendo en los Estados Unidos. Cuando le pregunte a Salinas como sabía que había recibido un golpe se disculpó aduciendo una llamada urgente y colgó. Salinas no había mencionado el incidente por error, lo hiso intencionadamente, para alarmarme y provocar algún tipo de reacción en mí, pero ¿por qué? Y lo de Juan ¿Qué papel tenia él en el caso? ¿Sería que Juan andaba metido en asuntos más graves de lo que yo pudiera imaginar? Me quedé pensando y llegué a la conclusión de que Salinas estaba tratando de hacer de mí el chivo expiatorio de ese caso, de otra manera ¿Por qué me dejaba saber que sabía lo que me pasaba en Dallas? ¿Estarían buscando a Juan y estaban usándome para ver si a través de mi podían dar con él? ¿Quién lo estaba ayudando desde los Estados Unidos? Pero ¿Qué podía hacer? ¿Ir a declarar a México? ¿Buscar un abogado? Me sentí como si fuera parte de una novela de espionaje.

Innecesario decir que pasé una noche de perros. Mi mente daba vuelta pensando en que lio me habría metido para que me estuvieran fiscalizando. Recordé la vez que me pareció ver unos judiciales en Mazatlán vigilándome y ahora en Dallas también alguien me espiaba. Yo era inocente en el caso del niño de los vecinos pero también sabia como la policía muchas veces fabrica culpables para esconder su incompetencia. O a la mejor tenía que ver que durante mis estudios en la universidad había tenido amistad con algunos activistas que después habían sido encarcelados o desaparecidos por supuestas actividades subversivas. Esa hipótesis tenía más sentido desde el punto de vista de que me estuvieran vigilando los gringos y la policía mexicana. Además ahora que Juan se les había vuelto ojo de hormiga, por lógica eso también me perjudicaba pues cuando vivíamos en los departamentos de los Goldau teníamos contacto casi a diario.

Mi padre me aconsejó que estudiara para dentista, eso de la economía y ciencias políticas sólo lleva a meterse en problemas, me decía con voz de súplica. Total que la pobreza y la corrupción no tienen cura, en cambio las caries sí, y pagan muy bien por curarlas. Ahí tienes a Roberto, el hijo de la vecina, apenas tiene unos cuantos años de recibido y ya hasta le compró un coche nuevo a sus papas. También Alma me había pedido que me metiera a trabajar en el negocio de un tío de ella vendiendo seguros. Al principio no se gana mucho, pero después que haces clientela, sacas muy buen dinero y no tienes que depender de políticos y burócratas corruptos para tener trabajo. Tampoco tendrías que andar cuidándote la espalda por criticar al gobierno. Pero no le hice caso ni a mi padre, ni a Alma y en esos momentos me maldecía por no haber seguido sus consejos. Estaría frustrado pero seguro, pensé.

Mi hermana la fresa, la única que tengo, me llamó varias veces para preguntar si ya estaba instalado, ya le andaba por viajar a visitarme. Las primeras veces le dije que aún no me ubicaba y que esperara un poco más. En serio que mi intención era abrirle las puertas de mi casa, más que nada por mis sobrinos. A pesar de ser unos mocosos latosos, eran muy ocurrentes y me gustaba jugar con ellos. Además me bastaba con llevarlos a comer un helado, o comprarles dulces, para que me vieran como la persona más "cool" del mundo. Después de varias semanas de la llamada de Salinas, Rosaura me llamó con sentido de urgencia diciendo que tenían la próxima semana libre y querían aprovechar para viajar a Dallas a visitarme. Yo estaba nervioso con los problemas de la oficina y del maldito policía mexicano, así que sin darle mayor importancia le dije que sería bueno que no viniera esa semana, que estaba muy ocupado. Le dije; mejor yo te llamo después Rosaura, te lo prometo.

Diez días después me llegó una carta en la que me decía: Emilio, ya no voy a volver a insistir en ir a verte. Comprendo que las diferencias entre nosotros son más grandes de lo que yo creía. A pesar de que tenemos diferentes maneras de pensar, yo siempre te he querido mucho y me da pena que tú no te hayas dado cuenta. Lo que más me interesaba era que mis hijos entablaran una relación más cercana contigo, eres su único tío de mi lado. Siempre les he hablado bien de ti y te tienen en un concepto muy alto. Aun Manolo te admira en cierto modo a pesar que entre ustedes no se lleven muy bien. No sé si sientes desprecio por nosotros por ser provincianos, o por nuestras creencias religiosas, o que. O tal vez algo pasó entre papá y tú que yo no estoy enterada, pero lo que sí entiendo es que tú no quieres cultivar las relaciones con nosotros. No aceptaste quedarte para la reunión que te habíamos organizado en tu visita a Mazatlán, y ahora nos das toda clase de disculpas para que no te visitemos. No hay problema, iremos a Disneylandia aunque lo que yo quería era verte. Después de pensarlo mucho he decidido dejarte en paz, no se puede tener una relación cuando una de las partes no quiere. Te deseo lo mejor y papá te manda saludos (ah, y muchos saludos para tus hijos). Si lo que Rosaura quería era hacerme sentir culpable, lo logró. A pesar del tono novelero de su carta, tenía razón que yo me había distanciado de ellos poco a poco; no lo hice a propósito pero el resultado fue igualmente desastroso, Rosaura creyó que yo la menospreciaba, que ni la quería. ¿Debería someterme a terapia con un psiquiatra? Tal vez; me propuse pensarlo más detenidamente. En los siguientes días, llamé a Rosaura varias veces pero no la encontré. Después de intentarlo por varios días, supe que no me iba a contestar, que estaba verdaderamente herida. Me vino a la cabeza la idea de ir a Mazatlán a visitarla. Sin embrago no quise hacer el viaje en balde. Seguí intentando comunicarme con ella por un par de semanas sin éxito y luego se me olvide el asunto. Un día, pensando en mi situación escribí:

No sé si estoy deprimido. A veces pienso que califico para deprimido pero por otra parte así he vivido desde que era un niño. Cosas como ver una buena película o ir a caminar a un parque me resultan indiferentes, creo que sí estoy deprimido y eso me deprime aún más. Ni duda cabe la soledad es despiadada, sórdida, repugnante. A la mejor necesito una compañera. Me debería conseguir una oriental. Las orientales parecen más sencillas, menos pretenciosas que las americanas; una china, una japonesa, una vietnamita. O una negra, una negra del África, o una mujer de la India. Hay unas indias preciosas. Definitivamente necesito una mujer, una mujer de donde sea pero que baile con mucho sabor para que me enseñe a mover el esqueleto. Dicen que esa es la mejor terapia para la tristeza, cantar y bailar; bailar y cantar. ¡Que viva la vida, que viva el relajo y que todos mis problemas se vayan al carajo!

Durante varios días descuidé mi trabajo, no me podía concentrar en lo que hacía, mi mente seguía elucubrando teorías sobre la suerte de Franco, y si me estaban vigilando y por qué. Pero gracias a la doctora Swann comencé a enfocarme en otro problema. Resulta que las disparidades en salud entre los grupos de pacientes del hospital eran muy fuertes. La doctora Swann aseguraba que ello se debía a la cultura de la población de origen latino y negro. Ella estaba totalmente convencida que esas culturas eran basadas en supersticiones, ignorancia y rechazo al progreso. No sé para qué seguía con el proyecto si ella ya tenía las respuestas de antemano. Su teoría no era nueva por supuesto, simplemente seguía la corriente Americana de atribuir todo lo negativo a los grupos minoritarios. Cuando yo le mostraba datos que indicaban que había otros factores que considerar, la doctora alegaba que esos problemas no le atañían a los científicos. Me decía; esos son asuntos de políticos y yo no me voy a manchar las manos con ellos.

Pero no era sólo en los medios académicos que circulaban teorías racistas, toda la sociedad americana estaba imbuida de la cultura de las razas. Veinticuatro horas al día, trescientos sesenta y cinco días al año por todos los rincones del país se oía la misma cantaleta; es que los negros son… los blancos tienen la cualidad de…los orientales se definen por… a los hispanos hay que… .No es que en México no hubiera racismo, pero no en la forma cotidiana y aguda en que se da en los Estados Unidos. Aun los negros e hispanos han absorbido esa ideología y algunos la usan para demandar prebendas, justificar conductas, explicar su identidad. Como en todos lados, surgen lideres que toman ventaja de una situación para conseguir contratos, trabajos, subvenciones para ellos y sus achichicles.

Es cierto que había mucha desigualdad entre algunos sectores de la población. Pero era una desigualdad entre los ricos y los pobres, y la mayoría de los latinos y los negros eran pobres. En la universidad yo argumentaba por mis ideas pero era como predicar en el desierto. Ingenuamente pensé que fundamentando mis argumentos con un estudio bien documentado con datos podría abrir cierto diálogo sobre este problema. Mi relación con Sarah se había enfriado desde el incidente de los gemidos de Sam en su casa y ya sólo la veía en el trabajo. Así que dediqué todas mis horas libres a recopilar datos, estudios, opiniones y hasta anécdotas para reforzar mi enfoque. La tarea resultó muy complicada y me tomaba más tiempo del que había calculado. Pero me sentí satisfecho, cada vez encontraba más información para respaldar mi posición. El enfoque no era nuevo, otros intelectuales desde hacía mucho tiempo habían señalado lo que yo estaba reafirmando. Pero yo estaba reuniendo decenas de estudios, ensayos, datos, y los comencé a analizar con una perspectiva diferente, más científica. Pasaron varios meses y yo seguía armando mi documento que ya para entonces llevaba más de trescientas páginas. Pensé que ameritaba ser sometido a alguna editorial para publicarse como un libro. Para ir conociendo la fortaleza de mis argumentos, repartí varios capítulos de mis escritos entre algunos compañeros, entre los que consideré más abiertos e inteligentes. A pesar de nuestro alejamiento le di un capitulo a Sarah para que me diera su opinión y ella se entusiasmó con mis ideas y quiso leer todo lo que llevaba escrito hasta entonces. Curiosamente Bob Murray, a quien había visto poco desde mi llegada a Dallas, me fue a buscar a mi oficina y me dijo que le habían llegado noticias de que estaba escribiendo un libro muy interesante, y me pidió leer algo de él. Le di un capitulo y al otro día regresó a elogiar mis ideas y a pedirme más material.

118

Con el tiempo comenzamos a socializar y él me daba ideas y criticaba algunos de mis posiciones que según él no iban al fondo del problema. Bob me platicó que él había hecho varios viajes a Chile, Argentina y Honduras pero le faltaba ir a México. Me dijo que cada verano pedía una beca para pasar unos meses en un país del sur, estudiando la cultura de la región, y para perfeccionar su español. Yo le comencé a tomar aprecio, era inteligente y podía hablar de política y literatura con él. A veces nos pasábamos varias horas hablando; comparando a Vargas Llosa, mi autor preferido, con Carlos Fuentes, su autor predilecto. Nunca resolvíamos quien era mejor escritor, pero los dos disfrutábamos las vívidas, y a veces acaloradas, discusiones en que nos embarcábamos.

Una tarde, la secretaria de Jack me llamó para decirme que éste quería verme al otro día. Me extrañó, nunca antes me pedido que fuera a su oficina. Cada vez que quería hablar conmigo iba a mi cubículo y conversábamos sobre cualquier tema pero informalmente. Pensé que se podría tratar de cualquier trámite y no le di importancia. Al otro día me aparecí en su oficina y para sorpresa mía, ahí estaban Mark White, Daniel Somoza, Mark Martínez, un tipo que me presentaron como asistente administrativo, y el director de área, Ed Skoloski, superior de Jack. Martínez tenía cara de rata, sus ojos eran muy chicos pero miraba nerviosamente de un lado a otro, unos cuantos pelos le servían de bigote que se engomaba para que le quedaran fijos. Por su parte White se veía más delgado y menos negro, parecía preocupado, medio pálido y con más canas.

Jack no se anduvo con rodeos: Emilio, tu trabajo no está rindiendo los resultados que nosotros esperábamos. No es falta de capacidad, hemos visto que estás muy bien preparado pero gastas mucho tiempo en tus teorías de las clases sociales. Eso puede ser aceptado en América Latina pero aquí no funciona, aquí los problemas son raciales y yo pensé que al cabo de un tiempo te ibas a dar cuenta, pero veo que no, al contrario, me han dicho que estas escribiendo un manuscrito con tus ideas. Está bien, te felicito, aquí tenemos libertad de expresión, pero al seguir aferrándote a tus teorías obsoletas, estas creando un clima de hostilidad con varios de tus colegas que está perjudicando el clima de trabajo del equipo. A la mejor tú esperabas otro tipo de actividad cuando llegaste a este lugar, pero aquí lo que necesitamos son personas con sentido práctico, queremos resolver problemas, no explicarlos. La doctora Swann es una científica muy reconocida y sus teorías son ampliamente aceptadas en el ámbito académico internacional. No es que tú no puedas tener tu opinión, pero me parece que estas desaprovechando la oportunidad de aprender de ella y de beneficiarte de su patrocinio. Patrocinio que podría resultar en financiamiento de proyectos de investigación y publicaciones en revistas científicas de prestigio internacional. Así es como funcionan los centros de investigación en nuestro país, peleamos hasta con las uñas para conseguir apoyo financiero que nos permita sobrevivir y crecer en el ambiente académico. Tu eres un científico joven y tienes mucho que aprender, por eso te hemos dado oportunidad para que te aclimates al sistema de nuestro país, pero ya llevas suficiente tiempo aquí y creo que ya es hora que comiences a funcionar como parte del equipo y no como una pieza que trabaja por su cuenta.

Mientras Jack hablaba, Daniel no dejaba de asentir con la cabeza, el administrador tomaba notas, y de cuando en cuando, me miraba fijamente como si quisiera descubrir lo que estaba pensando. Pero era imposible saber lo que estaba pensando me había quedado   adormilado, confundido. Comprendí que mis críticas a su enfoque racial habían despertado resentimiento de parte de varios de los investigadores del instituto. Después de todo, ellos estaban acostumbrados a ese sistema, y vivían bien siguiendo las reglas sin cuestionar los resultados.

120

Jack continuó; por eso hemos decidido ponerte en probatoria por tres meses. No te preocupes, todo va a seguir igual pero tú nos vas a tener que demostrar que puedes integrarte completamente al equipo. De otra manera tendríamos que dar por terminado tu contrato. La noticia me dejó frío. De nuevo me encontré en problemas por bocón. Me acorde del dicho que decía mi madre "en boca cerrada no entra mosca." Como que yo ya me estaba cansando de tragar tantas moscas. Me comencé a cuestionar si yo era una persona problemática como los hechos lo indicaban, o si el problema era que estaba trabajando en una institución en la que mis colegas solo querían irla pasando. Según mi punto de vista, ellos no querían llegar a los problemas de fondo, estaban conformes con ese estilo, con seguir subsistiendo, con seguir cobrando su sueldo recibiendo algunas prebendas.

Al salir de la junta Mark y Bob me dijeron que no me preocupara mucho, me aseguraron que no se trataba de un problema serio; este procedimiento lo usan muy seguido para espolear a las gentes que ellos creen que puede dar más. Aun White me dijo como disculpándose: que yo haya sabido nunca han despedido a ningún investigador, tu nomas dile que si a todo lo que te diga la doctora Swann y no vas a tener más problemas. A partir de ese día las juntas a las que tenía que asistir disminuyeron considerablemente y con ello los roces con Swann y Somoza casi desaparecieron. En efecto, Elena casi nunca se aparecía por mi oficina y parecía que ella era la que me evadía más que yo a ella. Un par de semanas después de la junta en que me jalaron las orejas, me llamó el director del instituto, el doctor Soloski, para invitarme a tomar el lunch. Me sorprendió su atención y me pregunté si sería para continuar con los regaños por no ser más cooperativo con el equipo. Desde luego que acepté la invitación, Soloski gozaba de una gran reputación como uno de los expertos mundiales en salud pública. En lugar de ir a una de las cafeterías de la universidad,

Soloski me llevó a un pequeño restaurante griego no muy lejos del instituto.

El doctor me dijo: espero que no te hayas alarmado mucho con la plática de Jack. Lo que pasa es que hay personas en la universidad que están acostumbradas a seguir una rutina, que ya se saben de memoria, y cuando alguien propone un cambio se sienten amenazados y de inmediato comienzan a atacar al intruso. Yo entiendo tu posición, yo viví muchos años en Yugoslavia. Estudié los problemas socioeconómicos sin el enfoque tan cerrado de las universidades americanas. Los grandes problemas de salud pública se deben a las desigualdades tan grandes que tenemos, pero los grupos dominantes no lo van a admitir. Eso cambiaría la dinámica del poder, los ciudadanos se darían cuenta que sus problemas económicos son por la voracidad de unos cuantos privilegiados, y no por que los negros o los blancos son diferentes. Yo también traté de cambiar muchas cosas cuando llegué a este país pero me di cuenta que estaba luchando contra todo un sistema, contra una cultura que incluso las clases oprimidas aceptan y defienden porque así han sido adoctrinados. Si quieres llámame un conformista, un oportunista, pero yo trato de mejorar el sistema desde su propio enfoque, poco a poco para no producir peleas que no llevan a nada. Yo cambio lo que puedo cambiar y lo demás lo dejo a los políticos, porque este es un problema político y no de administración o académico. Qué le vamos a hacer, es triste pero así es.

Yo escuché a Ed con cierta desconfianza pero conforme hablaba me fui convenciendo de que era sincero. Entonces me dediqué a reforzar sus opiniones que no eran muy distintas a las mías. En el único aspecto que diferíamos, era en que él ya no quería pelear por esas ideas mientras, que yo sentía que era mi deber ofrecer una crítica bien fundamentada a los métodos funcionalistas de los americanos. Ed hablaba y se enfrascaba en sus argumentos dejando la comida por un lado. Yo no podía, siempre he sido preso de mi apetito, aun cuando no tenga mucha hambre. Si tengo hambre, como primero y hablo después. Yo escuché a Ed pero seguí comiendo. Cuando daba mi opinión lo hacía rápido para volver a mi Kontosouvli, un bocadillo de puerco que yo no conocía pero estaba delicioso. En cambio Ed se extasiaba con sus propias ideas y me ponía nervioso, me hacía pensar que no iba a terminar su mousaka. Habíamos pedido una botella de vino tinto y después de dos copas yo estaba más comprensivo, me sentía bien. Mientras que Ed me decía que su país era un país de borregos en el que se podía contar a los intelectuales con los dedos de una mano, yo pensaba si debería confiar en una persona que no le daba importancia a su propia comida. También se me pensaba en mi padre pues tenía un ligero parecido físico a Ed.

Me costó trabajo seguir el hilo a la conversación, de repente me venía a la mente que el mesero que estaba atendiendo a la mesa de al lado era homosexual. No es que fuera amanerado ni que se comportara de un modo especial, es simplemente lo que se dice una corazonada. ¿De dónde salen esas presunciones cuando no hay ninguna razón obvia para despertar una creencia? No se pero a mí me ocurren especialmente cuando estoy oyendo hablar a otra persona y mi mente vaga por el universo. En ese momento Ed me despertó con una frase; me imagino que preferirías que la investigación tuviera más bases etnográficas, pero dime francamente lo que piensas. No me entró pánico, ya tenía experiencia en ese tipo de situaciones así que le contesté: sin duda alguna es un asunto complejo y depende de muchas circunstancias, aun así me gustaría que me plantearas las premisas de nuevo para estar seguro de que estamos en la misma página. Entonces Ed prosiguió a explicarme los métodos estadísticos que se estaban aplicando a varios proyectos que él manejaba y cómo dichos métodos habían dado luz a problemas que de otra manera no se hubieran podido detectar. Esos métodos se podían utilizar gracias a las nuevas computadoras, capaces de analizar millones de operaciones por segundo, y que en el pasado habían sido imposible de aplicar. Afortunadamente ya no me volvió a pedir mi opinión y pasó a otro tema.

Después platicamos de México, él había estado en Puebla, Cuernavaca, Mérida y la Ciudad de México y su conocimiento de los problemas de mi país me sorprendió. También me platicó de sus viajes por España, Chile y Argentina para dar asesorías o cursos, por ello hablaba el español aceptablemente. Luego tocó el tema de los judíos; no es que yo le dé mucha importancia a este asunto Emilio, pero te puedo decir que en México es uno de los países que menos discriminación he sentido en contra de nosotros. No es que los mexicanos sean muy liberales en ese aspecto, yo creo que es simplemente que la mayoría ni saben que son los judíos ni les interesa. Yo estuve de acuerdo con él ya que no recordaba que los judíos fuera un tema de conversación común en mi patria. Por último me dijo que no me preocupara por las palabras de Jack. El tiene que jugar ese papel porque el ala conservadora de los Republicanos no quiere ninguna influencia liberal, y Elena es una Republicana de hueso colorado, aun cuando dice que no mezcla la política con su trabajo. Con esas palabras nos despedimos, no sin que antes me obsequiara un libro para que me compenetrara un poco más con la cultura americana; The Catcher in the Rye, no le dije que ya lo había leído.

Esa noche me puse a pensar en el tema de los judíos. Oí hablar de ellos por primera vez cuando estaba en la escuela secundaria. El profesor de historia, un anciano español, Don Pepe, nos relató que los judíos habían matado a Jesús, el hijo de dios, sin especificar que Jesús también era judío. A continuación se soltó dándonos una perorata sobre la influencia negativa de esa raza y el mal que habían causado a España cuando estuvieron ahí. Como nuestra preparación en historia era muy deficiente nosotros nos quedamos más confundidos que antes; ¿Quiénes eran esas gentes y porqué andaban causando tantos problemas? El tema no me quitó el sueño, en esa época yo tenía problemas importantes de que preocuparme como el acné, cómo peinarme para verme mejor así que pronto me olvidé del asunto. No fue sino hasta que entré a estudiar a la universidad que leí varios libros de historia y de política que tuve un poco más claro el asunto de los judíos. Pero eso era de una manera indirecta pues que yo supiera, no conocía a ninguno personalmente.

Si en Mazatlán había judíos, en ese tiempo nadie lo sabía ni a nadie le importaba. Había árabes, se destacaban por tener zapaterías y tiendas de telas pero la gente los trataba como a cualquier hijo de vecina. También vivían ahí algunos orientales, no muchos pero si era obvio que existían. Además había algunas personas que podrían calificar como negros pero todos nos relacionábamos de la misma manera. Lo que si, es que en la escuela les hacíamos burla de vez en cuando pero nada especial, ahí todos sufríamos burlas; unos por ser chaparros, otros por altos, o gordos, o de origen indígena, o rubios, o flacos, o prietos, o de otra ciudad, o lo que fuera, no se trataba de discriminación étnica sino peleas entre varones. Los únicos que salían mejor librados eran los más grandes por ser más fuertes, pero todos los demás nos burlábamos los unos de los otros sin misericordia. En la Ciudad de México si había judíos y unas cuantas sinagogas. De vez en cuando veía individuos con su kippot pero yo no conocía a ninguno. Tal vez por eso me sorprendió la cantidad de judíos en Dallas o más bien su influencia en la ciudad y en los Estados Unidos en general. Según leí los judíos eran solo un tres por ciento de la población de este país pero parecía que estaban en todos lados, contaban con muchos individuos destacados en la política, la literatura y no se diga en los espectáculos, el periodismo y los negocios.

A diferencia de los mexicanos, los judíos estaban muy bien organizados, tenían clubs y organizaciones que los representaban en la política y todo tipo de eventos. Por contraste los mexicanos, y en general todos los hispanos, jalaban por su lado cada uno y pasaban más tiempo peleando entre ellos que uniendo fuerzas para lograr beneficios. A mí me cayeron bien los judíos que conocí en Dallas, eran personas abiertas, sin embargo en una fiesta me topé con uno que resultó el tipo más racista y desagradable que jamás había conocido.

Resulta que unos amigos me invitaron a una reunión para conocer algunas personas. Los que daban la fiesta eran una pareja judía muy amable, y la mitad de los invitados eran de dicho grupo étnico. Yo llegué a la reunión acompañado por Sarah y ya estaba en la casa un tipo alto como de treinta y cinco años al que le decían Tim y hablaba con voz de pito, es decir con notas muy altas y desafinadas. A primera vista Tim parecía normal. Estuve platicando con él durante un rato, pero cuando se entero de que yo no era judío, su actitud cambio y comenzó a hacer comentarios irónicos que yo ignoré al principio porque me agarró desprevenido. Me dijo que los mexicanos éramos prietos porque comíamos muchos frijoles negros, a pesar de que él era más moreno que yo. Otra de sus teorías era que el gobierno de México estaba exportando la corrupción a los Estados Unidos para poder recuperar a Texas y California. Yo no sabía si reírme o darle un puñetazo. Lo único que puedo decir bueno de él es que era democrático y atacaba a todos los que no eran judíos por parejo. A un cardiólogo que trató de ser amable con él lo llamó médico espanta cigüeñas, a un poeta japonés lo tildó de ser un paria literario, a un músico de la sinfónica de Dallas lo catalogó de mariachi toca pitos.

Para esto, los anfitriones de la fiesta ni se enteraban del desmadre que estaba haciendo su amigo. Él y ella platicaban muy campechanamente en otro grupo. Poco después el médico se enfadó cuando Tim arremetió contra la esposa del galeno diciendo que estaba buena para una noche de pasión, pero nada más. El doctor ofendido trato de tirar un golpe a Tim y los demás invitados tuvimos que intervenir para aplacar el pleito. Ya para entonces yo también estaba listo para darle una buena golpiza al idiota de Tim, por otro lado sentí mucho rencor contra los anfitriones que nos había invitado, ¿para qué exponernos a los insultos de un desequilibrado? Ni duda cabía que él tal Tim estaba mal de la cabeza, hizo el ambiente tan pesado que la mayoría de los presentes nos fuimos después del incidente con el cardiólogo. Al otro día Raquel, la que me había invitado a su casa, me llamó muy apenada para pedir disculpas por el comportamiento de su amigo. Me dijo que habían hecho la reunión para tratar de ayudar al desquiciado de Tim. Éste tenía problemas relacionándose con la gente y ellos creyeron que ya estaba mejor porque había estado en terapia con un psiquiatra muy connotado, pero aparentemente aún no estaba en condición de ir a fiestas. Yo le dije que no apreciaba que nos hubiera usado de conejillo de indias para beneficio de su amigo; al menos nos pudiste haber advertido que iba a haber un tipo medio zafado, que digo medio, ¡super zafado! Pero no considero que los insultos fueran porque Tim fuese judío sino porque el tal Tim estaba más loco que una cabra.

7

Siguiendo el consejo de Ed cerré el pico y me olvidé de ofrecer mis ideas en el trabajo. Simplemente cumplía con mis deberes sin poner ninguna objeción, no importando lo absurdo que me pareciera lo que hacíamos como investigadores. No es que estuviera muy convencido de que era la mejor manera de hacer las cosas ni de que era lo mejor para mí, me estaba comiendo mi hígado pero por otra parte llevaba una vida con menos tensión. Un jueves que regresé al apartamento más temprano que de costumbre, me senté en la cama y me puse a recordar mi vida. Con mi trabajo me había olvidado un poco de mi padre, de Alma, de mi amigos y estaba pensando que sería de ellos cuando sonó el teléfono. Era la señora Goldau. Me dio la noticia de la muerte de su esposo. Le di el pésame pensando que era mejor así, el pobre hombre estaba sufriendo mucho. Entonces me soltó la noticia,

- También le quiero comentar que encontraron el cuerpo de Franco. Bueno, de hecho ya lo habían encontrado. Resulta que el cuerpo del pequeño estaba en la morgue desde hace varias semanas, pero los muy ineptos no relacionaron ese cadáver con la desaparición de Franco. Y fíjese Emilio, que a pesar de que llevaba tiempo de muerto, las autoridades dicen que fue estrangulado.

Me quede lívido. No sé porque la noticia me causó una especie de pesar y miedo.

- Pero ¿ya encontraron a los Harris?

- No, la policía no sabe nada de ellos, pero según el inspector Salinas, sospechan que se hayan ido a otro país, a Estados Unidos lo más probable.

Entonces entendí él porqué me dio, lo más seguro era que Salinas me fuera a acusar de ser el asesino. Después la señora Goldau me comentó que al que volvieron a capturar fue a Juan, pero éste se había escapado nuevamente. Sorprendente, pensé, hasta parece un juego, todo esto me parece muy raro. Me dijo Goldau que un detective que habló con ella le comentó que tal vez Juan fuera un informante de alguien importante en el gobierno. De otra manera ¿Cómo se explica que entre y salga de las cárceles como Pedro por su casa? Agrego la viuda: Ahorita con el cambio hay muchas broncas entre grupos del mismo gobierno. Cada uno de ellos tiene sus gentes y entre ellos se dan hasta con la cubeta, pero por debajo del agua. Es posible que Juan sea un peón de una de las facciones.

- Bueno, al menos sabemos que no lo han matado, añadió la señora Glodau.

Después de la conversación telefónica me quede pensando ¿Por qué carajos no le insistí a la policía que fueran a investigar esos gemidos cuando los oí? Me había sucedido como en muchas ocasiones en que no capto todas las ramificaciones de mis acciones. Después de un tiempo, las cosas me parecen tan claras que me doy de topes por no haberlas sopesado desde el principio.

Para tratar de distraerme agarré una novela pero no me podía concentrar. Seguía pensando en el señor Goldau y en Franco. Los dos muertos, uno muy viejo, el otro muy joven. Goldau me recordó a mi padre; viejo y enfermo, de seguro que le quedaba poco tiempo. Pero Franco… entonces recordé que una tarde, en un café, Alma y yo habíamos estado hablando de nombres para nuestro primer hijo. Mi mujer dijo, si es niña yo quiero que se llame Paz para evocar lo que todos deseamos. Si es niño me gustan los nombres de Salvador, como que evoca alguien que ayuda, o… Franco para que nuestro hijo nos salga sincero, derecho, como debe ser. Yo me reí, me pareció que Alma estaba dándole una especie de significado astrológico a los nombres. Pero ahora, medité, ¿sería una coincidencia del más allá que a Alma se le hubiera ocurrido Franco entre los miles y miles de nombres que hay? ¿Había sido Franco el niño que Alma y yo nunca tuvimos? Como no me gusta perder el tiempo especulando misterios cabalísticos prendí la televisión para ver si encontraba algún programa para escaparme de mis pensamientos absurdos.

Me puse a checar los canales que me gustaban. De doscientos cincuenta opciones yo sólo veía seis o siete ya que los demás pasaban pura mierda para retrasados mentales. Me llamó la atención una película de un país del Este. En ella un empleado de la oficina del municipio sale de su trabajo y se sube en su coche para dirigirse a su hogar. Su mujer y dos hijas lo están esperando para cenar. Al llegar a una intersección con una vía de ferrocarril, ve que se comienza a bajar la barrera para que no pasen vehículos pues un tren está cerca. El hombre acelera pero no alcanza a llegar, tiene que detenerse enfrente de la barrera a esperar que pase el ferrocarril que aún esta como a treinta segundos del lugar. Súbitamente el hombre siente que una camioneta que esta atrás de él lo está empujando. Sorprendido ve por el espejo y hace gestos de indignación pero la camioneta sigue empujándolo. Mas asustado que enojado se baja pues su coche ha quedado en medio de las vía y el tren esta casi encima de él. Lleno de rabia se lanza a reclamar al conductor de la camioneta. De ésta, se baja un tipo que el burócrata nunca ha visto, y en lugar de disculparse se arranca en contra del agredido tratándolo de empujar contra el tren, que ya está pasando por el lugar. El sujeto se trata de defender, pero el agresor es un tipo grande y pesado, como de cuarenta años pero con cara de niño. El aterrorizado sujeto sólo alcanza a ver la cara de su contrincante por unos instantes, curiosamente éste está sonriéndole con mucha dulzura, como si le fuera a hacer un favor. Para suerte suya, el burócrata se cae y el conductor de la camioneta va a dar contra el tren en movimiento. Cuando se levanta, el hombre ve el cuerpo sin vida del desconocido que lo estaba tratando de aventar. Es una masa sangrienta, irreconocible. La policía llega y lo llevan a un hospital por trámite. Con el tiempo se sabe que la camioneta era robada, pero no logran descubrir la identidad del sujeto que quería asesinar al burócrata. La vida vuelve a su curso, pero el hombre sigue preguntándose quien era su agresor y por qué lo quería matar. ¿Había sido un acto casual? ¿Lo confundiría con otra persona? Las dudas atormentan al protagonista y su vida se convierte en un infierno. Sólo habla de eso, su esposa lo trata de ayudar e incluso va a que lo aconseje un sacerdote. El religioso no le ayuda gran cosa, pues su única recomendación, es que perdone a su agresor y que rece mucho. A insistencia de su mujer e hijos, va con un psicólogo que insiste en psicoanalizarlo para ver si tiene traumas de su niñez. Eso no le beneficia. Su familia termina por hartarse y lo abandonan. La policía amenaza con meterlo a la cárcel si sigue demandándoles que continúen investigando la identidad del muerto. Ya no se mortifique, le dice un detective, lo que pasó, pasó. Dese de santos que salió con vida, ¿Qué importa la identidad del tipo? La vida le ha dado una segunda oportunidad, como quien dice; usted ha vuelto a nacer, váyase de viaje, búsquese otra esposa, nosotros tenemos muchos casos en que ocuparnos, casos de vida o muerte, ¿para que vamos a dedicar recursos a un intento de crimen que ya pasó? Aún cuando entiende el razonamiento de los demás, el protagonista no se puede quitar de la cabeza el porqué lo habían tratado de asesinar. Entonces se pone a investigar, busca en los archivos periodísticos hombres desaparecidas por esas fechas, hace un dibujo de la cara del sujeto y va por los alrededores preguntando a ver si alguien le puede dar información del tipo, pero nadie lo reconoce. Persigue varias pistas pero resultan falsas. El sujeto sabe que su obsesión es dañina pero no se la puede quitar. Pierde su empleo, cae en la bebida, casi no duerme. Una tarde termina por ir al lugar del

131

incidente y cuando el tren va pasando, se arroja a la vía tal y como su agresor quería.

Bueno, pensé, a la mejor así es la vida. Mi futuro ya está escrito y no hay nada que pueda hacer por cambiarlo. De inmediato me indigné; ¡qué caramba! mi vida no está determinada, por eso me vine a jugármela en este país. Así somos los que salimos de nuestra tierra, como Cristóbal Colón, como... bueno como Juan que salió de Cuba. El recuerdo de Juan me remontó a tiempos muy lejanos. Me acordé de nuestra conversación en el restaurante. En esa ocasión habíamos hablado de su gusto por comer cosas que lo hicieran cagar, lo que él llamaba cacas olímpicas. A pesar de lo descriptivo de nuestra conversación en medio de nuestra comida yo no me sentía incómodo. Podía imaginar la mierda sin que por ello me diera asco el arroz con pollo que estaba comiendo. Eso es algo que mi primera novia, Amalia, no podía tolerar. La más mínima mención de asuntos relacionados con excrementos le daba asco. Cuando estábamos comiendo bastaba con que yo dijera voy al baño para que ella tirara una pataleta, decía que mi imprudencia le estropeaba el apetito. ¿Por qué no puedes decir que ahorita vengo? ¿Porque tienes que mencionar el baño? Yo no veía nada de malo, después de todo, iba al baño, pero ella decía que al mencionar el baño ella se imaginaba el escusado y le daba asco. Después de eso, ya no podía volver a comer por un par de horas aun cuando se estuviese muriendo de hambre.

Amalia y yo no vivimos juntos, pero éramos amantes y con frecuencia yo pasaba la noche en su departamento o ella en el mío. Un día en que celebrábamos su cumpleaños decidimos tirar la casa por la ventana e invitamos a varios amigos a festejarla. Como los dos éramos estudiantes, siempre andábamos cortos de dinero, pero para esa ocasión empeñamos su televisión y mi estéreo para comprar sushi y varias botellas de vinos. Todo marchaba a pedir de boca hasta que note que Javier, un compañero de estudios de Amalia abrazaba a ésta con cierto descaro y Amalia no hacía nada por impedirlo. La primera vez no me molestó, yo me consideraba muy por arriba de los celos, pero conforme la noche pasaba, las caricias y apapachos entre Amalia y Javier se volvían más íntimos al grado, que los otros invitados me comenzaron a mirar de reojo. Me empecé a sentir mal. Cuando era más joven tenía muy claro que yo debía golpear a cualquier hombre que se metiera con mi novia, pero en mis clases de marxismo y antropología había aprendido que esas pasiones eran burguesas, y por lo mismo despreciables. No sabiendo como bregar con esos sentimientos retrogradas, me debatía entre seguir mis instintos primitivos y entrarle a golpes a Javier, o pretender que estaba muy por arriba de pasiones ridículas. Opté por beber y beber hasta que medio borracho me dediqué a tratar de conquistar a varias de las invitadas. Como estaba medio borracho y las mujeres presentes tenían pareja o sabían que yo era el novio de Amalia, no tenía mucho éxito así que cuando mi amada anunció con gran pompa que ya era hora de comer el sushi, decidí aplicar mi venganza. Todos nuestros cuates eran estudiantes, así que todos habían hecho mucho alboroto de que íbamos a comer algo tan caro para nuestro presupuesto prángana. Solo tres de los asistentes se disculparon de antemano de probar el platillo japonés diciendo que les daba miedo comer pescado crudo, pero los demás estaban más puestos que un calcetín. Cuando Amalia puso el plato con 34 raciones de pez crudo, triunfaron mis instintos primitivos sobre mi educación socialista, y comenté en voz alta:

- Parecen pedazos de mierda, este es rojizo es como de alguien que comió tunas, este amarillo…

Amalia no me dejó terminar, se levantó de un brinco y se fue al baño a vomitar estrepitosamente. Después salió y se metió al cuarto desde donde lloró profusamente y ya no quiso salir a pesar de los ruegos de los demás asistentes, menos los míos. No sé quien me llevó a mi departamento pero al otro día

133

amanecí con un dolor de cabeza terrible. No me levanté en toda la mañana y así hubiera seguido a no ser porque alguien tocó el timbre de la puerta como a las tres de la tarde. Cuando acerté a llegar y abrir la puerta, no vi a nadie pero en el suelo estaban dos bolsas de plástico con ropa y algunos libros que yo tenía en el departamento de Amalia. Después me enteré que yo fui el único que había comido sushi.

Ese recuerdo me hizo reír. Años más tarde Amalia y Javier se casaron y hasta donde yo supe vivían en la colonia Lindavista y tenían varios hijos. Así es como me acordé de México nuevamente. México y mi vida en el Distrito Federal. México y el maldito detective Salinas. Para olvidarme del pinche policía y de todos mis problemas, llamé a un restaurante japonés y pedí varias raciones de maguro, nigri toro, tamago, unagi y hamachi. Me senté a comer los pedazos de pez con una botella de vino blanco y al rato ya se me había olvidado Amalia, el señor Goldau, Alma y hasta a Franco. Al único que no pude expulsar de mi mente fue al nefasto de Salinas. Saque mi cuaderno y escribí:

Miedo, pinche miedo es la historia de mi vida. Miedo a la policía, miedo a fracasar, miedo al ridículo, miedo al cáncer, al SIDA, a los hospitales, miedo a la soledad, miedo a vivir toda mi vida con miedo. Pero hoy siento que mi miedo es más real, es como el frio que no se ve pero cala. Pinche Salinas, pinche policía, pinche justicia. ¿Cómo es posible que un pendejo policía idiota me pueda asustar? Ni que Salinas fuera James Bond. Ojalá y un meteorito grandísimo, del tamaño de mi miedo se estrellara contra la tierra y así desaparecerían todos mis problemas. Desaparecería toda la civilización, todo el conocimiento que hemos acumulado durante tantos siglos y no quedaría ni rastro de nosotros ni de nuestros logros ni nada. Qué raro sería eso; todo lo que somos, todo lo que creemos, todas nuestras alegrías y tristezas desaparecerían para siempre sin dejar huella de nada.

De algún modo, en los siguientes días seguí trabajado en mi ensayo sobre las clases sociales en los Estados Unidos, estaba entusiasmándome cada vez más con mi trabajo, encontré mucha información para apoyar mi tesis. Mi obra era polémica, y eso les encanta hasta a los editores gringos más conservadores, que son capaces de publicar manuales para terroristas de cómo hacer bombas si con ello van a hacer dinero. Un día en que me encontraba redactando mi manuscrito recibí la llamada que estaba temiendo;
- Le voy a ser franco, quisiera que usted viniera a México para responder algunas preguntas sobre Franco, me dijo Salinas.
- Pero inspector, yo ya le dije todo lo que sabía; no se qué más quiere que le diga. Si tiene algo en mente pregúnteme y yo le puedo responder ahora mismo.
- No es lo mismo. Aquí podemos corroborar si está diciendo la verdad con un detector de mentiras.
- O sea que me está acusando de mentir. Nomás falta que me vaya a acusar de la muerte del niño también.
- Bueno Franco murió por la fecha en que usted se fue de México pero no lo estoy acusando de nada, es solo procedimiento policiaco, ahora que si no quiere cooperar, eso despierta algunas sospechas sobre usted. Si es inocente no tiene nada que temer, el que nada debe, nada teme.
- Si tiene algo en que basarse para acusarme, mande detenerme pero de otra manera no me moleste con sus teorías absurdas.

Colgué el teléfono y tire mi manuscrito contra el piso. Recuerdo perfectamente como me sentí; soy impotente, la injusticia, mi vida está en manos de un policía corrupto y por si fuera poco no puedo volver porque de seguro que Salinas me agarra y me refunde en la cárcel. Estaba francamente deprimido, creo que por eso mi pensamiento saltó hacia otro tema que me hizo sentirme aún más apachurrado, el vivir en un país invasor, en donde los potentados manejan a la gente como marionetas con propaganda de supuestos comunistas, o gérmenes que están acechándolos permanentemente, de razas inferiores tratando de invadirlos y violarlos, de religiones de mierda que le sacan hasta el último centavo a millones de ignorantes para que sus ministros vivan como reyes en palacetes de plástico enfrente de sus narices. ¿Cómo es posible que este país que ha logrado llegar a la luna este en pleno decline? Nomás bastaba ver los programas de televisión idiotas y que eran los que lograban mayor éxito. U oír las canciones pornográficas que no se podían prohibir por una supuesta libertad de expresión. Nomas no entendía como a diario se mataban decenas de gentes con armas de fuego, pero no se podía regular la libertad a tener todas las armas del mundo por una supuesta constitución, constitución que fue redactada cientos de años atrás para otros tiempos y circunstancias.

Sentía que todo era una mierda y yo estaba viviendo en medio de ella tapándome la boca para no perder mi tajada del pastel. ¿Debería volver a México o tal vez irme a pasear por Europa con el dinero que había ahorrado? Otra posibilidad era ir a visitar a Alma y ver si había posibilidades de volver a vivir juntos. En eso sonó el teléfono, pensé que el policía quería hablar conmigo de nuevo así que decidí no contestar, pero cuando la máquina de mensajes se encendió oí la voz aguardentosa de Carmelo diciendo que hablaba para saludarme. De inmediato cogí el teléfono y comenzamos a platicar. Resulta que a Carmelo lo enviaban a New York por parte de su trabajo a hacer unos trámites y podía quedarse en Dallas unos días para estar conmigo. Por supuesto que le dije que sí, tenía una necesidad tremenda de platicar con alguien de confianza, de oír opiniones de gente a la que de veras le tenía fe y Carmelo era la persona perfecta. Aun así no le dije nada de mis problemas por teléfono por si es que me estaban espiando. Después me quedé pensando ¿me estaré volviendo paranoico? ¿Me estaré contagiado de la histeria de los gringos? Una semana después fui a recoger a Carmelo al aeropuerto. Cuando llegó apenas y lo reconocí. Estaba más flaco, había perdido unos veinte kilos y se veía avejentado a pesar de que usaba ropa juvenil, como si quisiera parecer un par de generaciones más joven. Nos abrazamos, me dio verdadero gusto verlo, más de lo que yo suponía. Mientras Carmelo hablaba, yo pensé: a la mejor me estoy quedando aislado. Por eso me siento tan contento de tener alguien con quien platicar con confianza y sin tapujos. Ya ni la jodes me dijo mi amigo, ¿por qué no has regresado a visitarnos? ¿Qué ya no te gusta México? La verdad no supe que contestarle. No supe el porqué dejé tanto tiempo sin volver a México, de hecho hasta ese momento caí en cuenta de que había transcurrido más de un año. Pero lo que más me sorprendió fue que no sentía ninguna necesidad de regresar, a pesar de que mi vida en Dallas no era muy satisfactoria. Y no sabía por qué, así que le dije a Carmelo la respuesta más fácil, no sabes lo ocupado que he estado hermano, tengo mucho trabajo. ¿Pero vas a ir pronto? Sí claro, en cuanto pueda respondí sin mucho ánimo. En ese momento decidí no platicarle a Carmelo lo de mi preocupación con el inspector Salinas.

Después de dejar las maletas de Carmelo en mi departamento, nos fuimos a comer a un restaurante japonés. Carmelo me platicó que por fin había logrado olvidar a Teresa y ahora tenía una novia formal. Era una muchacha de veintiséis años que aun vivía con sus padres y estudiaba administración de empresas en la Universidad Iberoamericana. No estoy enamorado de ella aunque si la quiero un montón, quiero ver si una relación convencional me calma un poco, dijo Carmelo. Ya es tiempo de probar el estilo de vida burgués al que tanto he criticado pero que después de todo algunas ventajas tendrá. Mis amores con chavas maoístas, marxistas y trotskistas nunca terminan bien. Esas mujeres están tan preocupadas por cambiar al mundo que se olvidan de arreglarse, conseguir un trabajo y ser productivas. No es que yo sea un modelo a seguir pero por otro lado nunca he descuidado mi porvenir. Pinche Carmelo, le dije, no te reconozco, estas hecho todo un burgués decadente, retrógrada. Emilio, ni yo me reconozco, pero mi estilo de vida me estaba acabando y no me llevaba a ningún lado. Ahora tengo que pensar en mi futuro. Ya no tenemos veinte años Emilio, pronto vamos a estar viejos y achacosos y ¿quién nos va a cuidar? Después de seis copas de sake comencé a ver su punto de vista y a sentir lástima por él y por mí. Me vi viejo y abandonado en un país en donde no tenía a nadie. Dos sakes mas y salimos del restaurante llorando los dos. Las personas que pasaban cerca de nosotros nos veía con curiosidad, algunos se reían mientras que otros hacían como que no nos habían visto. A Carmelo y a mí no nos importaban las reacciones de la gente. Seguíamos caminado y hablando sin acordarnos que mi coche estaba en el estacionamiento del restaurante y nosotros ya íbamos a varias cuadras al sur del local. Ni Carmelo ni yo nos dimos cuenta, simplemente estábamos a gusto caminando y llorando. Llegamos a un parque y nos sentamos en una banca en donde nos calmamos un poco.

- Bueno y ¿tu por qué lloras si estás aquí muy a toda madre?

- No creas, yo tampoco estoy seguro de lo que quiero, no tengo mujer, me he alejado de mi familia en Mazatlán y el trabajo en la Universidad apesta.

- Entonces regrésate a México. Ahí al menos tienes amigos, familia, de todo, chance y
hasta Alma te de otra oportunidad.

- No Carmelo, yo ya no me siento seguro de que quiera volver con Alma. Y mis cuates de México ni hablar, todos tienen sus propias broncas y como que jalan cada quien para su lado. Ya no es como cuando éramos adolescentes y siempre andábamos en grupo. Además México está de picada, a veces tengo ganas de irme a vivir a Francia o a Suecia a ver cómo me va. Lo malo es que no se francés ni sueco. Cuando era joven entré a la Alianza Francesa a estudiar unos cursos pero no se me facilita el pinche francés, con decirte que la maestra me sacó de la clase. La muy idiota creía que yo me burlaba de la pronunciación de ella, pero no era así, simplemente no me sale el acentito ese de maricón.

En eso estábamos cuando llegó una patrulla de la policía, se paró al lado de nosotros y nos preguntaron si todo estaba bien. Si, no hay ningún problema. Nomás estamos platicando, les contesté. Mejor váyanse a su casa, este barrio no es muy seguro, tomen un taxi, no vayan a manejar, están muy borrachos y si los agarramos manejando los metemos a la cárcel, dijeron los patrulleros y se fueron. Entonces nos pusimos a caminar de regreso hacia el restaurante.

Apenas llevábamos dos cuadras cuando nos salieron al paso dos tipos. Uno de ellos nos pidió un cigarro. No tenemos, dijo Carmelo. Estaba muy oscuro y era difícil distinguir a los fulanos, pero uno de ellos era alto y fornido mientras que el otro era chaparro y delgado. Entonces nos van a tener que dar dinero para comprarlos, dijo el tipo a la vez que sacaba una navaja. Hasta la borrachera se me pasó, pero calculé que no estaba en condiciones de correr, además no sabía cómo estaba Carmelo y no podía dejarlo solo, así que saqué mi cartera cuando el chaparro dijo con voz jubilosa, ¡Mexicanito! No te preocupes, no hay problema, no te había reconocido. Por la voz me di cuenta que se trataba de Roy el amigo de Paul. Entonces el tipo alto le dijo a Roy, momento, estos cabrones tiene que soltar una lana, no los vamos a dejar ir así como si nada, y no me importa si son tus hermanos o amantes o lo que sea, yo necesito dinero para la pasta. Roy nomas lo vio, se volteo hacia

139

mi sonriendo y dijo: no hay problema mexicanito, váyanse yo me encargo de este cabrón. Sólo me salió un chorrito de voz con el que le dije; gracias Roy, ahí te veo otro día y comencé a caminar seguido por Carmelo. El asaltante alto comenzó a gritarle a Roy, pero qué carajos haces, ni que fuera tan fácil encontrar plata. Roy lo calmaba asegurándole que él tenía un plan.

Carmelo y yo lo más rápido posible y al dar la vuelta en una esquina salimos corriendo. Llegamos al estacionamiento jadeando y nos subimos al coche cerrando las puertas con seguro. Con el susto y la corrida hasta la borrachera se nos pasó. Hasta entonces comenzamos a hablar y Carmelo me dijo, con razón te quieres ir de aquí, de la que nos salvamos. Curiosamente esa no era una de mis razones para querer regresar a mi patria, a decir verdad yo me sentía más seguro en Dallas que en México, aun después de esa experiencia sabia que todo era cuestión de tener cuidado.

En los días siguientes llevé a Carmelo a ver el Museo de Arte de Dallas en donde vimos una exposición de Dalí, después fuimos al Museo del Sexto Piso en donde tienen una especie de museo sobre el asesinato de John F. Kennedy. Carmelo desaprobó ese homenaje diciendo; hasta donde llegaban los gringos con tal de hacer negocio. Nos metimos a toda clase de restaurantes y cafés en donde platicamos a morir. Había pedido tres días libres y disfruté ese tiempo; Carmelo me puso al tanto de lo que pasaba con viejos conocidos. Roberto Hernández había sido promovido a sub secretario de la Secretaria de Salud Publica, mi antiguo jefe, Francisco Pereira también había sido promovido a director de área pero a las pocas semanas lo corrieron por que trató de violar a una secretaria. Rodrigo Fuentes había escrito una novela que no recibió muy buenas críticas pero que se vendía con mucho éxito, al grado de ser uno de los libros de mayor venta en México. Carmelo me dijo que la novela era una reseña de la vida ociosa de unos juniors del Distrito Federal. Un jueves llevé a Carmelo a un bar para despedirlo, él salía para México al siguiente día. Estuvimos tomando whiskey y yo quede solemnemente que iría a México en la primera oportunidad. Entonces, decidí platicarle a Carmelo sobre el asunto de Franco y las llamadas amenazantes de Salinas. Me solté platicándole que a veces me sentía vigilado porque creía haber visto a unos judiciales espiándome en Mazatlán. También le platiqué que Salinas sabia algunos de mis asuntos en Dallas sin que yo se los hubiera contado a nadie.

- Cálmate Emilio, creo que te estás dando más taco del que mereces. Ni que fueras un big shot para que te anduvieran siguiendo. Yo creo que la chifladura gringa ya te está ganando.

- Pero ¿cómo te explicas que uno de los policías del restaurante en el DF estuviera expiándonos a mi amigo y a mí en Mazatlán?

- ¿Cómo puedes estar seguro de que te estaban vigilando y de que fueran los judiciales que habías visto en el DF si solo los viste por un momento? Recuerda que la mente es canija, y cuando te entra el gusanito del miedo, ves peligros por todos lados. Mira te voy a contar algo que me sucedió hace muchos años y que también me atormentó por mucho tiempo. Cuando yo tenía como dieciocho, o diecinueve años, me encantaban las películas de James Bond y todo lo que oliera a aventura. Para probar mis destrezas de espía, me dediqué a seguir coches al azar, tratando que no se dieran cuenta. Ya ves que en las películas de espías y policiacas siguen a alguien por varias cuadras, o hasta por varios días sin que el espiado se dé cuenta. Bueno, pues yo trataba de hacer lo mismo para ver si tenía madera de espía, o de detective privado, o ya pedida de policía Algunas veces seguía a alguien por media hora, otras hasta me estacionaba a esperar a que el fulano o la fulana salieran de un edifico al que hubieran entrado para seguirlos vigilándolos.

Era una actividad estúpida pero me divertía, aunque a veces, algunas personas se daban cuenta que los estaba siguiendo y me gritaban que quería o me mentaban la madre. Pero eso era un incentivo más para seguir con mi hobby. Yo me decía, tengo que perfeccionar mi técnica para que no me cachen. En una ocasión, un tipo se metió en un estacionamiento y cuando yo estaba esperando a que saliera, llegó a pie por detrás y me preguntó por qué lo seguía. Naturalmente yo lo negué y le dije que estaba esperando a mi novia. El tipo saco una manoleta de bronce y me dijo que me largara o me iba a poner como camote. Sin decir más me fui y abandoné mi actividad de espía por varias semanas. Pasados unos días me volvió a entrar la espinita de probarme de nuevo. Después de todo yo no hacía daño a nadie. Así pasaron algunas semanas y volví a lo mismo, algunos días seguía a alguien, otros días me olvidaba del asunto. Bueno, ahí tienes que un domingo que iba a mi casa después del cine, vi a un viejo salir de una casa tipo clase media y subirse a un Volkswagen medio fregado. Me entró un deseo de ver quién era y a dónde iba, que no pude resistir y comencé a seguirlo. Creo que como a los cinco minutos el sujeto se dio cuenta que lo estaba siguiendo y trató de perderme. Aceleraba, daba vueltas rápidas y aunque yo ya había perdido por haber sido descubierto, decidí perseguirlo. Me enfoqué en no perderlo, total era un viejo y no tenia facha de que me pudiera golpear como el matón que me había amenazado. Para no hacerte el cuento largo, creo que como a la media hora íbamos por la avenida Independencia a ciento veinte kilómetros por hora. Al llegar a la esquina con Mitla, el viejo trato de dar vuelta y se estrelló contra un árbol. Salí corriendo a llamar a una ambulancia ya que el choque fue fuertísimo.

Después me quedé esperando en mi coche como un idiota sin saber qué hacer. Llegaba cada vez más gente y yo oía gritos y lloridos de algunas mujeres. Por fin llegó la ambulancia y me acerqué a ver como estaba la situación. La policía también se apareció y preguntaban a los presentes que si alguien había visto el choque. Nadie vio el momento que ocurrió el accidente

142

pero uno de los policías, viendo las marcas de las llantas dijo: no cabe duda que este cuate venia volando y no pudo tomar la curva adecuadamente. Entonces me acerqué y vi que habían logrado sacar al hombre del coche, estaba totalmente ensangrentado. Lo que más me impresionó fue que una de sus piernas estaba completamente desprendida, como la una marioneta. El tipo me vio y no sé si me reconoció pero, nunca olvidare su mirada como pidiendo piedad. Al otro día me entere por los periódicos que había muerto en el hospital. Se llamaba Mauricio Menéndez y tenía cuatro hijos y seis nietos. Nunca había platicado esto a nadie pero por mucho tiempo, viví pensando; alguien me va a agarrar en cualquier momento y me va a reclamar la muerte del señor Menéndez.

- ¡Wow Carmelo! Yo no tenía idea que te hubiera sucedido algo así, pero en cierta forma tú no eres responsable, él fue el que se estrelló y tú no tenías intención de hacerle daño.

- Pero para el caso es lo mismo Emilio, si yo no lo hubiera seguido el no habría chocado. Tiempo después me informé de quien era Menéndez. Trabajaba para el gobierno del estado como jefe de un departamento de compras. También pude saber que tenía una amante, una tal Irma que era secretaria de ese departamento, y que él le tenía puesta una casa que es donde yo lo vi. Probablemente pensó que lo venía siguiendo por lo de su amante, no sé, tal vez pensó que era un detective, o un novio, o hermano de la mujer. El caso es que creo que esa es la razón por la que Mauricio puso tanto empeño en perderme.

- Bueno, te queda el consuelo que en cierto modo tú no fuiste totalmente culpable. Es decir, él también actuó indebidamente.

- Si Emilio. Pero ¿quien soy yo para juzgar a un hombre que tiene una amante? Eso no lo hace que mereciera morir.

143

- Ya no te martirices, es algo que pasó hace mucho tiempo y fue un accidente. Olvídalo, mira ya me hiciste olvidar al pinche Salinas.

- Te platico esto, porque en cierto modo, yo viví la mitad de mi vida con ese remordimiento, y con ese miedo de que alguien me fuera a acusar de la muerte de Mauricio Menéndez. No fue sino hasta hace un par de años que fui a terapia, y el psiquiatra me hizo ver que estaba sufriendo por algo innecesario. Yo cometí una estupidez de joven pero no un crimen. Sin embrago, en mi mente llevé un sentimiento de culpa por algo que no podía cambiar. Lo hecho, hecho esta y hay que seguir viviendo. A mí me parece que a ti te está pasando lo mismo con el asunto del niño ese que murió, tú no lo mataste, tú no podías saber que estaba siendo maltratado, sácate eso de la cabeza y deja de martirizarte. Salinas no te puede involucrar en algo en lo que tú no tuviste culpa. Bueno y ahora platícame más de tu trabajo, por qué dices que estas a disgusto.

- Es que en México la investigación social prácticamente no existe por falta de fondos, aquí sí existe pero a lo pendejo. Mira, yo participo en proyectos que no tienen sentido pero me tengo que callar para que no me corran. Pero dime tú nomás ¿cómo se ponen a investigar el porqué la gente de las zonas pobres tienen un porcentaje mucho más alto de diabéticos que las personas que viven en zonas de ricos? La respuesta ya la saben, faltan doctores, faltan medicinas, falta educación, falta tiempo para que la gente pueda ir a caminar, falta dinero para que compren comida saludable; pero en lugar de ir a proporcionar esos servicios se ponen a hacer una investigación. Además hacen cuestionarios de 300 preguntas a ancianos enfermos que desde la décima pregunta ya están medio dormidos. Eso sí, gastan millones para hacer la investigación y mandan estudiantes de preparatoria o individuos mal pagados a hacer las entrevistas. Los entrevistadores por lo mismo, sólo tienen interés en llenar los cuestionarios y no le importa si las respuestas son válidas. Es un desastre pero no quieren que se les cuestione, es el modus vivendi de esos vividores académicos profesionales.

- Órale, sí que estás en una encrucijada mi hermano, pero si te decides a regresar a México avísame para mover mis palancas y ver si te puedo conseguir una chamba.

Carmelo partió al día siguiente y me dejó pensando si era tiempo de regresar a mi país. La respuesta no era fácil. Fuera del trabajo, mi vida transcurría calmadamente en Dallas y no tenia los sobresalto que me contaban mis amistades de México; asaltos y robos por todos lados. Eso no era así cuando yo vivía ahí. Además, había comenzado a ir al gimnasio de la universidad, disfrutaba hacer ejercicio e ir a nadar en la piscina del conjunto donde vivía. Por otra parte, me compré una bicicleta y alguien me dijo de un grupo de ciclistas que se reunían cada fin de semana para hacer viajes en las afueras de la ciudad. Llamé al líder del grupo, y comencé a pasear con ellos por lugares muy bellos y tranquilos que jamás había imaginado existían cerca de Dallas. Después de los viajes, íbamos a tomar un café, una cerveza o a comer algo en algún restaurant cercano y a platicar de nuestras aventuras. Así conocí a Rafael Molina, un médico mexicano que llevaba más de veinte años ejerciendo medicina en Dallas. Rafael era cardiólogo y estaba muy bien conectado con la comunidad de mexicanos y latinoamericanos acomodados de la ciudad. La mayoría eran médicos, pero también había arquitectos, ingenieros, empresarios e inversionistas, y se movían como pez en el agua en los círculos de los ricachones de Dallas gracias a su dinero.

Cuando Rafael supo que yo había jugado tenis de joven me invitó a jugar en su casa. Una tarde después del trabajo me recibió en su casona en Las Colinas, una colonia con mansiones gigantescas. La casa de Rafael no se quedaba atrás y apenas llegué me sirvió un Johnnie Walker Blue. Tómate esto para que te marees y así te pueda ganar, me dijo con una sonrisa de oreja a oreja. A pesar de que me recete otros dos sabrosos whiskys, le gané dos sets a mi anfitrión, el cual se mostró complacido de que yo jugara bastante mejor que él. Le gustó la idea de tener con quien practicar y así subir su nivel. A insistencia de Rafael me quedé a cenar y conocí a su esposa Cecilia, una mujer que a andaba por los cuarenta y cinco. La guapa señora conservaba una figura juvenil y remataba con una hermosa cara al estilo de Demi Moore. También llegaron a cenar sus hijos Raymundo, aunque todos le decían Ray, y Cecilia Fernanda, con una amiga americana de nombre Sandy. Los adolecentes apenas y probaron la comida y se fueron a sus cuartos hablando en inglés.

- Es una vergüenza pero ya no quieren hablar español, dijo su madre.

- Es normal contestó Rafael, todos nos vamos por donde nos conviene más y ellos conviven con puros americanos todo, el día así que eso es lo que mastican.

- Sí, pero al menos con nosotros deberían de hablar español. Después lo van a hablar todo mocho como la gente de acá. Con la única que hablan en español es con Juvencia, y eso porque ella es la misma sirvienta que tenemos desde que vivíamos en México, y ella no habla inglés.

Juvencia entró con una cafetera y con una sonrisa que mostraba su blanca dentadura y nos ofreció café de olla. Rafael trajo un tequila que según él era hecho especial para un amigo de él que vivía en Tequila. Yo no soy muy conocedor de licores pero ciertamente el tequila estaba muy sabroso. Desgraciadamente después de dos copas Rafael no volvió a ofrecer otra más con lo que deduje que era hora de marcharme.

Al otro día me sorprendió una llamada de Alma. Emilio, me dijo con voz sospechosamente cálida, yo creo que ya es hora de que enfrentemos la realidad. Ni tú vas a volver a México ni yo voy a seguirte a los Estados Unidos. Lo mejor es que nos divorciemos para que cada quien pueda seguir con su vida. Yo

146

estaba anticipado esa bomba desde. Incluso había ensayado lo que le iba a contestar, sin embargo su petición de divorcio me cayó como un piano soltado desde un decimo piso. Muy en el fondo guardaba una pequeñísima esperanza de que pudiéramos rehacer nuestra relación, de que pudiéramos volver a nuestros planes de procrear una familia. Bueno, yo después de todo, yo soy más indeciso que Alma y tal vez por ello aún me aferraba a la idea de que los dos nos complementábamos.

- ¿Hay alguien?

- No tiene importancia Emilio, la verdad es que tú y yo tenemos diferentes formas de ver la vida. Fue muy bonito mientras duró pero si hubiéramos seguido aferrándonos a esas memorias íbamos a terminar odiándonos. Tú mereces una mujer que aprecie tus cualidades intelectuales, que comparta tus sueños de hacer reformas sociales, yo me conformo con tener una vida tranquila, pacífica. Por un tiempo pensé que tenía madera de intelectual pero en realidad solo fueron ideas juveniles. Afortunadamente me di cuenta a tiempo que estaba siguiendo una quimera, pero tú sí tienes más ilusiones que yo y creo que las debes de seguir buscando una mujer idealista, como tú.

- Bueno, pero no me respondiste si hay alguien.

- Si eso te interesa tanto, sí, sí hay alguien. Pero él no es la razón de que quiera el divorcio. Yo ya presentía que tú y yo no éramos el uno para el otro. ¿Te acuerdas la vez que estábamos en Toluca y tú te quedaste fascinado con la historia de un viejo alemán y querías que lo siguiéramos para ver dónde vivía y qué hacia? Desde ese día intuí que tú y yo no teníamos futuro, tú eres un soñador, un idealista y yo vivo con los pies en la tierra.

- ¿Conozco a ese alguien?

- Y dale con el alguien, no, no lo conoces. Es un antropólogo francés que vino a hacer estudios sobre los Mayas

147

hace unos meses y aquí nos conocimos. Y tú ¿no has tenido algunos amores?

- No, – le mentí – no he tenido amores, solo amistades. Pero si quieres el divorcio, mándame los documentos y con gusto los firmo. Después de todo no tenemos propiedades ni dinero que repartir, de algo vale el ser pobre.

Alma no perdió el tiempo y a los diez días ya tenía los papeles que debía firmar y otros trámites que debía completar en el consulado mexicano de Dallas. Me sorprendí que no me costara trabajo. Después del golpe inicial como que me resigné a dejar esa ilusión, además seguía jugando partidos de tenis con Rafael y a través de él había conocido a algunas chavas que me atraían. Una de ellas era Camila, una mujer colombiana divorciada de un embajador italiano. Camila tenía una belleza aceptable pero una personalidad arrolladora. Ella también juagaba tenis y después de un partido con Rafael en su club nos fuimos a tomar una cerveza en el bar. En eso pasó Camila y no pude evitar quedarme viendo su cuerpo escultural que lucía aún más en su falda corta de tenis. Rafael se dio cuenta y le gritó Camila, vente a tomar algo con nosotros. Camila volteó y saludando a Rafael le hizo señas que al rato. Yo me sentí desilusionado de haber perdido la oportunidad de conocer a esa mujer, pero Rafael, para consolarme, me platico sus antecedentes. Tenía alrededor de treinta y cinco años, le gustaba la equitación, vivía de la pensión que su ex-marido le pasaba pero también tenía un negocio de decoración de interiores. Era amiga de su esposa y por ello la había tratado y sabia que le sobraban pretendientes, su piel morena y ojos verdes la hacían verse guapísima sobre todo cuando se arreglaba para salir de noche. Tenía un hijo y una hija pequeños, pero parecía que quería más a su perro Chihuahua, al que adoraba con pasión y del cual siempre estaba hablando.

La semana siguiente Camila se presentó al vernos a Rafael y a mí jugando. Después del partido se fue con nosotros a tomar una copa y Rafael se disculpó al poco rato diciendo que tenía una emergencia en un hospital. Camila me encantó desde el principio, era el tipo de mujer que sabía como agradar a los hombres, se reía de mis chistes y me pedía mi opinión sobre que raqueta usar, o si su BMW era un carro seguro. Yo me sentía feliz a su lado y pronto comenzamos a salir. Jugábamos un par de veces a la semana y a pesar de que éramos muy diferentes en nuestra forma de pensar nos divertíamos. En lugar de hablar de política o cuestiones filosóficas nos la pasábamos bromeando, hablando de literatura y criticando a los gringos.

- Cuando les digo que soy de Colombia me preguntan qué idioma se habla ahí.

- Eso no es nada, unos amigos de México que fueron a ver un apartamento y la casera, una mujer con una maestría en economía les enseño el refrigerador y les dijo: en este aparato pueden poner leche y carnes para que se conserven fríos y así les duren más tiempo, ja, ja.

- Ja, ja, ja, es increíble, está como a una amiga mía de España quien conoció a un policía y cuando este se entero de que hablaba español, le preguntó donde había aprendido a hablar ese idioma y mi amiga le respondió: en España, por supuesto. El policía muy asombrado le dijo; ¿Qué también los mexicanos ya los han invadido como a nosotros? Ja, ja, ja.

Un viernes en que habíamos quedado en ir a jugar al club, Camila me llamó para disculparse porque su coche se había descompuesto y no podía salir. Me ofrecí a pasar por ella y aceptó. Vivía en un penthouse a todo lujo y cuando llegue a recogerla me pidió que subiese mientras terminaba de hacer una llamada. Me puse a estudiar las pinturas que adornaban su departamento cuando comenzó a llover. En ese momento entró Camila con dos vasos con whiskey en la mano.

- Parece que no vamos a poder jugar después de todo, acomódate y nos tomaremos algo mientras esperamos a ver si la lluvia pasa pronto.

Me senté en el sillón más amplio de la sala y ella se sentó a mi lado. Doblo sus piernas para subir los pies al sillón y con una de sus rodillas me tocaba una pierna. De inmediato tuve una erección improvisada y me quedé como adolescente primerizo, me preguntaba si debía de tratar de atraerla hacia a mí, o si me debía comportar como un caballero. Hacía años que no enfrentaba un dilema similar y me sentí transportado a mis primeras experiencias con mujeres en las que siempre terminaba haciendo el ridículo. Si interpretaba sus gestos como una invitación a un agasajo, terminaba siendo insultado por mal pensado. Si ignoraba sus coqueteos, después me criticaban por ser un idiota o un maricón. Opté por la tercera opción y bebí el whiskey de un trancazo. Camila me miró con una sonrisa y me dijo,

- Caramba, sí que tenías sed. ¿Te sirvo otro?
- Si no es mucha molestia, sí.

Se levantó para llenar mi vaso de nuevo y no pude evitar quedarme viendo su bello trasero que en mi opinión se merecía un diez según el criterio de Roy. Por el maldito instinto que tienen las mujeres para saber que pasa a sus espaldas, Camila volteó de pronto y me cachó con mi mirada en sus nalgas.

- Y ¿te gusta mi departamento?
- Me encanta, sobre todo como lo has decorado, contesté sintiendo mi cara hirviendo de vergüenza.

Cuando me dio el vaso con licor de inmediato lo tomé y le di un largo trago. Tal vez fue el efecto del alcohol pero decidí que tenía que tratar de aprovechar la oportunidad. Después de todo era mejor hacer el ridículo como un maniático sexual que pasar por homosexual. Me incliné hacia Camila y le di un beso en la boca. Ella respondió abrazándome y prendándose de mí como una lapa. Mi largo ayuno sexual me provocó una eyaculación prematura pero Camila ni cuenta se dio, apenas estábamos en los prolegómenos amorosos con todo y ropa. Deslicé mis manos por debajo de su camiseta deportiva y pude sentir unos senos firmes y duros que demandaban mi atención. Camila se quitó la blusa mientras que yo me desnudé en tiempo record. Jamás había hecho el amor con una mujer tan ardiente, el ver como se revolcaba de placer, me hizo sentirme superdotado, no sabiendo que eran las hormonas de mi pareja las que la tenían de orgasmo en orgasmo y no tanto mi poder masculino como me enteré después. El caso es que me sentí feliz y después de varios rounds amorosos la abracé y le confesé que jamás me había sentido tan satisfecho haciendo el amor. Camila me miró con una sonrisa condescendiente y me dijo, yo tampoco pero ahora te toca servirme a mí un trago. Feliz de la vida me levanté cubriendo mi trasero con una sábana, no quería que Camila viera las piernas flacas de su amante. No quería que me encontrara ningún defecto, me sentía realizado como no me había sentido desde hacía muchos años. Camila se sentó a tomarse su whiskey mientras fumaba un cigarrillo.

Hacía años que no fumaba, y me movía en círculos en que prácticamente nadie fumaba, por lo que el olor del cigarrillo me resultó muy molesto. NI modo, pensé, aguantar el humo es poco sacrificio por mi nuevo amor así que mejor no dije nada. Nuevamente, ingenuo, pensé que con el tiempo yo podría influenciar a Camila a que dejara ese vicio. Me gustaría vivir contigo dije envalentonado por mi hazaña amorosa y el whiskey consumido. Camila me miró con una sonrisa muy dulce y me dijo, ay Emilio que lástima pero yo tengo novio. Él está de viaje ahora pero ya llevamos varios meses saliendo y a la mejor nos casamos para fin de año. Espero que comprendas, a mi me gusta vivir plenamente y por eso me acosté contigo pero no quiero una relación seria. No claro que no, le mentí, de hecho yo también estoy algo adolorido de mi fracaso matrimonial y quiero disfrutar mi libertad antes de volver a comprometerme. Te dije lo de vivir contigo para mostrarte que me gustas mucho. Ah claro, me respondió ella, eso no quiere decir que no podamos volver a hacer el amor en alguna otra ocasión y también seguir jugando tenis.

Días después me encontré con Rafael para jugar un partido y me preguntó: ¿Qué tal Emilio, como la pasaste Camila? Le confesé mi sorpresa de que había pasado un rato tan agradable con una mujer que estaba comprometida. No es que yo sea un mocho pero no conocí una mujer tan liberal. Rafael me dijo, pero cuídate porque puedes pescar alguna enfermedad venérea. Me quedé pasmado ¿De Camila? No manches. Entonces mi amigo con cara seria me respondió; Mira esto no es como las películas o en las novelas de amor en donde todos andan haciendo el amor con todos como si nada. Hay muchas enfermedades sexuales, no creo que tengas problemas con el SIDA, pero la sífilis, la gonorrea, la clamidia y las herpes son un problema si no se atienden a tiempo. Esa misma noche cancelé una cita que tenía con Camila para un partido de tenis. Por un lado me sentí aterrorizado y por otro lado me sentí avergonzado, pero la plática con Rafael me dejó pensando obsesivamente si ya habría pescado las famosas herpes que son de por vida. Además comencé a sentir una especie de picazón en el área del pubis que no se me quitaba con mi crema Nívea. Hasta entonces nunca había contraído ninguna enfermedad venérea a pesar de que tuve bastantes experiencias sexuales con todo tipo de mujeres. Me metí al baño y me revisé el pene con una lupa y un espejo para verlo por todos lados. Lo noté algo rojo, tal vez irritado, pero para que más que la verdad, sí me alarmé. Entonces me conecté al internet y me puse a buscar imágenes de penes con enfermedades venéreas. No encontré muchas, por el tipo de búsqueda la computadora terminaba llevándome a sitios pornográficos. No quería llamar a Rafael por vergüenza pero cuando lo hice él se burló de mí: no te preocupes es pura manía tuya, cualquier enfermedad venérea no se manifiesta al otro día. Además Camila es una mujer cuidadosa, solo te comente lo de las enfermedades venéreas para que te andes con cuidado, hay muchos casos de herpes pero de eso nadie se muere. Eso no me dio mayor consuelo, pero a los pocos días ya se me había pasado la comezón y se me había olvidado el asunto.

8

No sé en qué consistía, pero el tiempo se me iba como agua en Dallas. En México nunca me había sentido así. Tal vez era que trabajaba hasta muy tarde, día tras día, y los fines de semana apenas me alcanzaban para llevar a lavar mi ropa, arreglar el departamento, hacer cuentas y comprar provisiones para la semana. Eso me ayudaba a no pensar mucho en Alma o mi familia en Mazatlán. Ya llevaba casi dos años en los Estados Unidos y sentía como si no hubiera hecho nada productivo. Me puse a pensar en mis perspectivas y la verdad no me gustó el panorama. Me había adaptado al sistema burocrático de la universidad, pero no había logrado que los otros investigadores se interesaran por explorar mis ideas sobre la conexión entre la salud y la pobreza. Estaban tan convencidos de sus enfoques sobre los colores de las personas y la cientificidad de sus métodos estadísticos, que simplemente no les cabía la idea de que hubiera algún problema con su metodología. Aun investigadores bien intencionados que trataban de analizar la situación con un criterio más amplio, volvían a caer en su viejo enfoque. También conocí a varios académicos jóvenes de origen latino con maestrías o doctorados de universidades de los Estados Unidos. Ellos seguían las mismas premisas que los americanos de origen anglo y tenían la misma visión social que habían mamado.

En las universidades hacían mucho alarde de que se tenía que integrar a miembros de las minorías para que todos los grupos estuvieran representados en los planteles académicos. Decían que querían que los investigadores minoritarios pudieran trasmitir las inquietudes de sus respectivos grupos. Yo encontraba esos enfoques alentadores, pero pronto vi que solo admitían estudiantes con ideas de las élites universitarias. Era un círculo vicioso. Querían voces independientes pero cuando llegaba algún candidato con ideas diferentes lo desechaban aduciendo que no estaba capacitado para el trabajo. Yo era una excepción y por ello tenia tantos problemas. Por la lectura de algunos artículos en revistas ajenas al ámbito académico conocí algunos sujetos que rechazaban el enfoque y la metodología prevalente. La mayoría de ellos eran intelectuales que habían ampliado sus horizontes en otras partes del mundo, y eran considerados disfuncionales por las universidades e instituciones de investigación americanas, así que vivían marginados de los proyectos importantes.

Ross Adler era unos de ellos. Él tenía una librería en Los Angeles y publicaba una revista literaria llamada The Red Stone. Un día me llamó para felicitarme por un artículo que publiqué en un periódico semanal. Me pidió que escribiera algo sobre el sistema de salud en los Estados Unidos con la advertencia que sólo podía pagarme doscientos dólares por el artículo. Le dije que me encantaría pero no tenía tiempo. Ross no insistió pero me volvió a llamar como a los cinco días para preguntarme si había leído unos libros de un tal Viktor Von Uradel sobre la industria de las armas. No, no los había leído. Ross me explicó que Von Uradel era un noble alemán libre pensador. A partir de ese día intercambiamos escritos y recomendaciones de otros autores que compartían nuestra visión. Ross insistía en que leyera todas las obras de Von Uradel, de acuerdo a Ross, este condensaba información económica y social como nadie más lo hacía.

Según Ross, Von Uradel había sido seminarista, pero después le entraron dudas sobre la religión católica y se dedico a estudiar otras religiones para ver cuál era la verdadera, o al menos la que más se acomodaba a su conciencia. Así fue como el tal Von paso al Judaísmo, después al islamismo y siguió con el hinduismo. Por fin se asentó en el budismo por muchos años, hasta que se hartó de andar buscando a un ser divino y terminó

155

convencido de que no existía ninguno. Uradel quedó sintiendo un vacío muy grande y como era muy terco, seguía tratando de descubrir para que había nacido. Eso le llevó a estudiar filosofía. Muy pronto se empapó de Sócrates, Platón, Spinoza, Heidegger y otros que le entusiasmaron mucho de entrada pero que después de un tiempo lo dejaron igual que antes; sin ninguna clave del por qué su existencia. Fue por esos años en que la psicología comenzaba a cobrar auge y se volcó en el estudio de esa materia, al igual que de la sociología, dándole un enfoque científico a su búsqueda de la verdad. Como era de esperarse, Uradel descubrió pequeños cabos aquí y allá, pero nunca un panorama completo que satisficiera su sed de entender para qué carajos había venido a este mundo.

Después de tantos descalabros, Uradel se resignó a quedarse sin respuesta a sus dudas y se enfocó a hacer un estudio de la estupidez humana. Fácilmente encontró material de sobra en esa área, y corroboró que su campo de estudio, le estupidez humana, trascendía fronteras y épocas. Según me platicó tiempo después, lo que más le llamó la atención era la estupidez en las llamadas sociedades desarrolladas. Si bien era cierto que las tribus del Amazonas o el África cometían barbaridad y media, eso era comprensible dado su limitado conocimiento del universo y sus leyes. En cambio era imperdonable que los políticos y grandes empresarios en los países industrializados, con todo el vasto conocimiento científico e histórico que manejaban, siguieran destruyendo la naturaleza, enfrascándose en guerras innecesarias, agotando los recursos naturales, contaminando el mar y los ríos, y otra serie de estupideces por el estilo. Fue así como Uradel escribió obras que criticaban severamente las religiones, las guerras, la educación y la prensa entre otros temas.

Ross era muy amigo del pensador alemán, y cuando se enteró de que éste iba a estar en Houston para dar una conferencia, me mandó la información. Según Ross, Uradel podía ayudarme a publicar mi libro. Yo no tenía mucho interés en contactar al susodicho autor, pero por lealtad a Ross hice el viaje a Houston el día de la conferencia. El evento se llevó a cabo en el auditorio de la facultad de economía de la Universidad de Houston. Yo llegué con una hora de anticipación y el local estaba a reventar y con mucha algarabía.

La mitad de los asistentes eran jóvenes estudiantes y la otra mitad era gente mayor de sesenta años, quienes sin duda alguna eran los más ruidosos. Supuse que se trataba de personas que habían leído al autor en su juventud y su presencia les hacia revivir sus años mozuelos. Como pude me colé lo más que pude al frente del auditorio aunque ya no me fue posible conseguir asiento así que me quedé parado. Uradel era un viejo de más de ochenta años pero con una vitalidad asombrosa. No medía más de un metro con setenta, delgado y con anteojos redondos de carey. De voz pausada pero enérgica atacó al capitalismo, al comunismo, a CNN, a Phillips Morris, a los brassieres, a los zoológicos, a los Kennedy y al Fondo Monetario Internacional, entre otras cosas. Ninguno de sus argumentos me era novedoso, pero si me impresionó la forma en que ligaba todos su blancos haciendo que los asistentes nos preguntáramos ¿pero cómo no se me había ocurrido eso antes? O ¿cómo es que la demás gente no ve lo diabólicas que son estas corporaciones que nos están usando para enriquecerse aún más?

Al final de la conferencia tuve que esperar cerca de media hora para poder acercarme a hablar con él. Cuando estuve cerca de él le dije; profesor Uradel, mi nombre es Emilio… no me dejo terminar, Emilio ¿Cómo estás? Ross me dijo que vendrías a verme y te estaba esperando. Vamos a cenar a algún lado, aquí no nos dejarán platicar. Sin decir nada más puso su mano en mi hombro y me empujó hacia la puerta. Nos fuimos caminando ante el asombro de los asistentes que todavía quedaba en el salón y que quería hablar con él. En la siguiente cuadra había un restaurante alemán pero Viktor no quiso entrar ahí. Esta muy cerca del auditorio y algunos asistentes a la conferencia pueden querer platicar o hacerme una entrevista, mejor vamos un poco más lejos. Así nos fuimos caminando por unos diez minutos hasta que llegamos a un McDonald's. Durante nuestra caminata Viktor me platicó que había leído algunos artículos míos que le había enviando Ross y a él le parecieron interesantes. En el McDonald's pidió dos hamburguesas, una coca y un café. Yo solo pedí un sándwich de pollo pero quedé asombrado por lo mucho que comía Viktor, después de terminarse las dos hamburguesas pidió una bolsa grande de papas fritas y un helado. A pesar de que comía como si no hubiera mañana no dejaba de hablar atacando a las trasnacionales y a políticos de países desarrollados y subdesarrollados.

- Como éste restaurante, ¿sabías que ya está cambiando la dieta de los chinos? Y no para bien, les están cambiando su dieta tradicional, saludable, con muchas verduras por estas porquerías llenas de grasa.

Entonces sacó de un bolsillo una botella pequeña de coñac y le vació la mitad a su café.

- Las malditas hamburguesas están aceptables aunque sean de puro cartón, pero el café es infame por eso hay que bautizarlo con un poco de veneno ¿quieres un trago?

No acepté su ofrecimiento pero terminamos en un bar de un hotel tomando Rémy Martin XO. Sin duda el viejo aristócrata sabía disfrutar las buenas bebidas, y me dio toda una cátedra sobre las propiedades de las principales marcas de Coñac.

- Mira Emilio, algunos me critican porque me gustan las cosas buenas de la vida y dicen que soy un hipócrita por atacar a los oligarcas. Pero es porque son unos estúpidos, yo no quiero que todos seamos pobres, quiero que todos seamos ricos.

Después de media botella del sabroso licor yo estaba completamente de acuerdo con el alemán. Uradel me ofreció que cuando terminara mi libro se lo enviara para publicarlo. Tengo una editorial y me sentiría muy honrado de ser tu editor me dijo. Yo estaba extasiado y desde luego que le dije que sí. Pero lo que más me sorprendía es que Viktor se veía tan tranquilo como una lechuga, mientras que yo estaba medio mareado. Yo tenía planeado regresar a Dallas esa noche pero no me sentí estar en condición de manejar. Opté por rentar un cuarto en el hotel y quedarme a dormir esa noche en Houston. A la mañana siguiente me fui a desayunar con una leve cruda. Entonces comprendí porqué los ricos se pueden emborrachar tomando bebidas de calidad con pocas consecuencias, mientras que las masas nos emborrachamos con resultados nefastos por tomar ron o tequila de baja calidad. Concluí que esa era otra poderosa razón para buscar una repartición de la riqueza más justa. Lo que no me pareció fue la cuenta del hotel. Yo nunca había pagado más de ciento cincuenta dólares por una habitación pero esa noche me salió en trescientos cincuenta dólares por un cuarto muy lujoso con un estudio pero en donde apenas y dormí. El desayuno no estaba incluido y yo de idiota no pensé en los precios cuando pedí jugo de naranja, café y huevos benedictinos. Si bien todo estaba sabroso, el chistecito me costó otros cuarenta dólares. Apenas pagué la cuenta salí de inmediato temeroso de que fuera a incurrir en otro servicio de precios estratosféricos.

Un sábado después de jugar tenis, Rafael me invitó a una cena a celebrarse en un club para festejar la independencia de México. Es el puro pretexto para reunirnos y ponernos bien pedos dijo Rafael. La verdad es que a la mayoría de esos cabrones les vale madre la independencia de México o de cualquier otro país, pero va a haber gente con mucho dinero y a la mejor te conectas con alguien que te pueda dar un trabajo mejor pagado que el de la universidad. Como mi vida social era muy escueta de inmediato acepte su invitación. Curiosamente sólo la mitad de los asistentes a la celebración eran mexicanos, los demás eran americanos e inmigrantes de otros países de Latinoamérica pero los que más parecían disfrutar de la fiesta eran los americanos. Recuerdo que me sentía fuera de lugar, solo conocía a Rafael y a su esposa pero ellos andaban muy ocupados platicando con otras gentes. Habría alrededor de unas doscientas gentes, entre ellas algunas mujeres muy bellas, pero a mí la que más me gustó fue una de las cantineras, una guapa mujer que atendía el bar. Alta, morena de ojos muy grandes y pelo negro lacio que le llegaba a la cintura era el centro de atención de varios hombres que no dejaban de echarle piropos. Para probar mí suerte fui hacia el bar y le pregunté que tequilas tenía. Me contestó con una sonrisa que me permitió ver sus dientes perfectos y usando un español impecable que me recomendaba el Herradura Reposado. En ese momento un tipo que estaba atrás de mi le dijo, sírvele un Chinico Negro Centenario y volteándose hacia mí me dijo; no hay comparación, el Herradura es para los gringos pero si quiere un buen tequila no hay como el Chinico Negro. Molesto por la intromisión y la forma autoritaria con que se metía a dar órdenes volteé, hacia la cantinera para decirle que me sirviera el Herradura Reposado pero ella ya estaba sirviéndome el Chinico Negro, y con una sonrisa encantadora le dijo al hombre; tiene razón Don Paco, se me había olvidado el Chinico. Entonces el tal Don Paco, quien andaría por los setenta años pero era más alto y fornido que yo, me pasó el brazo sobre el hombro y me llevó a caminar por la sala a la vez que me platicaba de las ventajas del Chinico. Tiempo después me enteré que Don Paco era importador del Chinico a los Estados Unidos, entre otros negocios, y que la hermosa cantinera era su amante. Por la forma en que lo saludaban los demás asistentes me percaté que Don Paco era un tipo importante.

- ¿Y usted que hace en Dallas?
- Yo soy investigador en la Universidad de Texas.
- ¿Y cuanto tiempo lleva por acá?

- Un par de años.

- Huy! Eso es mucho, bueno al menos para mí. Yo me vine a vivir acá pero no aguanté, los gringos son muy impersonales, son buenas gentes pero no les gusta tener invitados ni tampoco ir de visita espontáneamente como a los latinos. Luego para conseguir sirvientas aquí no es fácil y mi mujer no puede vivir sin su mucama y su cocinera. Nosotros trajimos a unas muchachas de México pero, ellas no se acostumbraron y nosotros tampoco, así que como a los seis meses nos regresamos a México. A mí me gusta venir por una semana o diez días pero más de eso me fastidia. La única ventaja que tienen ustedes los que viven acá es que no tienen que gastarse un dineral en guardaespaldas porque la verdad que en México las cosas se están poniendo color de hormiga. Yo por eso tengo casa aquí y casa en México y mando a mi familia para acá cuando las cosas se ponen feas en el DF. Aunque nunca se sabe cuando le va a tocar a uno y por más precauciones que se tomen nos puede suceder cualquier cosa.

En ese momento llegaron dos matrimonios a saludar a Don Paco y yo aproveché el momento para desaparecerme, el millonetas sólo estaba interesado en oírse él y no tanto en platicar. Cuando busqué a la linda cantinera esta ya no estaba, en su lugar estaba un tipo bigotón que me preguntó qué me gustaría tomar y yo le pedí un jugo de tomate, ya sin la morena no se me antojaban las bebidas alcohólicas.

Cuando llegué a mi casa me puse a pensar en las palabras del tal Don Paco. Hasta entonces no había podido reconocer algunas de las cosas que me disgustaban de mi nueva vida pero que el millonario expresó con mucho acierto. Por ejemplo, mis contactos en el trabajo no fructificaban en amistad, parecía que toda la gente ya tenía hecho su círculo de amistades y no querían incorporar a nadie más. Algunos socializaban afuera del trabajo pero era porque tenían hijos de la misma edad o iban a la misma iglesia, pero de ahí en más, cada quien jalaba por su lado. Yo había tratado de invitar algunos compañeros a mi departamento o al cine pero casi nunca querían, o si iban, nunca me invitaban a las suyas y terminaba por dejar de hacer el esfuerzo por juntarme con ellos. Además estaba acostumbrado a recibir amigos en mi casa a cualquier hora que alguno de ellos se le ocurriera presentarse, pero en Dallas eso era inconcebible. En una ocasión se me ocurrió pasar a visitar a Jack sin avisar y este se quedó perplejo cuando me vio en la puerta de su hogar.

- Emilio, ¿Qué ocurre? ¿Tienes algún problema? Pasa, pasa, disculpa pero acabamos de cenar, Alice, este es Emilio, nuestro investigador de México.

La mujer estaba sentada en un sillón en la sala viendo la televisión y me vio con cara de curiosidad y disgusto a la vez. Alice era una rubia desabrida que sin maquillaje parecía un fantasma. Estaba enfundada en unos jeans y una camisa grande. Cuando me vio apenas y movió la cara como saludo y siguió viendo la televisión.

- Disculpa Jack, es que venía pasando por aquí y se me ocurrió pasar a saludarte y de paso pensé que podríamos hablar sobre el proyecto de la obesidad y…

- Oh no Emilio, los asuntos de la oficina en la oficina, mejor eso lo hablamos mañana. Pero si quieres te puedes quedar a ver la televisión con nosotros. A Alice y a mí nos gusta un concurso de talento artístico, vieras cada loco que se cree Elvis o Barbara Streisand, yo sé que es una tontería pero así nos olvidamos de las preocupaciones.

No quise quedarme a ver el concurso, me di cuenta que había cometido un grave error, mi visita fue tomada como una invasión. También me di cuenta de que el tiempo que estuve en su casa no apagaron la televisión, ni le bajaron el volumen, y mientras que hablábamos Jack no dejaba de ver la pantalla de reojo con cierto nerviosismo como si tuvieran miedo de perderse parte del programa. Después de dos experiencias similares dejé de tratar de imponer mis costumbres salvajes, tercermundistas y nunca más fui de visita sin invitación. Pero igualmente nadie me visitaba, a pesar de que yo me esforcé por dejar asentado entre mis compañeros de trabajo que podían ir a mi casa en cualquier momento. Ni siquiera Cándido a quien tanto le gustaba charlar en la oficina aprovechó mi oferta. Cuando le pregunté por qué no pasaba algún día a mi departamento a tomar una cerveza y ver el futbol, me dijo muy sorprendido; oh, no, eso es mal manners. No way, mejor lo llamo antes.

En un periódico leí que los americanos veían un promedio de seis horas de televisión al día. No en balde no salían de sus casas. Peor aún, algunos tenían televisores no solo en la sala sino también en todas las recamaras, en la cocina, en el jardín y hasta en el baño. Para colmo de males no había consultorio médico que no tuviera su aparato prendido todo el día, igual sucedía con muchos restaurantes, peluquerías y cualquier negocio donde hubiera que esperar más de tres minutos. Todos instalaban su televisión como si con ello fueran a atraer más clientes. Me acordé que Octavio Campos, el amigo de Jorge ya me lo había advertido pero yo no me imaginaba que el fenómeno fuera a tal grado. En un programa de televisión vi a un tipo anunciando que muy pronto iban a poder hacer relojes con televisión, lo más sorprendente fue que los otros cuatro panelistas se mostraron súper entusiasmados por esa posibilidad como si una televisión en la muñeca significara el fin del tedio, y la puerta del paraíso. En honor a la verdad no todos los americanos se la pasaban pegados a la televisión, pero un número significativo no solo veían demasiados programas sino que también eran gobernados por ese medio. Se podían pasar horas y horas hablando de partidos de futbol, telenovelas, series de dramas o programas donde seguían las vivencias de unas modelos, o de una familia peleándose, amándose y odiándose. Entre más drama hubiera, mejor. Agarré un cuaderno y escribí:

163

Cuando la cosa se pone de la chingada, escribo con letra chiquita y la gente me cae gorda. Cuando la cosa mejora, escribo con letra grande y la gente me sigue cayendo gorda. Yo no sé porque hago lo que hago. A veces voy caminado y veo un papel en el suelo y lo recojo. Otras veces paso delante de un papel y lo dejo ahí, tirado.

Dediqué mucho tiempo a preparar mi análisis socioeconómico sobre los Estados Unidos pero no me sentí satisfecho con el manuscrito. Acumulé una gran cantidad de datos que respaldando ese mamotreto de información pero éste no reflejaba el drama humano de los desfavorecidos en los Estados Unidos. Por otra parte me sentía vacio, no tenia con quien compartir mis pensamientos, nada me producía satisfacción y me molestaba por cualquier cosa. Hasta ese entonces me hallaba aislado un rato o un par de días a lo más, pero últimamente me pasaba casi todo el tiempo con ganas de platicar, de dar mi opinión de los supermercados o de charlar de lo que me había sucedido ese día, pero no encontraba con quien hacerlo. Llamé a Rocío y le comente lo aislado que me sentía. Ella me comprendió de inmediato pero se había casado y estaba esperando su primer hijo por lo que no me podía dedicar mucho tiempo. No la volví a llamar, sólo cuando ella me llamaba platicábamos un rato pero no mucho. Ahora sus intereses estaban en su hijo, en el trabajo de su esposo y cosas por el estilo. Un día me sentí tan desesperado que llamé a la Güera Flores pero ella se mostró fría, cortante. Me platicó que su prima, que me había querido presentar como prospecto para mi, se había casado con un ganadero muy rico de la Huasteca y era muy feliz. Ah, muy bien, le dije, y me di cuenta que haberle hablado había sido un error. La Güera y yo no teníamos nada de que platicar, a ella no le interesaba en lo más mínimo mi vida en los Estados Unidos y a mí no me importaba para nada la vida de su prima, o si ella se hacia la cirugía plástica o no, asunto con que la Güera estaba obsesionada. Aun cuando Sarah me trataba fríamente decidí invitarla al cine. Yo la veía cada día más atractiva y me di de golpes por no haber hecho un esfuerzo mayor por retenerla. Lo siento Emilio pero no puedo, me dijo, estoy saliendo con alguien y parece que va en serio así que mejor seguimos de amigos. Después me enteré que ese "alguien" era un médico y que estaban planeando casarse pronto. Me dio gusto por ella, aun cuando no se puede decir que la amaba, le tenía un gran cariño y mucho respeto por ser una mujer honesta. Por el que no me dio gusto fue por mí. No tenía ningún prospecto, como decía mi mamá; ni siquiera un perro que me ladrara. En mi trabajo la mayoría de mis compañeros eran hombres así que ahí no podía buscar, cierto que dos o tres eran homosexuales pero yo no. De las mujeres del Departamento de investigación, casi todas estaban casadas o comprometidas, o eran insoportablemente feas como la doctora Swann. Elena tenía unos sesenta años pero se mantenía en forma, salía a correr todos los días, estuviera lloviendo, o con un sol del demonio. Nunca se había casado y corrían los rumores que era lesbiana aunque nadie le daba mayor importancia a esos asuntos. Lo que mataba cualquier asomo de romanticismo hacia Elena Swann era su vestuario. Casi todos sus blusas, faldas y pantalones, era de un color café que me recordaba el contenido de un escusado. Cuando se ponía un conjunto de diseño, este era invariablemente con figuras geométricas, se veía como una marciana recién desempacada de un viaje espacial. Y para colmo de los males, Elena siempre estaba seria, con una cara de gendarme mal pagado. Ahora que lo pienso, creo que nunca la vi reírse, buen, ni siquiera sonreír. Supongo que estaba amargada, resentida con la vida y no tengo ni la menor idea de por qué.

Un jueves por la noche me llamo Bob Murray todo emocionado y me dijo que me tenía buenas noticias:

- Emilio, yo sé que tu y Daniel Somoza no se llevan muy bien, así que creo que te va a alegrar saber que parece que van a correr a ese fantoche al que nadie puede ver.

- ¿Qué hizo? ¿De qué se trata?

- Lo cacharon falsificando datos para hacer que sus proyectos de investigación coincidan con sus hipótesis. Eso ya de por si es grave pero resulta que no es la primera vez que le caen con las manos en la masa, hace como tres años ya le dieron una reprimenda por haber adulterado sus horas de trabajo para cobrar horas extras. En aquella ocasión lo perdonaron por ser la primera vez. Además era el único hispano en el Instituto y no querían perder su material minoritario, pero ahora si va a estar difícil que no lo corran. Hace poco despidieron a otro investigador que hizo lo mismo que Somoza así que ya hay un antecedente.

En honor a la verdad me dio algo de gusto, con ello se comprobaba que el tal Somoza era un tipo oportunista y con poca vocación para la investigación científica. Por otro lado no pude dejar de sentir lástima por la imagen de los latinos que se empañaba con las acciones de un parásito académico. En los siguientes días no hice ningún comentario al respecto a pesar de que era de lo único que se hablaba en los pasillos del Instituto. Cuando alguien me preguntaba mi opinión, yo me evadía sin responder. ¡Pero la gran sorpresa me la llevé unos días después ya que no solo no corrieron al tal Somoza, sino que hasta lo promovieron a supervisor! Resulta que tiempo atrás, Somoza había ayudado a algunos funcionarios de alto nivel de la universidad con intrigas y chismes para que estos consiguieran despedir a un investigador que les estaba dando problemas. Estos le pagaron a Somoza con hacerse de la vista gorda a los agravios de éste y lo promovieron para cubrir la falta de su protegido. En pocas palabras era la misma situación que en México de cuídame la espalda y yo te cuido la tuya.

Unos meses después, el instituto recibió un subsidio muy generoso para estudiar la influencia de la cultura en el desarrollo de la diabetes en los hispanos. La doctora Swann fue nombrada jefa del proyecto y todos en el instituto se felicitaban por haber ganado un subsidio de más de diez millones de dólares. Yo fui asignado a asistir en el proyecto. Decidí guardarme mis observaciones críticas para no tener problemas con los líderes del proyecto. Fue difícil, desde el principio los cerebritos decidieron que la mejor manera de entender la cultura hispana era estudiando la dieta de los hispanos de los barrios pobres, su música y hábitos alcohólicos. Por otro lado se entrevistó a un grupo de anglosajones de clase media con una escolaridad del doble de la de los hispanos y con ingresos que eran más del doble de los otros.

El componente genético de los participantes, factor básico en el desarrollo de la diabetes, era tratado como una variante incomoda. Para ellos la importancia de la parte biológica se desvanecía con el peso que le daban a la cultura de la pobreza de los latinos. La disparidad entre la diabetes de hispanos y anglos era muy alta, pero cuando se analizaba la diferencia entre hispanos de clase media y anglos de clase media tal disparidad era prácticamente nula. Esa información no se conformaba con las premisas que les había ganado el subsidio por lo que subrepticiamente ignoraban esos detalles. Yo pensaba ¿Por qué no comparan esos grupos de personas de la clase media con los hispanos del grupo de mi amigo Rafael Molina? Claro que los riquillos, hispanos o de cualquier otro grupo étnico no se prestan a participar en investigaciones científicas. Toma mucho de su tiempo y el tiempo es oro, no así en los amolados quienes no tienen dinero pero sí mucho tiempo.

Así se lanzó el proyecto mamut, se enviaron veinticuatro entrevistadores a aplicar una serie de cuestionarios a la población latina. Los cuestionarios estaban traducidos muy mal y no tenían ninguna adaptación cultural. Por ejemplo una de las preguntas era cuantas hamburguesas se podían comer en una sola sentada. Naturalmente que había una gran diferencia en las respuestas ya que entre los latinos de edad, las hamburguesas no tenían mucho significado, lo cual no quería decir que no se extralimitaran si se trataba de comer tacos o tortas. A ello se agregaba que los encuestadores eran estudiantes de medicina o profesionistas desocupados que no encontraban trabajo en su área. Por ello a pesar de que se les daba un entrenamiento, este era insuficiente. La mayoría de ellos no tenían ningún interés en el proyecto. Si el entrevistado manifestaba alguna opinión fuera del cuestionario ésta era ignorada y los investigadores principales ni se enteraban de las quejas ó dudas de los entrevistados.

No en balde los cuestionarios estaban llenos de pequeños errores y que al final la suma de tantos errores hacían que los datos recabados tuvieran poco valor científico. Me pareció prudente hacer oír mis objeciones. Quise hablar con Jack pero él siempre andaba muy ocupado. Entonces le envié un memorándum con mis observaciones. Me contestó que presentara mis objeciones a la doctora Swan. Le mandé el memorándum a Elena. Ella me contestó un par de días después diciéndome que no me preocupara, que mis puntos de vista ya habían sido tomados en cuenta durante el diseño de la investigación. En tono irónico añadía que me agradecía que me preocupara por el proyecto.

A partir de entonces me guardé mis observaciones, siguiendo la sabiduría de uno de los dichos que a mi madre le gustaba repetir: en boca cerrada no entra mosca. Ese método me sirvió hasta el final del tercer mes del proyecto, entonces, se hizo una junta con todos los participantes.

La reunión la presidió la doctora Swann y desde el principio resultó un vomito. Haciendo alarde de pedantería, Elena comenzó a hablar de el gran potencial que tenía el proyecto para encontrar el remedio a un sin número de problemas de salud de los hispanos. Así se la pasó hablando por casi hora y media. En su calentura académica acabó por comparar a los investigadores del proyecto con misioneros que sacrifican todo por el adelanto de la ciencia. Aun los aliados más recalcitrantes de la doctora comenzaron a hacer gestos de desaprobación, pero no en su cara, no eran nada idiotas y nadie se atrevía a criticarla abiertamente. El único que celebraba todo lo que decía Elena era el lambiscón doctor Somoza, quien con gestos exagerados asentía a todo y, en un par de ocasiones, hasta se levantó y se puso a aplaudir pero nadie lo secundó por lo que pronto se calló y se volvió a sentar. Cuando Elena dijo que la investigación posiblemente ayudaría a entender la mentalidad retrograda de los hispanos, yo no pude aguantar más y me levanté. Con el debido respeto doctora, yo creo que este proyecto está mal enfocado y mal ejecutado. Para empezar se comparan a latinos de un nivel socioeconómico bajo con anglosajones de estratos más altos. Por si fuera poco, los cuestionarios para los latinos tienen más de cuatrocientas preguntas. Con ello marean a cualquiera. Las encuestas para los no-latinos tienen menos de la mitad de preguntas. Claro, a los latinos les preguntan sobre su calidad migratoria, su grado de aculturación y no que tantas otras cosas. Otro problema es que hay más de cuarenta errores de traducción, algunos intrascendentes pero otros graves al grado de que la traducción es lo opuesto a lo que se pregunta en inglés. Y tal vez más grave es que la mayoría de las personas que salen a encuestar a los sujetos no cuentan con la capacidad ni el entrenamiento para hacer un buen trabajo, por ello muchos de los cuestionarios que se han recolectado están plagados de errores. Como prueba puedo mostrarle varios cuestionarios en los que de menos un cinco por ciento de los datos se pueden considerar inválidos.

La doctora Swann se quedo lívida. Su rostro mostró que estaba haciendo un esfuerzo supremo por contenerse pero los músculos de la cara la traicionaban, la boca, los cachetes y la frente se le contorsionaban de una manera que yo jamás había visto antes. Me asusté, pensé que le podía dar un infarto. Los demás participantes se quedaron mudos por la sorpresa. Nadie, ni yo mismo, anticipé una crítica tan fuerte y directa al proyecto. Confieso que después de mi embate inicial el más asustado era yo. Mis acusaciones habían sido despiadadas e iban en contra de la base y la ejecución del proyecto. Es más, fui a la reunión con la intención de usar ese tiempo para programar mi nuevo teléfono celular, pero después de oír tantas sandeces de Swann no pude contenerme. Por otra parte me sentí aliviado, como si hubiera descargado un piano que llevaba encima desde que había dejé de decir mis objeciones sobre el proyecto. Toda la frustración acumulada durante meses y meses de silencio me sobrepasó, me desbordó y por fin volví a ser yo, con mis ideas, con mi personalidad, con mi integridad. De reojo alcancé a ver la cara de Daniel Somoza quien se escurrió hasta quedar casi tapado por la mesa. Apenas y se le veían los ojos totalmente abiertos que iban de la doctora Swann a mí, y de mí a la doctora Swann, una y otra vez. Elena parecía querer hablar pero la voz nomás no le salía.

Después de unos cuantos segundos de silencio, Bob se paró y con voz vacilante comenzó a decir; yo creo que Emilio exagera un poco pero habrá que revisar... en ese momento lo interrumpió Jack quien con voz estridente dijo: las acusaciones que hace Emilio son muy serias y ponen en peligro no solo la integridad de este proyecto sino también el prestigio del instituto. Vamos a suspender la reunión por el momento y cuando hayamos aclarado estos puntos nos volveremos a reunir. Yo les informaré la fecha de la próxima reunión, pero por lo pronto sigan trabajando en sus labores. Ahora es que hay que redoblar esfuerzos y mantenernos unidos por el bien del instituto. También les quiero pedir que no vayan a hablar de lo que tratamos en la reunión del día de hoy con nadie. Esta información es confidencial, si alguna persona dice algo a gente ajena a la investigación, será sujeta no solo a perder su trabajo, sino también a ser consignada ante las autoridades judiciales por difundir información confidencial.

Al salir de la sala Jack me dijo, Emilio acompáñame a mi oficina, tenemos que hablar. Seguí a Jack quien caminaba a paso tan apresurado que me hacia ir detrás de él. Me pareció que así lo prefería Jack, como que le daba vergüenza verse al lado mío. Yo pensé que era la consecuencia lógica de mi posición. Había estado trabajando en un proyecto en el que no creía. El pensar que estaba haciendo tontos a ellos era errado, a quien estaba haciendo tonto era a mí mismo. Me engañaba, yo era el hipócrita, ellos al menos creían en su método pseudo-científico mientras que para mí era una total farsa.

Cuando llegamos a la oficina de Jack éste cerró la puerta y me pido que me sentara enfrente de él. Cruzó la manos y parecía que iba a hablar pero levanto la cabeza como meditando por dónde empezar. Era claro que estaba debatiendo qué decirme o como decírmelo. No queriendo prolongar su angustia del dije; ¿estoy despedido? No, no te adelantes ni saques conclusiones. Pero tienes que comprender que yo soy responsable por este proyecto de investigación y por el ambiente propicio para que esta investigación sea fructífera. En este caso la animosidad entre tú y Elena pone en riesgo el buen desempeño del proyecto. Para serte sincero yo comparto algunas de tus inquietudes sobre este trabajo pero la forma de exponer tus ideas produce más problemas que soluciones. Si sabias que había errores en la traducción de los cuestionarios y si sabias que algunos encuestadores han traído encuestas con errores ¿Por qué no lo dijiste antes? ¿Por qué te esperaste a que el proyecto ya estuviera en marcha para exponer esos problemas? Le respondí: Jack, cuando comencé a trabajar aquí y expuse mis opiniones me dijeron que yo sólo estaba creando conflictos, que yo no comprendía cómo se hacían las cosas en este país, que mejor cerrara la boca y aprendiera, que yo era un revoltoso, que nunca iba a llegar a ningún lado y muchas cosas más. Aún así yo me ofrecí a ayudar con las traducciones, también me ofrecí a entrenar a los encuestadores, a supervisarlos y a checar una muestra de las encuestas recabadas pero siempre fui copado con restricciones de todo tipo para que no fuera a introducir mis supuestas ideas subversivas. Tú mismo me dijiste que me concentrara en recabar información bibliográfica y dejara el diseño y recopilación de datos a la doctora Swann. Y cuando te mandé un memorándum, y trate de hablar contigo, me dijiste que hablara con Elena y ella nomás no me entiende o no quiere aceptar que pueda haber el más mínimo error en lo que ella hace. La cara de Jack se veía desfigurada. Sin lugar a dudas estaba en un grave dilema. Mi denuncia lo ponía en una posición difícil; si me corría yo podría denunciar las irregularidades del proyecto y si me dejaba en mi puesto el grupo encararía cierta tensión entre los investigadores.

Me sentí mal por él pues era un buen hombre, sin embargo mi denuncia no tenía nada que ver con el carácter de los participantes, simplemente me parecía que ese proyecto no podía dar resultados confiables. Con voz serena Jack me dijo: Tienes razón yo he estado muy ocupado y pensé que Elena y tu podrían resolver esos problemas. Tal vez inconscientemente esperaba que las dificultades se resolvieran con el tiempo pero fue un grave error de mi parte. Sin embargo lo hecho, hecho esta y ahora hay que ver para adelante. Mira Emilio, ésta situación es muy compleja y voy a necesitar tiempo para ver como sorteamos los contratiempos del proyecto y el problema de tu participación en el equipo de la doctora Swann. Te voy a dar dos semanas de vacaciones con sueldo para pensar que podemos hacer. Por lo pronto sigues siendo parte de la universidad y seguirás recibiendo tu sueldo y todos los beneficios. Te aconsejo que te tomes estos días para que tú también analices que es lo que quieres en el futuro. Tal vez estés agotado de hacer investigación social, o tal vez no te satisfaga trabajar en este país. En fin vete a la playa, visita a tu familia en México y despeja tu cabeza para que podamos hacer lo que es mejor para ambas partes, para el Instituto y para ti.

Salí determinado a regresar a México y no volver nunca a los Estados Unidos. Jack tenía razón, me había extralimitado en mis críticas al proyecto, pero también era cierto que yo tenia argumentos de peso que los dirigentes del grupo no querían escuchar. Iba pensando; pinches gringos, se sienten el ombligo del mundo porque llegaron a la luna pero en materia de avanzar el espíritu humano son unos tarados. Nomás hay que ver cuantos se suicidan, cuantos están en las cárceles, cuantos usan drogas, cuántos son unos fanáticos religiosos, cuántos son súper ignorantes; no, ni duda cabe que los gringos son buenos ingenieros pero como filósofos, como pensadores valen madre. Me sentía como cuando le dije a mi madre que no creía en dios; estaba diciendo lo que pensaba, estaba diciendo lo que yo creía pero me sentía culpable por herir a gente que quería. Estaba tan centrado en lo acontecido, que sin darme cuenta me fui caminado a mi casa y olvide que mi coche estaba en el estacionamiento.

La caminata me hizo bien. Pasé por una calle en la que un niño como de seis años jugaba con un camión de bomberos y gritaba fuego, fuego, a la vez que se acercaba a un incendio imaginario y lo combatía con fervor. La escena me distrajo, me hizo pensar, tal vez yo también combatía fuegos imaginarios. Al pasar por una tienda de manjares entré y compré jamón serrano, unos quesos, una botella de vino tinto y un pan francés. Desde hacía varios años yo venía tomando vino tinto pero casi siempre compraba botellas de entre 10 y 15 dólares. En ocasiones muy especiales llegaba a gastar 30 dólares por una botella de mayor prestigio, pero en ese momento mi euforia me llevó a escoger un Chateau Gilette Sauternes 1985 por la que pagué 260 dólares. Cuando Salí de la tienda con mi compra y trescientos veinticuatro dólares menos me entró un poco de remordimiento pero muy pronto lo deseché, hay que disfrutar la vida mientras se pueda. Después de todo mi problema no era para tanto, alguna gentes no tiene ni para comer y otros viven con enfermedades dolorosas y yo me estoy lamentando por la posibilidad de que me corran de un trabajo que ni me gusta. ¡A la mierda! Voy a disfrutar mi vino y mis quesos y ya mañana veré lo que hago.

Regresé a la universidad a recoger mi coche y al llegar a mi departamento, puse un disco de Las Campanas de Santa Genoveva con Donald Fraser. Me serví una copa de vino y comencé a saborear los quesos y el jamón. Después de la segunda copa la vida me pareció más placentera. Desde la ventana veía las luces de los coches viajando por las calles ¿A dónde iría cada uno de ellos? Tal vez algunos van a un hospital a ver un pariente enfermo al que no aguantan, pero que sienten que tienen que hacer acto de presencia, o a comprar una camisa que se antoja indispensable para estar lo mejor presentado en la próxima cita amorosa, o al cine a ver el éxito del momento. Quién sabe a dónde van pero son como títeres que al igual que yo, tienen que llenar el tiempo de sus vidas con alguna ocupación que consideren importante o estúpida pero que de cualquier manera hay que hacer porque no hay nada mejor, porque de cualquier manera no vamos a poder descubrir para qué vivimos y qué va a ser de nosotros cuando muramos.

La tercera copa del Bordeaux me puso eufórico y me entraron unas ganas gigantes de platicar; me quería sentir vivo, quería saber que seguía siendo parte de la sociedad. No quise llamar a mis amigos de México y contarles lo sucedido, decidí ir a buscar un centro nocturno o un bar y entablar platica con cualquier persona. Me sentí dispuesto a hablar de deportes, de política, de lo que fuera pero el chiste era platicar. Me di un baño y comencé a vestirme cuando sonó el timbre. De inmediato pensé que se trataba de algún compañero del trabajo que querría hablar de lo ocurrido. Abrí la puerta y para mi sorpresa me encontré con Ed Skoloski. Sin darme tiempo de reaccionar entró a mi departamento y en voz bajo me dijo:

- Emilio, ya me enteré de la polémica que tuviste en la junta de hoy y de tu plática con Jack. Lamento que las cosas llegaran a este estado pero hay otro problema que tienes que confrontar. Por conversaciones con Mark White tengo entendido que en México han girado una orden de aprensión en tu contra por la muerte de un niño, hijo de unos antiguos vecinos tuyos.

- ¿Qué? Eso es ridículo. Si yo fui el que llamo a la policía para denunciar los gritos de ese niño, esto no puede ser. Los policías fueron los que no investigaron mi denuncia y ellos son los que deberían ir a la cárcel, yo soy inocente Ed, te lo juro.

- Yo te creo y estoy totalmente convencido de que eres incapaz de un acto así. Pero recuerda que la policía en todo el mundo trabaja con la premisa de sospechar de todos y si no encuentran al culpable muchas veces fabrican uno.

- Pero ¿Por qué yo? Yo soy inocente y nunca me podrían probar la muerte de alguien a quien ni conocí.

- Mira, yo no debería decirte esto que te estoy diciendo pero por lo que me platicó Mark, deduzco que pronto te van a detener y yo sólo te digo lo que sé. Tú tienes que tomar la decisión de qué hacer. Yo sé como actúa la policía de México así que sentí que era mi deber informarte de esta situación. Yo mismo me estoy arriesgando a ser tu cómplice. Mark me advirtió que su conversación conmigo era confidencial pero de nuevo, yo creo que si te apresan vas a tener mucha dificultad para probar tu inocencia. Eso es lo que me dijo Mark esta mañana, no creas que fue por buena gente, él fue a pedirme información sobre ti, si había notado algo sospechoso, si tu habías platicado algo sobre el caso, en fin, estaba pescando información que le pudiera servir en tu contra.

- ¿Y cómo es que White está inmiscuido en esto?

- El usa su trabajo con las universidades para cubrir su trabajo para las CIA o alguna otra agencia de espionaje, no sé cual. En el medio siempre hemos sabido que él se vale de sus conexiones académicas para recabar información, pero claro no tenemos ninguna prueba ni nos incumbe.

- Ahora me explico el porqué conocía a unos judiciales en un restaurante. Y la vez que me estaban vigilando en un restaurante en Mazatlán.

- Bueno Emilio, te dejo, esta plática nunca existió pero te deseo buena suerte y que tomes la decisión que más te convenga.

Ed salió rápidamente, sólo le alcance a decir; gracias Ed. Nomás imagínense la situación en que quedé; en un momento sentía que no corría ningún peligro, yo era totalmente inocente y ni modo que me fueran a probar un asesinato que no había cometido, al rato sentía que mi vida estaba acabada, que iba a ser detenido y pasar el resto de mi vida en una cárcel de México. Luego me entró la duda, ¿qué tal y Ed está inventando lo de una posible detención para deshacerse de mí en el Instituto? No es posible, el no sería capaz, pero tampoco pensé que White fuera un agente y resultó algo peor, todo es posible, nada es lo que parece ser. Si llamo a Carmelo, él me puede ayudar a tomar una decisión, a pensar claro, a ordenar mis ideas, o tal vez a Rocío, ella siempre ha sido una persona lógica y racional. Pero no podía usar el teléfono, de seguro estaba intervenido, por ello Ed había venido en persona a avisarme y si llamaba a alguien estaría poniendo en evidencia a Ed. Decidí que lo mejor era tratar de dormir y tomar una decisión cuando estuviera descansado y fresco. Naturalmente no pude cerrar los ojos, después de dos horas de seguir pensado en mis alternativas, me levanté y comencé a jugar ajedrez contra la computadora. Movía las piezas sin pensar mucho y perdí todos los juegos. El teléfono sonó y pensé en no contestarlo, no tenia deseos de platicar con nadie pero se me ocurrió que podría ser Ed así que levante el auricular y me sorprendí de oír la voz de la señora Goldau.

- ¿Emilio?
- Si.
- Soy Ruth Goldau. Disculpe que le llame tan tarde pero es un asunto urgente, ¿tiene unos minutos?
- Sí, sí, claro dígame de qué se trata señora Goldau.
- Lo llamo porque el detective Salinas de la policía me acaba de visitar y me hizo preguntas muy extrañas. Quería saber si yo estaba enterada de que usted y Magdalena Harris eran amantes. Yo le dije que eso era absurdo pero él me dijo que tenía pruebas de que ustedes llevaban un idilio desde hacia tiempo.

El estómago se me hundió. No me cabía la menor duda que todo eso era parte de la patraña de Salinas para culparme de la muerte de Franco.

- ¡Eso es totalmente falso! Yo apenas y llegué a ver a esa mujer un par de veces. ¿Cómo puede creer usted eso?
- Yo ya no sé ni que creer Emilio, pero la verdad es que ustedes son jóvenes y según parece Magdalena y David tenían problemas matrimoniales al igual que usted y Alma. Ya sabe que usted puede confiar en mi, yo no le voy a decir nada a nadie, menos a los policías. Porque hay que ver que Magdalena es una mujer muy atractiva ¿no cree?

En ese momento caí en cuenta que esa llamada era una trampa de Salinas. La voz de la señora Goldau sonaba débil, insegura, y las acusaciones y el tono con que las decía eran prueba evidente de que Salinas estaba detrás de la llamada. Seguramente el detective le había pedido que me llamara con preguntas específicas para hacerme decir algunas cosas que después podría usar en mi contra. Entonces traté de usar la conversación a mi favor.

- Fíjese que yo nunca la llegue a ver bien por ello no sé si era atractiva, además yo estaba, estoy muy enamorado de Alma, así que no me interesaba tener una relación con otra mujer.

- Bueno pero yo oí que Alma lo dejó ¿No sería que ella sospechaba de usted y Magdalena? ¿O entonces porqué se fue?

- ¡Eso es absurdo! Es totalmente ridículo.

Colgué el teléfono indignado, ¿cómo se atrevía esa pinche bruja a acusarme de algo tan absurdo? ¿Cómo sabía ella que Alma y yo teníamos problemas? ¿Y cómo sabía que los Harris tenían problemas si ella misma me había dicho que prácticamente ni los trataba porque siempre pagaban su mensualidad sin decir nada? ¡Claro! Era Salinas hablando a través de Ruth Goldau. Pero ¿Cómo se había prestado la señora Goldau a ese juego con él pinche detective? De inmediato supe que yo estaba acorralado y perdiendo tiempo valioso. Saqué una maleta de mano y puse mis documentos y varios cambios de ropa, eso fue todo lo que me cupo. Afortunadamente había sacado la mayor parte de mis ahorros del banco hacia unos días para enviarle un giro a mi hermana. Quería que abriera una cuenta bancaria con fondos para la educación de mis sobrinos. Salí en mi coche y en un cajero automático saqué todo el dinero que pude de mi cuenta bancaria. Después me dirigí al aeropuerto, estacioné el coche y me fui caminado como veinte cuadras a la estación de autobuses. Había salidas para Chicago, Houston, Nashville, New Orleans y otras ciudades pero la única que salía en ese momento era para San Antonio así que compré un boleto para esa ciudad y me subí al autobús. Yo nunca había tenido problemas con la policía por lo que me sentía paranoico. Me parecía que cada hombre con fachas de policía estaba esperando el momento oportuno para detenerme, el problema era que todos los hombres parecían tener fachas de policías. El que el chofer del autobús se subiera lentamente y se pusiera a revisar la lista de pasajeros, casi me hizo salir corriendo a pesar que había comprado el boleto con otro nombre. Por fin puso el autobús en marcha y salimos rumbo al sur.

9

Eran las cuatro de la mañana cuando llegamos a San Antonio. El autobús seguía para Laredo pero esa ciudad estaba muy cerca de México, sería mejor guardar cierta distancia con mi país y su policía. Yo nunca había estado en San Antonio pero sabía que era una ciudad con una gran población de mexicanos y eso me convenía para pasar desapercibido. Por el lado negativo, no conocía a nadie que me pudiera ayudar ahí, pero de cualquier manera no quería contactar a mis conocidos por si acaso la policía tenía intervenidos sus teléfonos. El clima estaba fresco y me sentí reanimado. Caminé hacia donde vi edificios altos suponiendo que sería el centro de la ciudad. Las calles estaban desiertas. Al llegar a un parque me senté en una banca. Necesitaba calmarme y comenzar a hacer planes para el resto de mi vida, pensar, establecer una nueva identidad, trabajar en cualquier cosa para subsistir, al menos hasta que pasara esa pesadilla y el estúpido de Salinas dejara de perseguirme. O ¿tendría que actuar como el doctor de la serie de televisión del fugitivo que se la pasa persiguiendo al asesino de su esposa para demostrar su inocencia? No, no me puedo arriesgar a regresar a México, pensé, de seguro que tarde o temprano me agarran y tendría que soportar torturas y un juicio amañado. Con esos pensamientos me quedé dormido hasta que sentí que alguien me tocaba el hombro. Abrí los ojos y me encontré con un hombre de los que viven en las calles. Me dijo en español ¿Me puedes dar unas monedas para un café hermano? De inmediato volteé a ver si mi maletín aún estaba conmigo y al verlo me alegre que nadie me lo hubiera robado. Saqué un billete de mi bolsa y se lo di, agachó la cabeza en signo de agradecimiento y se fue silbando La Adelita. Vi mi reloj, eran las seis con doce minutos. El cansancio se apoderó de mi pero la adrenalina me daba fuerzas para seguir adelante. Caminé sin rumbo, llegué a un restaurante que estaba abierto. Era un pequeño local de comida mexicana y una joven se acercó con una sonrisa en la cara y el menú en la mano.

Pedí huevos rancheros, café y jugo de naranja y me puse a leer un periódico que estaba en el mostrador mientras esperaba mi desayuno. ¿De dónde vienes? Iba a contestar automáticamente como estaba acostumbrado a hacerlo, pero en ese instante reaccioné, entendí que desde ese momento tendría que mentir. En ese preciso instante tenía que crearme una nueva identidad, tal vez para el resto de mi vida. La joven se percató de mi incertidumbre y me dijo; no te preocupes brother, no me tienes que decir nada. Yo sólo pregunto por curiosidad pero no es mi trabajo el saber la historia de los clientes, de hecho mi mamá también llegó de ilegal de Zacatecas y apenas hace unos diez años que consiguió sus papeles. Yo le iba a contestar que ese no era el caso conmigo, que yo tenía mi permiso para trabajar pero me di cuenta que era mejor inventar una historia. Ahora era un fugitivo, al abandonar mi antigua posición dejé atrás mi identidad, mi legitimidad. Había pasado al mundo de los ilegales, de los que se tienen que esconder y mentir para sobrevivir. Solo fue un instante de duda tras de lo cual de mi boca salió; me llamo Víctor Puente.

No sé de donde salió el nombre pero eso fue lo que dije. Mucho gusto Víctor, yo me llamo Esperanza Wolf. Parece que hice una cara de asombro porque de inmediato añadió; es que mi papa es gringo pero yo saqué las facciones de mamá que es más mexicana que el chile, por eso todo mundo se sorprende de que tenga un apellido gabacho. Me sirvió café y se fue a atender otros clientes. Después, conforme devoraba los huevos rancheros me quedé viendo a Esperanza. Andaría por los veinticuatro años de edad, morena alta, delgada y con una figura juvenil. Sus ojos risueños la hacían verse alegre aun en sus momentos de tristeza ó ira, como yo lo iba a descubrir

181

después. Cuando terminé mi desayuno pagué y salí, Esperanza estaba ocupada y no se dio cuenta.

Me puse a caminar y recorrí el Paseo del Rio, el Álamo, el Palacio Municipal y llegue a la biblioteca pública. Me metí en el edificio color enchilada y me puse a leer el periódico. Busque en la sección de empleos y anoté varios que me parecieron viables; reportero de un periódico en español, repartidor de refrescos, asistente administrativo de una clínica. Llamé a los teléfonos pero me enteré que todos requerían prueba de ciudadanía o permiso para trabajar. Seguí buscando y llamando pero el resultado era el mismo; si no tiene papeles ni se presente, ya no es como antes, ahora podemos ser multados si no nos aseguramos de que seas ciudadano o tengas tus documentos en orden. Me puse a leer las noticias, generalmente no leo las de crímenes pero la siguiente noticia estaba en la primera página. Resulta que un tipo desempleado y de ideología neonazi había salido con una pistola y se detuvo en donde un cartero de origen filipino estaba repartiendo la correspondencia. Se bajó de su coche y comenzó a disparar al cartero. El filipino tiro la mochila y trató de escapar pero no pudo, dos balas del pistolero lo alcanzaron en el corazón y murió ahí mismo. El asesino fue detenido poco después y aunque se negó a hablar, la policía dedujo que se trataba de un crimen racial. El criminal pertenecía a una organización para la preservación del la raza blanca y estaba subscrito a varias revistas neonazis. Según testigos del crimen, cuando el sujeto comenzó a disparar al cartero no dijo nada, simplemente le apunto a su víctima y pum! Ahí quedó el pobre empleado del correo.

Me quede pensando ¿qué pensaría el cartero cuando vio a un desconocido apuntarle con una pistola? El tiempo que pasó desde que el filipino se dio cuenta que el hombre le apuntaba y el momento de su muerte debe haber sido solo unos segundos, pero eso es más que suficiente para que una mente aterrada atienda muchos pensamientos. ¿Cuáles fueron algunos de esos pensamientos? Tal vez pidió ayuda a dios, o tal vez se preocupó por la posibilidad de que no iba a volver a ver a su mujer, a sus hijos si es que tenía mujer e hijos. Pero la curiosidad, y el sentido de justicia en los humanos son fuertes, que yo me atrevo a pensar que de menos algunos de sus pensamientos fueron a cuestionar; ¿me estará confundiendo con otra persona? ¿Habré hecho algo inadvertidamente que molestó a este sujeto? ¿Se tratará de un robo y no quiere dejar testigos? ¿Por qué no me dice la razón de su enojo? Si alguien va a ser fusilado, al menos sabe porque lo van a matar, justa o injustamente. Pero un ataque inesperado debió de haber suscitado dudas horribles en la mente de la víctima. El que dichas dudas no duraran más allá de unos instantes no las hace menos angustiantes. Si es que hay un tipo de vida después de esta, el cartero se debe de haber enterado de la causa de su muerte, pero si no hay otra vida el cartero se fue de éste mundo en un estado de terror mezclado con curiosidad.

Salí de la biblioteca como a las cuatro de la tarde y me compré una hamburguesa en un Wendys. Una ansiedad me embargaba, tenía suficiente dinero para aguantar varios meses sin trabajar pero mentalmente no estaba preparado y comencé a pensar que tal vez sería mejor regresar a México y enfrentar a mis acusadores. Me metí a un hotel barato y renté un cuarto. Yo nunca he sido muy exigente en materia de vivienda, pero ese cuarto con sus paredes grises sucias, y un olor a orines me hicieron llorar. Hice cálculos y llegué a la conclusión de que si me iba a un lugar decente el dinero se me acabaría muy rápido. Había pagado una semana por adelantado y decidí aprovecharla, después me cambiaría a una casa de huéspedes, o a cualquier otro lugar menos deprimente. Mi cuarto daba a la calle y podía oír el tráfico de los automóviles y de personas hablando, pero era un ruido soportable. Sin embargo, de rato en rato, oían carcajadas en el pasillo del hotel o gritos que provenían de otros cuartos. La situación era molesta y estaba muy incomodo y seguro de que no podría dormir con esos ruidos. Decidí tomar un baño y cuando me quite los zapatos y los puse debajo de la cama me di cuenta que ahí había unos papeles. Los saqué y encontré revistas pornográficas, periódicos viejos y una carpeta con unas notas. La abrí y me encontré con un manuscrito que decía: La Curiosa Historia de Nicholas, Su Esposa y Su Déficit de Atención, por Hermenegildo del Real. Comencé a leer:

La vida no fue generosa con Nicholas. Si bien su familia tenía una gran fortuna, hecha a base de compra venta de terrenos y concesiones para surtir al ejército de uniformes, él nació con la desdicha de ser inseguro. En parte, su carácter débil, era producto de su Desorden de Déficit de Atención. De chico fue un pésimo estudiante, donde no lo corrían porque su papá donaba fuertes sumas cada vez que se hacia alguna colecta para hacer mejoras a la escuela. Nicholas reprobaba casi todos sus exámenes y le tenían que dar varias oportunidades para que aprobara cada materia, privilegio otorgado sólo a él debido a la generosidad paternal. De adolescente, Nicholas, siguió con sus problemas académicos y aún cuando le gustaba mucho leer y escribir, en los exámenes de literatura sus poemas y cuentos eran tan estrambóticos que sus profesores no los entendían y lo reprobaban.

Cuando Nicholas terminó la preparatoria, fue a hablar con su padre y le dijo que él de plano ya no quería ir a la universidad. Arguyó estar harto de ser el hazme reír de las clases, por ello deseaba meterse a trabajar en el negocio de la familia. Jeremías Babel, su padre, pensó si este tonto no da una en la escuela, en mi negocio va a ser peor. Capaz que tome decisiones que me cuesten muy caro, mejor veo en que lo mantengo ocupado. Entonces el buen padre le dijo; mira Nicholas tus hermanos mayores ya están ayudándome con los negocios así que no es necesario que tú te pongas a hacer cosas que sé que no te van a gustar, pero si no quieres ir a la universidad está bien, no te voy a obligar. A ti te gusta escribir, te puedo pasar una subvención para que pruebes suerte como escritor, si al cabo de unos años no has tenido éxito volvemos a hablar y podemos ver que camino te conviene entonces.

Ya con ese respaldo Nicholas, se mudo a New York y se dedicó a escribir libros de poesía y novelas, que el mismo publicó pues no había encontrado ningún editor que se interesara por sus obras. Al cabo de los años diversos críticos elogiaron algunas de sus obras, y su novela "Dios Nos Traicionó," ganó el premio de una pequeña, oscura editorial. A partir de entonces se comenzaron a publicar sus obras con más frecuencia pero con mínimo éxito comercial. La escasa remuneración económica no preocupaba a Nicholas ya que seguía viviendo de su beca paterna y no tenía necesidad de generar ganancias. El escritor pasaba sus días leyendo y escribiendo, así que no tenía mucha actividad social. Una de las secretarias de la editorial Gloomy, que había publicado un par de libros de cuentos, se fijó en él. Nicholas tenía treinta y cuatro años y solo había tenido dos novias en toda su deprimente vida. La secretaria en cuestión era una muchacha de origen humilde, divorciada, con dos hijos y desesperada por volverse a casar.

Nadie en la editorial ni entre los conocidos de Nicholas sabía que él fuera miembro de una acaudalada familia. Tampoco sabían que Nicholas vivía de la subvención de su familia, por ello se rumoreaba que trabajaba de velador por las noches, o que vivía de vender mariguana. Las regalías de sus libros no alcanzaban ni para pagar la renta de su apartamento, pese a que Nicholas vivía modestamente. Margaret, que así se llamaba la chica, ya ni tan chica, frisaba por los treinta y ocho, le pidió a Nicholas que la invitara a tomar un café. Quería que le explicara algunos pasajes "Dios Nos Traicionó" que ella no había entendido. Nicholas no se percató que todo era una trampa para llevarlo al altar, y terminó casándose con Margaret a los dos meses de haberse ido a tomar el dichoso café, café que resultó muy agrio. Ese pareció ser un presagio de lo que le esperaba al pobre escritor. Cuando Jeremías Babel se enteró del matrimonio de su hijo, le exigió que se divorciara de Margaret. Según él, esa tipa era una caza fortunas. Nicholas se negó a ceder a la demanda de su padre y entonces Jeremías lo desheredó y le quito la mensualidad que le mandaba dejando a Nicholas en la calle.

El escritor rechazado se tuvo que ir a vivir con la familia de su esposa y comenzar a reclamar el pago de regalías de sus obras, pero esas regalías eran tan exiguas que no daban para comer así que Nicholas comenzó a trabajar bajo pedido. Los editores le encargaban novelitas de amor o de misterio que se vendieran bien y rápido. Nicholas trabajaba a un ritmo frenético para poder mejorar su situación económica. A veces escribía dos novelas por semana y ya estaba con otras dos o tres en proceso. El esfuerzo era tremendo para Nicholas. Al escritor no le costaba trabajo inventar historias interesantes, su problema era con su déficit de atención. Ese problema lo obligaba a revisar sus trabajos innumerables veces para corregir errores gramaticales y hasta de cambios de nombres de los personajes. Las novelitas eran tan malas como lo que Nicholas ganaba por escribirlas, y el autor apenas sacaba para irla pasando con su nueva familia.

El dueño de la editorial Gloomy, el señor Edison, le cobró cariño a Nicholas y le quiso dar una oportunidad de salir del hoyo así que un día lo llamó a su oficina y le dijo; Mira Nicholas, yo se que tú tienes talento para escribir obras más serias y que te pueden dejar mejores ingresos. Para ayudarte te voy a encargar una novela en serio. Te tengo fe te voy a dar un adelanto que te permitirá que te dediques a escribir una buena novela, tomate unos cuantos meses. No tendrás que distráete con las novelas cursis de amor ¿qué me dices? Nicholas no cabía en sí de júbilo y de inmediato aceptó, firmó el contrato correspondiente y hasta recibió un pequeño adelanto. Cuando

Nicholas llegó a su casa Margaret, estaba cocinando pozole verde y estaba hasta la madre de tener que soportar a su mamá, a su padrastro, a sus hijos, al perro, a un perico llamado el Balzac, de barrer, de planchar, de tener que ir a comprar pedazos de pollo para cocinar sopa para su familia. Para colmo, ese día, Margaret se había peleado con su madre porque en lugar de usar maíz blanco había usado maíz amarillo. ¿Qué crees que me paso hoy en la oficina mi amor? ¿Qué? ¿me viste cara de adivina para que lo sepa? Nicholas no se dio por enterado del enojo de su mujer y le dio a Margaret las buenas noticias. Ahora sí voy a poder salir de pobre y darte una vida mejor, además voy a poder demostrarle a mi padre que tengo talento para escribir y que no necesito de su cochino dinero. Margaret no se entusiasmo ni un ápice con la noticia, ella no sabía mucho de literatura pero no creía que los trabajos de su marido tuvieran valor comercial. En cambio las novelitas de amor si las entendía, y entendía que aunque les daban un ingreso módico, este era seguro. La mujer se alegró de que fueran a tener un ingreso extra, pero hizo que Nicholas le prometiera no dejar por completo las obras cortas que les estaban dando para vivir. Nicholas estaba tan feliz que le aseguró a Margaret que así lo haría, se sentía en las nubes y no había nada que le pareciera imposible.

A la semana se cambiaron a vivir a un apartamento modesto y comenzaron a hacer planes para comprar casa algún día. Nicholas se puso a escribir "La Furia del Águila" trabajando de doce a catorce horas al día. Gracias a su tenacidad logró terminar la novela en cinco meses, pero no pudo escribir ninguna de las novelas comerciales. Eso provocó un gran disgusto en Margaret quien se sentía muy insegura de su futuro y el de sus hijos. A ella de plano no le gustó La Furia del Águila y le pronosticó un gran fracaso. Ni siquiera hay un buen romance que es lo que les gusta a los lectores, ¡Zángano! Le gritó Margaret, no solo dejaste lo que te daba un ingreso seguro, sino que además escribiste otra de tus mamarrachadas, como las que escribías cuando te conocí. Pero tú me decías que te gustaban. Sí, en ese entonces si me gustaban porque yo no sabía nada de literatura, pero ahora que leo más te puedo asegurar que escribiendo porquerías nos vamos a morir de hambre. Las grandes novelas ya las escribieron Tolstoi, Stephan King y Danielle Steel, a ti te toca escribir novelas entretenidas para las masas. Edison te encargó una gran novela para darle las novelitas a otros escritores más jóvenes a quienes les paga menos. Por otra parte, con las horas que ponía su esposo en escribir su novela, había descuidado por completo su vida conyugal y Margaret se comenzó a cuestionar para que se caso si estaba como antes. Pero la Furia del Águila recibió buenas críticas. Edison le encargó otra novela a aun cuando comercialmente la obra de Nicholas no había generado suficientes ingresos. El autor se sintió muy comprometido a hacer un buen papel y comenzó a trabajar como energúmeno en su nueva obra. Margaret no pudo aguantar más y se regresó a vivir a la casa de sus padres. Nicholas calculó que al terminar su segunda obra le quedaría más tiempo para volver a ganarse a Margaret y por ello no hizo mucho por retenerla. Además así le quedó más tiempo para dedicarse de lleno a escribir y leer los autores que admiraba y de los cuales sacaba inspiración para su trabajo. A Nicholas le encantaba Chejov, Dumas, Flaubert, Dickens, Navokov y por no dejar a sus compatriotas: Fitzgerlad.

La nueva novela de Nicholas trataba el caso de una mujer, Eva, de clase media alta que una mañana se levanta para hacer el desayuno a su esposo y a sus dos hijas de seis y ocho años. El marido sale con las niñas para dejarlas en la escuela. Mientras tanto Eva se va a dormir un rato más. Al cabo de media hora se despierta con un hambre terrible y se va a preparar un magno desayuno; dos huevos estrellados con un bistec, jugo de tomate y un café colombiano bien fuerte. Pero cuando está a punto de comenzar a comer suena el teléfono y una mujer que se identifica como enfermera del Hospital Central le informa que su esposo ha tenido un accidente y se requiere urgentemente su presencia en dicho hospital. Eva demanda saber cómo esta su esposo y sus hijas, pero la enfermera le dice que es mejor que ella vaya al hospital. Eva se viste rápidamente para ir al nosocomio pero entonces se da cuenta que su hambre sigue atormentándola, va a comer un bocado del bistec cuando se siente culpable por estar pensando en comida en ese momento. Escupe el bocado de bistec contra el reloj de la cocina avergonzada de sí misma. La ama de casa sale rápidamente en su carro pero para sorpresa suya la mitad del tiempo no va pensando en su esposo o en sus hijas sino en quesadillas, huevos, paella y tacos de carnitas.

Cada vez que pasa enfrente de un restaurante sufre tremendamente por sentir un deseo irracional por pararse a comer algo. Su deber moral se impone y sigue su camino hacia donde está su familia malherida. Cuando llega a la sala de emergencia el médico de guardia le informa que su marido y su hija menor murieron, y la niña mayor está muy grave en cirugía. Eva se pone como loca de dolor y casi se desmaya, pero le viene a la memoria el platillo favorito de su marido, camarones al mojo de ajo. Logra sobreponerse a su dolor pensando que en cuanto pueda irá a comer ese platillo en honor a su esposo. La familia de Eva y la de su marido comienzan a llegar a los pocos minutos y tratan de consolarla pero ella no puede evitar estar pensado en chalupas, pozole, salchichas, menudo y tiene que hacer esfuerzos sobrehumanos para no delatar su verdadera preocupación ante sus familiares y el personal médico. Encima de su deseo alimenticio, la martiriza la duda de si se estará volviendo loca ¿Cómo es posible que en estos momentos pueda estar pensando en tamales, hamburguesas y lechón? Por lo absurdo de sus pensamientos no se atreve a comentarlos con nadie.

De pronto su suegra se desmaya por la pena. Todos los presentes corren a ayudarla y Eva aprovecha para correr a la cafetería del hospital. Llega jadeando y se abalanza sobre una charola con un sándwich de jamón que comienza a devorar sin ningún decoro, para asombro de las personas que se encontraban en el comedor. Sus familiares arriban corriendo atrás de ella temiendo que se pueda tratar de suicidar, y se quedan pasmados de ver a Eva atragantándose de comida en ese momento. Después vienen una serie de aventuras igualmente barrocas pero que se complican cuando Nicholas comienza a confundir a Eva con Emma Bovary de Flauberte, después, la protagonista se convierte en Dolores Haze de Navokov. La madre de Eva pasa de ser Matilde, a ser la famosa Daisy que traía loco a Jay Gatsby y algunas páginas después es Estella, el amor de Philip Pirrip en Grandes Expectativas. En ocasiones Nicholas se daba cuenta de sus errores y los corregía pero como seguía leyendo y escribiendo entre catorce y dieciséis horas al día, muy pronto termia por claudicar y Natasha Rotsova de Tolstoi acaba siendo una amante que el esposo de Eva tenía y de la cual ella no sabía nada. Nicholas no sabe qué hacer, cada vez que trata de corregir un error, comete otros dos dejando la novel cada vez más inteligible.

En medio de tanto desorden el señor Edison llama por teléfono a Nicholas para darle una buena noticia. No le quiere decir de qué se trata así que Nicholas se viste de mala gana y sale para la editorial. El aguerrido escritor va distraído como siempre, al atravesar la calle 42 lo atropella un autobús lleno de turistas japoneses quienes, primero creen que el accidente es una trama para hacer su paseo más interesante. Cuando se dan cuenta de que Nicholas esta muerto de verdad, varias de las mujeres japonesas se dedican a tomar fotos y video del cuerpo y de los enfermeros que tratan de revivir a Nicholas. El guía les dice que van a tener que suspender el tour y que otro autobús de la empresa los recogerá para llevarlos a su hotel. La japonesa más vieja, una mujer de ochenta años y un metro cincuenta centímetros de altura, se queja y exige al guía que les devuelva su dinero ahí mismo.

En la editorial, Edison es informado que Nicholas ha muerto. El editor se siente muy triste por el deceso de su amigo y porque ya no le podrá comunicar que un productor quería comprar los derechos de la Furia del Águila para llevarla a la pantalla. Después de la muerte de Nicholas sus obras se venden con mucho éxito y son traducidas a varios idiomas. Entonces los padres de Nicholas deciden hacer un homenaje a su hijo e invitan a los intelectuales más destacados del país, a políticos y celebridades que nunca pierden la ocasión de asistir a una celebración en donde haya bebidas y comida gratis. Pero Margaret no es invitada a la reunión y ella se siente despreciada. Para desquitarse, ella organiza otra celebración el mismo día y a la misma hora, solo que sus invitados son los miembros más destacados de la contra cultura. Los periodistas se dan cuenta de la querella y fascinados se dedican a explotar el conflicto, sobre todo en los programas de espectáculos de la televisión. De inmediato comienzan a reseñar la polémica, y consiguen abundantes declaraciones de Margaret y de Jeremías, que se lucen profiriendo insultos y calumnias a través de los medios de comunicación.

Mucha gente que ni siquiera sabía de la existencia de Nicholas toma partido por la viuda y otros por los padres de Nicholas. Se desatan peleas entre familias, en las oficinas, en las universidades y hasta algunos políticos tratan de intervenir. El Wall Street Journal convoca a una reunión para discutir el tema. El encuentro programado para celebrarse en el Ritz-Carlton debe ser transferido al Piers 92/94 ante la gran cantidad de personas interesadas en asistir. También se cambia el programa y en lugar de incluir a solo cuatro celebridades (Steven Pinker, Edward O. Wilson, Charles Murray y Rush Limbaugh), se agranda el formato para meter a famosos, tales

191

como a Michael Jackson, Madona, Barbara Walters, John McEnroe, y Andy Rooney. Las cadenas CBS y NBC se disputan el derecho a trasmitir dicho evento a celebrarse tres días antes de los homenajes a Nicholas. Pero el día del encuentro se suscita un gran zafarrancho pues todos quieren hablar al mismo tiempo, y en las tribunas el público no puede contener sus ánimos y se suscitan decenas de pleitos. La policía interviene y quedan dos personas muertas, setenta y dos heridas y más de noventa detenidas. Ante la incertidumbre de lo que va a pasar el día de los homenajes, las autoridades prohíben que estos tengan lugar, lo cual enardece aun más los ánimos del grupo que apoya a la viuda. Ésta tiene una idea.

Hasta ahí estaba la absurda historia, faltaban las siguientes páginas y por más que busqué entre los papeles no encontré el final de la reyerta. El escrito no tenía mucho merito literario pero olvidé mis problemas y por ello quería saber el final. Todo fue en vano, no encontré ni rastros del resto del escrito. Estaba tan cansado que me tendí en la cama y me quedé dormido. Soñé con el cartero filipino. En la bolsa de correo traía pistolas, le pregunté ¿por qué trae tantas pistolas? él me contestó: es que ahora todos los ciudadanos tienen que tener armas para defenderse. La crisis económica ha hecho que las ciudades tengan que despedir a los policías. Ahora es obligación de los ciudadanos defenderse por su cuenta. El gobierno les proporciona las balas gratis pero así se ahorra muchos fondos públicos. Yo le conteste que era absurdo, que iba a aumentar los conflictos violentos, él me respondió: la Segunda Enmienda de la Constitución así lo proclama, es la última interpretación de los viejitos de la Suprema Corte de Justicia. En ese momento la gente comenzó a salir de sus casas y corrían hacia nosotros gritando: Queremos nuestras pistolas, queremos matar criminales. El cartero tiró su bolsa con correspondencia y corrió hacia la derecha mientras que yo corrí en la dirección opuesta. Yo corría lo más rápido que podía pero cada vez aparecía más gente y algunos me iban alcanzando. Yo veía sus caras y me daba cuenta que eran amas de casa, hombres de negocio y niños. Uno de estos casi me alcanzaba y yo alcanzaba a ver su cara. Tendría como diez u once años y me veía con una cara de rencor que me causaba mucho miedo, parecía que me odiaba muchísimo a pesar de que yo no lo había visto nunca antes. En mi interior pensaba ¿porque me quiere hacer daño? ¿Me estará confundiendo con alguien más? ¿Le habré hecho algún daño sin querer y ahora se quiere vengar? ¿Por qué no me dice porqué me quiere matar? Llegue a una esquina y al doblar a la derecha me encontré que era un callejón sin salida. El niño puso su mano sobre mi hombro y lanzó un grito horrible. En ese momento me desperté, me levanté automáticamente, estaba todo sudado. Solo fue un instante antes de que me diera cuenta que el grito no había sido en mi sueño, fue un alarido real en el cuarto del lado; alguien estaba gritando. Era un aullido de dolor, quede aterrorizado, era el mismo grito que había oído años antes en la Ciudad de México, era el grito de Franco.

No volví a tener conciencia de mí por un rato. Cuando recobré mis sentidos me di cuenta que iba corriendo por una calle aledaña al hotel. Me paré, había caído en una especie de trance. Probablemente los gritos que había escuchado eran los de alguna prostituta que estaba siendo maltratada, o de algún individuo en medio de una golpiza. Logré serenarme y decidí volver por mi maleta, ahí estaba mi ropa. Cuando llegué a la esquina del hotel vi varios carros de la policía, dos ambulancias y estaban subiendo a muchas personas a una camioneta de la policía. Me detuve y me quedé viendo. No podía regresar, de seguro que había habido un crimen grave a juzgar por la conmoción y yo sería sospechoso ya que me registré con otro nombre y después huí. Por suerte traía todo mi dinero conmigo. Pensé que no era seguro ir a algún otro hotel del rumbo, los policías estarían alertas y sospecharían de un tipo como yo.

193

Me fui caminando sin rumbo y llegué al restaurante donde desayuné esa mañana. No me había fijado en el nombre: El Milagro. El frente tenía un pequeño porche con una columna. Me senté en la columna viendo hacia la puerta del restaurante, así quedé escondido de las miradas de la gente que pasaba por el frente aun cuando la calle estaba prácticamente desierta a esa hora. Al poco rato me quedé dormido. Soñé con mi padre, luego me venían imágenes de Sarah. Medio me despertaba y pensaba que estaba con Alma a mi lado para luego seguir con recuerdos del General Hernández. Así estaba cuando una mano se posó en mi hombro, me desperté asustado recordando que estaba en el pórtico de un restaurante y alguien me podría asaltar. Afortunadamente estaba equivocado, era Esperanza. ¿Qué haces aquí? ¿Dormiste aquí toda la noche? No, no, acabo de llegar. ¿Y por qué estás aquí, te corrieron de tu casa? Ja, ja, no, es que bueno... en cierto modo sí. Déjame abrir el restaurante y de paso me ayudas mientras me cuentas que te pasó. No sabía por dónde comenzar, no quería decirle que la policía me estaba buscando por un crimen que no cometí, así que solo le dije que había llegado legalmente a este país pero que mi permiso se había vencido y ahora estaba de ilegal. Esperanza se mostró comprensiva y no me hizo muchas preguntas pero sí quiso saber qué iba a hacer. Me quedé callado, no porque no le quisiera responder, simplemente ni yo mismo sabía qué iba a hacer. Comencé a balbucear alguna respuesta, cuando ella me interrumpió para decirme, que si quería me podía emplear en el restaurante y por las noches podría dormir ahí. La idea no me atrajo en principio pero no le dije que no ya que no tenía ni idea de que podía hacer.

El día se fue rápido, había muchas cosas que hacer, lo mismo la hice de mesero que de lava trastes y cuando me di cuenta que una puerta no funcionaba me puse a componerla. Había dos cocineros Ifigenia y Nicanor. También trabajaban dos meseras Casandra y Jenny, y un lavaplatos Joe. Todos eran hispanos y después supe que Nicanor, Casandra y Jenny eran ciudadanos americanos por haber nacido en los Estados Unidos. Joe tenía veinticuatro años, había nacido en México pero vivía en los Estados Unidos desde los seis y era muy dinámico, sabía hacer un poco de todo. Esperanza era como la salsa del restaurante, estaba en todas las actividades ayudando en lo que hacía falta pero principalmente atendía la caja.

Alrededor de las cinco de la tarde llego una pareja de edad. Se metieron detrás del mostrador por lo que yo les pregunté ¿qué se les ofrece? Ellos me miraron con cara extrañada pero antes de que contestaran salió Esperanza y con una sonrisa me dijo; ellos son mis padres, mamá, papá este es Víctor Puente el nuevo ayudante del restaurante. El hombre me miro severamente y le dijo a Esperanza; ven para acá. Yo alcance a oír que el señor Wolf le decía a Esperanza que ella debía de consultarlo antes de contratar a una persona y no después. Esperanza le dijo que esa mañana había sido muy ocupada y que ella ya me conocía desde hacia tiempo y por ello había decidido contratarme. Además él no tiene donde quedarse, yo digo que se puede quedar a dormir aquí y así nos ayuda de vigilante, ya ves que ha habido muchos robos por aquí últimamente. Él le pregunto si yo era ciudadano o tenía permiso a lo que Esperanza le contestó que estaba en proceso de arreglar mis papeles. Si cómo no, que ese cuento se lo haga a otro sonso. No podemos arriesgarnos a contratar a un ilegal, ya ves como se han puesto de estrictos los de la Migra últimamente. Pero papá, tú sabes lo difícil que es encontrar buenos trabajadores, hemos estado buscando ayuda por varios meses y no hemos conseguido a nadie confiable. Además Víctor arregló la puerta de la oficina que tenia tantos años sin funcionar y me dijo que él podía arreglar las goteras de los baños. Eso fue una noticia para mí pues yo no tenía nada de experiencia en plomería, pero parece que ese fue el argumento convincente para que el señor Wolf diera su aprobación. Bueno, pero dile como reconocer a los de la migra, y que si llegan se haga como que es un cliente. Así fue como comencé mi vida de restaurantero.

Esperanza me dijo que si necesitaba algo ella me podía ayudar. También me podía dar un adelanto de mi sueldo. Pero si apenas me conoces, que tal y si me voy con tu dinero. Ni creas que te voy a dar un millón de dólares, solo el dinero de una semana y no me preocupa que te vayas a ir, yo soy muy buena reconociendo el carácter de las personas y sé que tú no me harías una vileza. No le acepté el adelanto pero le pregunté por algún Wal Mart, necesitaba comprarme ropa. Yo sé dónde puedes conseguir ropa más barata, me dijo, y me llevó a una tienda de Goodwill. Era la primera vez en mi vida que yo iba a una tienda de segunda mano; algunas camisas estaban buenas pero la mayoría eran de estilos anticuados, hasta vi una del tipo que usaba Elvis Presley. Pensé en mi cuñado Manolo, si el supiera en donde estaba comprando ropa se volcaría de la risa pero no dije nada, no quería ofender a Esperanza que estaba muy entusiasmada ante la perspectiva de ahorrarme unos cuantos dólares. Salí con cuatro camisas, tres pantalones, una maleta y todo por menos de treinta dólares. Entonces ya no me pareció tan mala la idea de comprar usado. Esperanza me llevó a un Target a comprar ropa interior y calcetines. Eso si que no me resignaba a comprar de medio uso. ¿Tienes hambre? Le pregunté, yo me podía comer una vaca entera. Si quieres vamos al restaurante y ahí nos sale gratis. No, vamos a un lugar a celebrar mi nuevo trabajo, yo te invito porque me has ayudado mucho. Esperanza se rió y dijo: ni creas que con lo que te vamos a pagar te va a alcanzar para estar invitando amistades a comer fuera, mejor vamos a mitas. Yo tengo mis ahorros, le contesté, y tengo ganas de tomarme una copa así que vamos a un lugar que sirvan vino. Fuimos a un Olive Garden y yo ordené una botella de Merlot.

- Me da gusto que te hayas decidido a quedarte a trabajar en el restaurante. No tengo mucha gente con quien platicar. Ifigenia es una muy buena mujer pero no tiene mucha educación y Casandra es muy lista pero tiene un novio que es un malviviente y yo no sé como lo aguanta. Jenny está estudiando para terminar la preparatoria pero es muy ingenua y Nicanor es un buenazo pero no es muy listo que digamos.

- ¿Y tus papás?

- Ellos son muy buenos pero desde mi divorcio no podemos hablar.

- ¿Divorcio? ¿Estuviste casada tan joven?

- Tengo veinticuatro años. Lo que pasa es que cuando tenía veinte me enamoré de un compañero de la universidad; Thomas. Yo lo veía fabuloso y lo tenía en un pedestal, él estudiaba para ser ministro de la iglesia Bautista. Su padre es un ministro muy famoso aquí en Texas y yo pensaba que era el hombre ideal. Pero a mis padres no les gustaba la forma en que Thomas me trataba. Como él era anglo y su familia es súper conservadora no aprobaban que él saliera conmigo, pero Thomas me decía que era cosa de casarnos y sus padres terminarían cediendo una vez que vieran que ya estábamos unidos ante dios. También mis amigas me decían que él era muy falso, fíjate como siempre está hablando de dios pero bien que andaba en un Mercedez Benz último modelo y vive en una mansión enorme. Yo no vi nada de eso, o más bien no quise verlo, estaba perdidamente enamorada de él.

A pesar de la oposición de mis padres me casé con él en una ceremonia muy sencilla a la que sólo fueron algunas de mis amigas. Al principio todo marcho bien, pero sus padres le quitaron el habla y dejaron de pagarle sus estudios. Entonces consiguió un trabajo de redactor en un periódico pero no estaba satisfecho, sentía que el trabajo estaba muy por debajo de su capacidad y el sueldo era muy bajo para lo que él estaba acostumbrado a gastar. Luego quedé embarazada y Thomas se

197

puso muy contento ya que según él, ese sería el boleto para que su papá lo aceptara de nuevo. Entonces fue que me di cuenta de que él no era tal como yo lo imaginaba; vivía hablando de su padre como si éste fuera un santo aunque por otro lado lo odiaba porque era muy autoritario. Su madre era una hipócrita, se la pasaba hablando de dios y de los sacrificios que ella hacía por su familia pero se la pasaba de viaje. Y compraba ropa y joyas de una manera escandalosa, ya ni tenía donde guardar tanta cosa. Lo curioso es que ella se arreglaba y se vestía como si fuera una cabaretera, con peinados espectaculares y ropa apretada, y como tenía buen cuerpo y era guapa, se veía como una vedette de la tercer edad. El caso es que Thomas tuvo que rogarles mucho a sus papás para que estos lo recibieran pero la noticia de que iba a tener un hijo no causó el efecto que mi marido pensaba.

Thomas regresó a casa muy desilusionado y yo traté de darle ánimos. Al principio se quejaba de que su padre era un falso que pregonaba que todos somos hijos de dios, pero no quería aceptarme a mí por llevar sangre mexicana, y de pilón, humilde. Yo no quería que perdiera las esperanzas y le decía que su padre sólo estaba tratando de protegerlo a su modo. Conforme pasaron las semanas Thomas comenzó a cambiar y hablar de que su padre era muy perspicaz, que había hecho una fortuna de la nada, que se sacrificó mucho para hacer su fortuna y cosas por el estilo. Un día entré a la recamara y oí a Thomas hablando por teléfono en voz baja en el baño. Me pareció extraño y lo primero que pensé fue que Thomas tenía una amante o una novia, pero al escuchar me di cuenta que estaba hablando con su padre y que esta no era la primera vez que lo hacía. Thomas decía que quería hacer las cosas con calma para que yo no fuera a tener una reacción violenta. Según él, yo lo maltrataba y no quería arriesgarse a uno de mis arranques de ira. Cuando salió del baño lo confronté y él medio sorprendido, me dijo que estaba diciéndole a sus papas lo que querían oír para que nos dejaran en paz, pero que todo cambiaria cuando tuviéramos el bebé. No le creí pero él me prometió que nos iríamos a vivir a otra ciudad lo más lejana para escapar la influencia de su familia. Acepté sus palabras tratando de salvar mi matrimonio pero ahora me doy cuenta que fui una idiota.

Cuando di luz a mi bebé, Thomas no estaba en la ciudad pero cuando llegó al cuarto del hospital yo tenía a Luke conmigo y lo primero que Thomas hizo fue checar el color de la piel del bebé. Me di cuenta de ello porque le quitó las cobijas y lo puso contra la luz. Le pregunté qué estaba haciendo y él me contestó; solo estoy checando que este sano y saludable como yo. Debí haber sabido que para sus papás y para él, era muy importante que el niño no fuera a sacar el color de mi piel morena.

- Que mierda de individuos.

- Es cierto, pero yo tuve parte de la culpa por no haberme dado cuenta de lo inseguro que era Thomas. Mis padres y amigos me lo habían advertido pero yo no vi los desaires, la arrogancia de Thomas y la de su familia, o si lo vi, pensé que todo iba a cambiar una vez que estuviéramos casados. Mis padres tenían razón, y es por ello que ahora tenemos una relación distante, aun cuando me ayudaron a recuperarme de mi divorcio y no mencionan el asunto para no herirme más.

- Y ¿qué paso con el bebé?

Los ojos de Esperanza se humedecieron y volteo su rostro tratando de ocultar la cara, pero a leguas se veía que el tema le dolía en el alma.

- Eso es lo que más me lastima. Cuando salí del hospital Thomas se volvió muy misterioso. Constantemente salía por las noches cosa que antes no hacía. También lo caché varias veces hablando por teléfono en voz baja. Pensé que estaba tratando de congraciarse con sus padres pero por otra parte el se volvió frío conmigo, no perdía la oportunidad de burlarse de mí y de hacer menos a mis padres. Cuando mi mamá o mi papá llegaban a la casa él, salía de inmediato casi sin saludarlos. Como a los seis meses de haber nacido Luke, Thomas llego muy contento y me dijo que sus padres aceptaban que los visitáramos con el Luke. Según él, esa era la primera etapa de una reconciliación y yo me sentí por las nubes creyendo que todo iba a mejorar. El único requisito, me dijo Thomas, es que mis padres quieren que firmemos un documento en el que aceptamos no reclamarles apoyo económico. A mí me pareció una petición absurda, nosotros no teníamos la más mínima intención de pelear por algo que no era nuestro. Según Thomas era sólo otra de las excentricidades de su papá. Yo estaba tan contenta que no le di importancia y firme los papeles que Thomas me presento. Al otro día Thomas dijo que quería llevar a Luke al parque para darme un descanso, no le di importancia pero después de dos horas no había regresado así que lo llamé a su celular pero no me respondió. Me preocupé pensando que algo les pudiera haber pasado y me fui al parque pero no los encontré. Cuando regrese a casa me encontré con un mensaje de Thomas en el teléfono que decía que llevaría a Luke a vivir con sus padres y que él también se iba a quedar a vivir con ellos, que comprendiera, que era lo mejor para Luke y para mí. Como loca agarré un taxi y fui a la casa de sus papas pero no me dejaron entrar. Un guardia me dijo que la familia había salido de viaje y no iban a regresar por un mes. Según él, él no sabía a donde se habían ido y no tenia modo de comunicarse con ellos. Llamé a mis papas y a la policía. Estos fueron a buscar a Thomas a la casa de sus papas, cuando regresaron me dijeron que el guardia les había dado una copia de unos papeles, en la que yo cedía la custodia de Luke. Según esos papeles yo no quería saber nada de mi hijo. También tenían un documento firmado por mí en el que yo aceptaba divorciarme de él. Me desmayé; no podía creer lo ruin que era ese tipejo, una cucaracha sinvergüenza al igual que su padre.

- Tú debes de tener algún recurso legal. Después de todo eres la madre.

- Si pero tú sabes cómo son las cosas legales. Recurrimos a un abogado y cuando fuimos a corte resulta que todos los asuntos legales los tendríamos que llevar a través de una firma de abogados. Ni Thomas ni su familia tenían que presentarse en la corte para pelear mi demanda. Para hacerte el cuento corto gastamos casi todos nuestros ahorros con varios abogados, pero al final todos nos dijeron que nuestras posibilidades de ganar eran mínimas. Ellos tenían los documentos que yo había firmado y que habían sido redactados cuidadosamente, seguramente por alguna firma de abogados, para no dejarme opciones legales. De hecho no sabemos a dónde se fue Thomas con Luke, algunas gentes dicen que vive en Inglaterra, otros que en Suiza y algunas gentes que en New York o en la Florida. Yo no pierdo la esperanza de encontrar a Luke algún día pero por lo pronto no puedo hacer nada.

La confesión de Esperanza me conmovió, odié con todas mis fuerzas al tal Thomas y a toda su familia de tinqueteros. Esperanza se dio cuenta de mi pesadumbre y me consoló.

- No te aflijas, tengo que seguir viviendo, si no pagan por su maldad en esta vida pagaran cuando se enfrenten a dios. Ya ves, yo también tengo mis problemas.

- Si pero mis problemas no son tan graves como los tuyos, bueno en cierto aspecto.

Y me solté a platicarle mi situación, como había llegado a mi condición de ilegal, del crimen que se me acusaba injustamente. Me sorprendí de platicar todo mi pasado, yo había hecho la determinación de no decirle a nadie mi problema para no ser delatado, y ahí estaba platicándole todo a una mujer que apenas había conocido hacia dos días. Lo sorprendente fue que conforme hablaba sobre mi padre, sobre mis conflictos con Alma, de mis problemas con mis antiguos jefes en la universidad, me enteraba de lo dolido que estaba. Cuando pensaba en esos asuntos no me sentía tan dañado, pero al platicárselo a Esperanza, me salían muchas emociones que me hacían llorar en momentos y me daban mucha rabia en otros. También me sorprendió lo bien que me sentí después de soltar todas esas historias. Historias que llevaba selladas por mucho tiempo, algunas de las cuales no se las había platicado ni a Alma cuando estábamos juntos, o a Carmelo cuando platicaba con él.

Un mesero nos avisó que ya era hora de cerrar, vi mi reloj y me asombré que ya fueran las doce de la noche. Esperanza también se sorprendió que hubiéramos pasado tanto tiempo contándonos nuestras respectivas vidas. Cuando salimos la tomé de la mano, me sentí muy cercano a ella, quería protegerla, apapacharla por la pérdida de su hijo, pero no quería darle la impresión de que estaba buscando sólo una aventura. Ella me apretó mi mano discretamente pero tampoco hizo nada por acercarse más a mí. Me llevó al restaurante en su coche y me enseño en donde había un catre que podía usar para dormir. Cuando se fue, puse mis cosas en una caja que quedó perfecta como gavetero. Me metí al catre pero no me pude dormir de inmediato. Tenía la cabeza llena de ideas ¿Me estaría enamorando de Esperanza? ¿Debería cortejarla o era muy joven para mí? ¿Habría cometido un error al decirle que la policía me buscaba? No podía dejar de brincar de una idea a otra, estaba aturdido, confundido. Encima de todo, el ruido de una gotera de un lavamanos no me dejaba concentrarme. Desesperado me levanté y fui al lavabo. Aún cuando no tenía experiencia en arreglar cosas de plomería, ciertamente la gotera no fue mayor problema. Me llevó un buen rato hacer un empaque con el hule de una llanta de bicicleta que encontré arrumbada en una esquina, pero el truco funcionó y la llave no volvió a gotear. Sin darme cuenta, había olvidado mis pensamientos obsesivos y cuando me acosté, me quede dormido profundamente.

10

Yo nunca había trabajado en un restaurante pero si había frecuentado cientos de ellos. Desde que estudiaba en la Ciudad de México me acostumbre a comer en todo tipo de establecimientos, desde fondas en la calle hasta restaurantes de primera. Tal vez por ello noté que el negocio de los papás de Esperanza podría mejorar con algunos cambios. Con el correr del tiempo se lo dije a Esperanza y ella se entusiasmo con mis ideas. Comenzamos por cambiar la distribución de las mesas para poder acomodar más clientes, pintamos la fachada de un color más mexicano y el interior con una nueva capa de pintura que buena falta le hacía, pusimos macetas con plantas y conseguimos cuadros de pintores latinos. También modificamos el menú quitando algunos platillos que se vendían poco e introdujimos otros que eran populares en otros establecimientos del área. El negocio comenzó a mejorar rápidamente. Los papás de Esperanza estaban muy satisfechos y comenzaron a tratarme con más cariño, sobre todo porque Esperanza estaba muy contenta y con deseos de volver a la universidad. Yo también me sentía tranquilo. La idea de que la policía me buscaba y de que estaba ilegal en los Estados Unidos, rara vez pasaba por mi cabeza. El negocio me mantenía tan ocupado que sólo tenía tiempo para pensar en preparar tacos, chalupas, tortas y entomatadas. Los trabajos manuales que hacia me producían una satisfacción que me era desconocida. En mi vida intelectual rara vez terminaba algo, nunca veía los resultados de mi labor, en cambio al arreglar una mesa veía lo que había hecho por pequeño que fuera. También aprendí un poco de carpintería, plomería, electricidad y aun cuando no era un experto en esas áreas podía resolver la mayoría de los problemas cotidianos en el restaurante o en la casa de los padres de Esperanza.

En pocos días mi relación con Esperanza se volvió más intima, más sabrosa. Resulta que pasábamos mucho tiempo juntos en el trabajo, pero como estábamos ocupados sirviendo enchiladas verdes a gringos güeros casi no platicábamos. Eso sí, al final del día salíamos cansados pero contentos y nos íbamos al cine o a pasear por algún parque. Como ya no teníamos secretos hablábamos de todo y de nada, yo me sentía muy bien cada vez que compartía mis anhelos con Esperanza y escuchaba los de ella. Los domingos, el único día que teníamos libre, los aprovechábamos para ir a algún pueblo cercano a conocer, a pasear en bicicleta, a nadar en algún lago o a rascarnos la panza huevoneando. Al cabo de dos meses me cambié a un apartamento que estaba a cinco minutos del restaurante y lo amueblé con desechos que Esperanza y algunos amigos me donaron. Una noche en que estábamos viendo en la televisión Un Tranvía Llamado Deseo en mi apartamento, nuestros besos y caricias se intensificaron de tal manera que fue imposible detenernos y terminamos haciendo el amor una y otra vez hasta el amanecer. Ella estaba tan sedienta de caricias como yo, así que la noche resultó un festín de sexo y amor para los dos. Digo de amor porque me sentí totalmente cautivado por esa mujer. Sus ojos, su risa, sus senos y sobre todo la forma en que festejaba mis ocurrencias me encantaban y me embargaba de felicidad. Fue una época en que inconscientemente practique la mantra budista de simplemente vivir sólo el momento. Olvide mis problemas, no pensé en el futuro, estaba totalmente entregado a hacer feliz a Esperanza, y ella me hacia experimentar una euforia que nunca antes había conocido.

No tardamos en pasar a la siguiente etapa y Esperanza se fue a vivir conmigo lo cual mejoró notablemente el orden de mi vivienda y la calidad de mi vida. El Milagro iba viento en popa, yo estaba al pendiente de cualquier detalle que pudiera hacerse para mejorar la comida, el local, el servicio o la administración. Por otra parte Esperanza tenía más tiempo para dedicarse a supervisar a los empleados y hasta tuvimos que contratar una ayudante de cocina y otra mesera para atender el aumento de clientela. Lo que se comenzó a deteriorar fue la relación con los papás de Esperanza. Ellos no se quedaron muy contentos de que su hija se hubiera ido a vivir conmigo. Comenzaron a poner peros a los cambios que hacíamos al negocio a pesar de que había aumentado la clientela y los ingresos. Aún recuerdo la escena que hizo Frank porque quitamos los tacos de tripa del menú. A gritos, enfrente de los demás empleados, dijo que él era el dueño del restaurante y que no podíamos hacer ningún cambio sin consultarle. Yo creo que el responsable fue el síndrome autoritario de militar que le había quedado a Frank de cuando fue sargento. Al otro día se aparecieron dos pintores muy apestosos y comenzaron a pintar las paredes de rosa aun cuando estaba lleno de clientes comiendo. Los pintores dijeron que habían sido contratados por Frank. Esperanza llamó a su papá para decirle que los clientes se estaban saliendo del lugar, no les gustaba su sopa con olor a sudor y a pintura, Frank le dijo que él así lo había decidido él y que si no le gustaba se podía largar de su negocio. Esperanza salió corriendo del local llore y llore y yo detrás de ella. Nos sentamos en una banca de un parque cercano y llegamos a la conclusión de que las cosas iban a ir de mal en peor, que su padre iba a usar el Milagro para castigar a Esperanza y joderme a mí.

Sin saber en lo que me metía se me ocurrió decir que deberíamos poner un restaurante entre ella y yo. Yo tenía mis ahorros en el banco y qué mejor que invertirlos en algo que nos redituaría más que los míseros intereses bancarios. Esperanza se entusiasmó, ella también tenía algo de dinero ahorrado.

Primero pensamos en hacernos cargo de un restaurante que los dueños ofrecían traspasar a muy buen precio, y que estaba a solo dos cuadras del Milagro. Luego decidimos que esa no era buena idea, eso sería competir con sus padres y no queríamos agrandar el conflicto con ellos ni perjudicarlos quitándoles clientes. Decidimos que lo mejor sería avisar a Frank de nuestros planes. Para dorar la píldora le ofrecimos a Frank quedarnos el tiempo que hiciera falta para que ellos consiguieran quien se hiciera cargo de nuestras funciones. La respuesta de Frank fue iracunda. Yo no asistí a la reunión para no encender más los ánimos de su papá, pero eso no hizo mucha diferencia. Frank corrió a su hija de su casa y le dijo que no la quería volver a ver en su vida a pesar de los ruegos de su mama. Esperanza llegó llorando al restaurante y me platicó lo sucedido dramatizándolo con cuentos de la invasión norteamericana en Vietnam (su papa justificaba dicha invasión y eso era otra fuente de fuertes discusiones entre ellos dos).

Ya más calmada me dijo que su padre le exigió que en media hora recogiéramos nuestras cosas y nos fuéramos del Milagro. Así lo hicimos y nos fuimos a mi apartamento. No tuvimos tiempo para lamentar lo que había pasado, teníamos que empezar nuestra nueva empresa cuanto antes, no podíamos darnos el lujo de estar sin ingresos. Comenzamos a ver los restaurantes en venta, leyendo libros de cocina para crear un buen menú y estudiar los negocios pequeños que tenían éxito. Por fin nos decidimos por una casa antigua en una zona de viviendas viejas que estaban siendo renovadas y ocupadas por profesionistas jóvenes. El precio fue muy bueno, nosotros iríamos restaurando la casa que estaba muy descuidada a cambio de una porción de la renta. Un día se apareció Joe por mi casa y le pregunté qué andaba haciendo. El viejo cascarrabias me corrió, yo le dije que fue un error que hubiera despedido a su propia hija y a ti y se encabrono, me dijo que yo también me largara. Pero el Milagro ya empieza a irse de bajada, cada día hay menos clientes, Frank le grita a todo el mundo y la comida es cada vez más mala, ni el viejo ni la vieja vigilan lo que pasa así que nadie le echa ganas. Me dio lástima oír eso pero por otro lado me dio satisfacción, así Frank vería que nosotros teníamos razón. Esperanza no estaba en casa pero cuando le conté lo que me dijo Joe, ella compartió mis sentimientos. Después me sugirió que empleáramos a Joe, íbamos a necesitar gente de confianza y ya nos hacía falta alguien que nos ayudara a arreglar el local. Así lo hicimos y fue uno de los aciertos mas grades que tuvimos, Joe resultó ser una persona de esas que son listas por naturaleza y participaba en todo con mucho entusiasmo.

Decoramos el restaurante con cuadros mexicanos modernos para atraer clientela joven. Una mañana Joe llegó muy contento, nos dijo que había conseguido unas sillas padrísimas a muy buen precio. Las sillas en cuestión eran entre antiguas y viejas y todas ellas de distinto estilo. Yo no quería desilusionar a Joe pero le dije que eso no funcionaría. El insistió y me suplicó que de menos lo dejara restaurar algunas para que viera que bien se veían. Por no discutir lo dije que sí, y al cabo de dos días Joe llegó con un conjunto de sillas y mesas eclécticas que llamaban la atención y hacían verse al local muy original. Terminamos por ir a ventas de cochera, remates y tiendas de segunda mano, compramos más mesas y butacas antiguas de todo tipo de estilos, el resultado fue un aire informal pero chic. Lo más difícil fueron los permisos, sobre todo para vender vino y cerveza pero logramos tener todo en tiempo record de mes y medio. Después de mucho pensar qué nombre ponerle al negocio nos quedamos con dos nombres: el nopal y el aguacate. Tiramos una moneda al aire para decidirnos y salió el nopal. Como no estábamos convencidos volvimos a tirar la moneda y volvió a salir el nopal. Seguíamos discutiendo si ese nombre era apropiado hasta que Joe enfadado nos dijo; si es tanto problema no le pongan nombre. La idea nos cayó en gracia y así nació el restaurante Sin Nombre. Para inaugurarlo Esperanza invito algunos conocidos de ella que estaban en el medio artístico, otros en el área de publicidad y algunos que eran periodistas. También invitamos a sus papás en señal de paz pero solo su mamá vino.

Para fortuna nuestra el restaurante fue un éxito y pronto tuvimos que contratar otro cocinero, dos meseras y un ayudante. Joe era muy responsable y siempre estaba al pendiente de qué cosas faltaban para ir a comprarlas. Esperanza y yo comenzamos a tener un poco más de tiempo para nosotros ya que solo abríamos para el lunch y la cena.

Una tarde se presentó al restaurante un tipo chaparrito con barba y capa. Parecía salido de una mala película de los cuarentas. El sujeto pidió guachinango a la veracruzana. Aun cuando el platillo trae algo de chile, el chaparro, a pesar de ser gabacho, pidió un par de jalapeños extras. Sí que esta bueno, me dijo el sujeto en perfecto español. ¿Estaría dispuesto a darme buen precio si le traigo algunos clientes? Bueno, depende, le contesté ¿de cuantos clientes estamos hablando y que tan seguido vendrían? Lo que pasa es que yo soy el coordinador del Instituto Ezra Pound que está aquí a la vuelta y con frecuencia tenemos clases y eventos, a veces se atraviesa la hora del lunch y su restaurante nos queda cerca para venir a comer, o a veces podríamos encargarle comida para algunos eventos.

Así fue que comenzó nuestra relación con el Instituto. El individuo resultó ser un poeta de lo más interesante; Abraham Nixon. Nixon había vivido buena parte de su vida en España y Cuba y estaba casado con una mujer de ascendencia mexicana. Nos hicimos amigos y me animó a tomar una clase de poesía que resulto de lo más interesante. Así fue como me abrió los ojos a la práctica de la literatura. Comencé a escribir poemas y algunos de ellos fueron publicados en revistas del barrio. Por las tardes muchas veces Abraham llegaba acompañado por otros escritores, críticos o profesores de literatura y terminábamos en tertulias literarias de lo más acaloradas a las dos o tres de la mañana. Esperanza no participaba mucho, ella estaba muy ocupada tomando clases o estudiando para terminar su licenciatura en educación en la universidad.

Una tarde en que estaba por cerrar el restaurante llego un amigo de Abraham, un tal Fernando Napolitano. Según Abraham, Napolitano era un escritor genial pero rara vez enviaba sus cuentos a las editoriales por miedo a ser rechazado. Aún así ya le habían publicado varios libros de poesía. Qué absurdo, pensé, y me dediqué a observarlo cada vez que lo veía. Cuando asistía a nuestras reuniones, se acomodaba en una esquina y casi nunca participaba. Esa tarde le dije; pasa Fernando, ¿quieres tomarte una cerveza? No, me contesto, ya tome mi copita de coñac y no me puedo pasar. ¿Cómo? Una cerveza no te va a hacer daño. Si supieras, me contesto, y procedió a contarme su historia.

Mira Víctor, yo fui muy afortunado, mi padre era un abogado muy destacado y ganaba dinero a raudales. Mi madre me daba tener lo que se me antojara, por eso desde los dieciséis años ya tenía un coche y casi ni me paraba en casa. Como yo era el único estudiante con carro yo era muy popular en mi escuela, todos mis compañeros se querían juntar conmigo. Yo no sólo tenía un coche sino que era un Mustang convertible del año. Aun los alumnos de grados superiores me buscaban por conveniencia, como te digo yo era el único en la escuela con transportación propia las 24 horas del día. Así me hice de amistades de todo tipo.

Yo era ingenuo, inmaduro, y muy pronto me vi envuelto en todo tipo de problemas y relajos. Tenía cuates que me regalaban drogas, me invitaban a fiestas en donde el sexo no era ningún problema y comencé a tomar casi todos los días. No tardé en caer preso porque unos de mis supuestos amigos que me daban hierba y coca, siempre me estaban pidiendo que le diera rides. Resulta que me usaban para hacer repartos de drogas y yo ni me daba cuenta, o tal vez en el fondo lo intuía, pero no me importaba. La policía los detuvo y yo también fui a parar al bote. Mi padre me sacó rápidamente de la cárcel, pero me quito el coche y me amenazo que si volvía a meterme en problemas no me volvería a ayudar. Traté de enmendarme pero los amigos que había hecho me jalaron hacia mi antigua vida. Para no hacerte el cuento largo, después de una larga espiral mi padre me corrió de la casa, viví con algunos amigos y a veces hasta en la calle. Toque fondo y me di cuenta de que no iba a ningún lado así que me metí a alcohólicos anónimos. Después de mucho luchar logré conseguir un empleo y terminar mis estudios. Mi padre se dio cuenta del cambio y me ayudo pagándome un psiquiatra y medicinas para la depresión. Luego me pagó mi maestría en inglés y conseguí un puesto enseñando literatura en un colegio. Al poco tiempo mi madre murió y mi padre se volvió a casar.

El ya tenía más de sesenta años pero se casó con una mujer de veintiocho. Ella sólo estaba interesada en el dinero de mi padre y me odiaba, claro, yo era su única competencia por el afecto y por la herencia de mi padre. Yo no quería a esa mujer pero tampoco quería pelearme con Jessica, mi madrastra. Ella manejaba a mi padre y yo sabía que yo llevaba las de perder si hubiera tratado de mostrarle a papá la clase de persona que era Jessica. En una ocasión mi padre me regaló un coche para celebrar que me habían dado una promoción, nada lujoso, un Toyota Corolla, pero cuando mi madrastra se enteró de ese regalo, que yo ni le había pedido, puso el grito en el cielo y me acuso de estar explotando a mi padre y de ser un vividor. Ya no pude aguantar más su desfachatez y le dije que ella era la que había pasado de ser una secretaria a ser una vividora que gastaba una fortuna cada mes en ropa, idas al salón, cirugía plástica, y ni que decir del Jaguar convertible que le había sacado a mi viejo. La situación se puso fea y a mi papá casi le dio un ataque al corazón. El me dijo que me disculpara con Jessica, la maldita bruja, pero yo no acepté. Esa misma noche abandoné Seattle que es donde vivíamos y tomé el vuelo al lugar más lejano disponible. Así fue como acabé en esta jodida ciudad pero gracias a dios recuperé mi sanidad mental.

- ¿Y tu padre, qué pasó con él?

- Murió como a los dos años. Ya nunca más hablé con él y ni modo, a veces me siento un poco triste por no haberle dado las gracias por lo que hizo por mí, pero por otro lado me da mucho coraje que fuera tan idiota como para no ver la clase de víbora que era Jessica. Hasta le daba las joyas de mi madre y ésta me las enseñaba para que me diera coraje. Ella tiró o quemó todas las fotos y recuerdos de mi madre, chantajeó a mi padre para que comprara otra casa y cuando se cambiaron malbarato todos los muebles, compró todo nuevo para la nueva casa ya que no quería ningún recuerdo de mi madre. Yo me di cuenta de la clase de mujer que era desde el principio. Mis tíos y tías también trataron de hacerle ver a mi padre que Jessica era una caza fortunas, pero con ello sólo consiguieron que mi papá se encaprichara más de la bruja. En cierto modo no culpo a Jessica, ella era lo que era y se encontró un hombre apesadumbrado, solo, y lo supo explotar. Pero mi padre que fue un abogado destacado, hasta escribió artículos en revistas especializadas y en periódicos, terminó comportándose como un pobre títere.

- A la mejor eres muy duro con él, la soledad es canija.

- Si lo sabré yo. Cuando murió mi papá yo me había casado y tenía una vida aceptable pero su muerte me dejó tan resentido que comencé a tomar de nuevo, perdí mi trabajo y por fin mi mujer me dejó. Fue una época muy difícil para mí pero con la ayuda de Abraham y otros amigos me volví a encarrilar. Comencé a escribir poesía en serio y he tenido algo de éxito, ahora estoy en paz conmigo mismo pero por eso ya no tomo como antes.

Te voy a decir que cuando fui a alcohólicos anónimos me dijeron que si tomaba tan solo una copa volvería a caer en el vicio. Eso me mantuvo totalmente alejado del alcohol por más de ocho años. Después volví a comenzar a tomar una copa al día y siento que me ayuda cuando estoy muy deprimido pues me hace sentirme positivo, mis problemas se achican. Yo sé que es un riesgo, yo se que los alcohólicos tendemos a querer prolongar ese estado de bienestar y caemos en una borrachera pero en mi caso ya no me excedo. Me sirve como medicina. Lo he comentado con algunos médicos y me dicen que estoy jugando con fuego pero ya llevo seis años así y no me he vuelto en emborrachar. Yo no le recomiendo mi método a nadie. A nadie, a la mejor mando a un alcohólico rehabilitado al vicio de nuevo, pero si te puedo asegurar que para mí, mi copa diaria de coñac me sirve más que el Prozac o cualquier otra pastilla. Me serví una copa de vino y ya no le volví a ofrecer una a Fernando. Después de esa plática, yo lo observaba cada vez que participaba en las reuniones de nuestro grupo, en efecto, él nunca llegó a tomar más que su copa de coñac, aún cuando la mayoría de los otros asistentes tomábamos como chacuacos.

En el instituto Pound y en el restaurante conocí a gente de Rusia, de China, de Arabia Saudita y muchos otros lugares que eran exóticos para mí. Pero lo que más abundaba, sobre todo en las clases de literatura, eran los latinoamericanos; colombianos, guatemaltecos, brasileños. Algunos era escritores que iban a dar cursos, pero la mayoría eran individuos común y corrientes que se inscribían para aprender a escribir; ingenieros, secretarias, estudiantes, amas de casa, de todo. Era como la torre de babel en la que se hablaban muchos idiomas. A través de esa gente tuve la oportunidad de conocer un poco de otras culturas. Las pláticas que teníamos eran fascinantes, discutíamos de todo; política, religión, racismo, familia, comida y lo que a cualquiera de nosotros se nos ocurriera. Los viernes por la noche se armaban discusiones fenomenales en el restaurante y yo nunca sabia con quien iba a terminar de aliado o de enemigo. En más de una ocasión las tertulias terminaron a golpes, aunque las peleas entre intelectuales dan más risa que preocupación, no saben pelear muy bien que digamos. En lo único en que todos coincidíamos era que los gringos eran muy cerrados, aun Abraham y otros americanos que gustaban de participar en nuestros encuentros estaban de acuerdo. Tal vez era porque todos los llegados de otros países sabíamos algo de los Estados Unidos y queríamos aprender más de su cultura, en cambio era raro que un americano se interesara por saber algo de Sudan, Irán, Perú o cualquier otro lugar.

Un individuo del que me acuerdo frecuentemente es de un judío inmigrado de Polonia que traté en el Instituto y al que solo conocí por su apodo; Goliat. Yo le había prestado como ciento veinte dólares al gigantesco polaco porque casi siempre estaba desempleado. Cuando lo vi llegar una noche en que ya había cerrado el restaurante pensé que me iba a pedir otro préstamo ó al menos a invitarse a comer gratis como lo hacía cuando no tenía empleo. Me equivoqué, Goliat venia estrenando ropa y con una botella de chianti. Sírvete una copa que vamos a celebrar. ¿A celebrar que Goliat? A celebrar que te vengo a pagar y que conseguí un trabajito que paga muy bien. Y diciendo eso me dio dos billetes de cien dólares. Le regresó ochenta, solo me debes ciento veinte así que aquí tienes tu cambio. No, mejor tu guárdalos para cuando necesite dinero me prestas de esos ochenta. ¿No que tienes trabajo? Si pero no es fijo. Se va a acabar en una semana y no sé cuando vuelva a conseguir otra cosa. ¿Qué, que? ¿Pues en que trabajas Goliat? Soy actor en una película. Me quedé sorprendido, él nunca había mencionado que fuera actor así que le pregunte con cierta envidia ¿Cómo se llama la película? ¿Quiénes son los principales protagonistas? Yo soy uno de ellos y se llama La Verdad en Llamas. ¿Pero cómo que tu eres uno de los principales protagonistas? Yo no sabía que tú fueras actor. No lo

213

soy. Lo que pasa es que un amigo me dijo que un tipo estaba buscando gente alta de pelo rubio y ojos claros para una película, yo me presenté y me dieron un papel, ¿Quieres ir a ver la filmación? Mañana podrías ir. No puedo, tú sabes que con el restaurante me resulta difícil despegarme de aquí. Entonces cuando esté terminada te invito a verla. Sale, pero eso se va a tardar un buen tiempo, me imagino. No, como en un par de semanas va a estar lista, a Frank, el productor, le interesa que esté editada para una convención que van a tener. Comencé a sospechar que se trataba de una película porno o algún comercial, la información que me dio Goliat sugería algo hecho a la carrera y sin mucho profesionalismo.

No volví a ver a Goliat por un buen tiempo, cuando se reapareció por el restaurante, ya era el de antes. Trabajaba en un bar de saca borrachos, pero el dinero no le alcanzaba, así que me fue a pedir sus ochenta dólares de cambio. Se los di y me invitó a que ver la película en su casa, tenía una copia en un DVD. La verdad es que me dio mucha curiosidad por saber qué clase de película sería. Pensé: a la mejor se trata de una película de arte, o algo experimental y yo estoy juzgando mal a mi amigo. Llegué a cavilar; capaz que produzcan otra película y yo pueda salir en un papel, si contrataron a Goliat ¿Por qué no voy a tener chance yo? Un lunes por la mañana en que el negocio estaba flojo llamé a Goliat y le pregunté si podía ir a su casa a ver la Verdad en Llamas, me dijo que si y a la media hora yo ya estaba en su departamento. El departamento de Goliat lugar era una pocilga, con trastes sucios por todos lados, unos colchones manchados y una mesa con un par de sillas. En una esquina de la sala-comedor-recámara-cocina estaba una bolsa llena de latas que seguramente Goliat recogía de la calle para ir a venderlas. En una de las paredes había dos fotografías; una de mi amigo como a los cinco años, y otra de una señora joven muy guapa, que resulto ser la abuela de Goliat y la que lo había criado. A pesar de la pobreza del lugar, Goliat tenía un gato y varias macetas con plantas. Bueno, más que macetas eran latas con tierra pero con plantas muy bellas. Es que me encanta el campo, me dijo Goliat, cuando me vio apreciando sus plantas. Yo me crié en un pueblo chico con muchos árboles y flores y eso es lo que más extraño de Polonia.

La película resulto ser una cinta chiflada que ni Buñuel o Passolini hubieran concebido. Supuestamente era la vida de Hitler, pero en realidad era un pobre intento de glorificar al dictador germano con fines propagandísticos. La cinta mezclaba pedazos de documentales de Hitler y sus colaboradores, con escenas de un actor que supuestamente se parecía a Hitler, pero que a todas luces era un mexicano que le daba un aire al dictador. Ya con su uniforme y bigote a lo Adolfo, se volvía un poco más creíble, pero por más que el actor trataba de imitar un acento alemán, éste no le salía muy bien y hablaba con un acento más texano que un vaquero. Goliat era un asistente de Hitler y supuestamente era el ideal de la raza del futuro; alto, rubio, fornido y de ojos claros.

En la película Goliat era un nazi listo, noble y de grandes ideales. Pero lo que más llamaba la atención era que en el film, Hitler era amigo de los judíos y los trataba de ayudar, pero los líderes de éstos lo menospreciaban y se burlaban de él a sus espaldas. En una escena el dictador llega a un asilo para judíos inválidos y los abraza y les da regalos. Cuando unos niños llegan a ver a sus abuelos, Hitler les da dulces y se le llenan de lágrimas los ojos al ver a los chiquillos. Según el film los judíos adoraban a Hitler pero los grandes banqueros, industriales y comerciantes judíos lo odiaban porque éste les estaba quitando la influencia que ellos tenían con su gente. Ya no podían manipular a la clase media. Entonces los líderes judíos se confabulan con los rusos para hacerle la guerra a Alemania. Ellos mismos mandan a sus conciudadanos a campos de concentración para castigarlos por haber preferido a Hitler. La Verdad en Llamas estaba tan pobremente hecha, con actores

215

aficionados tan malos, y dirigida por alguien que no sabía mucho de cine, que el resultado era una película trágico cómica. Curiosamente resultaba entretenida, al menos a mi me daba curiosidad por ver que iba a seguir en la película que presentaba la historia de los nazis de la manera más absurda posible. Para colmo de males, algunos actores como Goliat eran judíos y salían representando a Nazis y un alemán viejo que trabajaba de cartero era Stalin. Me tuve que contener varias veces para no reírme porque Goliat estaba muy orgulloso de la obra.

- Pero Goliat ¿no te molesta participar en una película en la que se distorsiona la verdad y se glorifica a los nazis que asesinaron a tantos judíos?

- No, esto es sólo una película y no cambian nada. Claro que la guerra no fue así y Hitler era un santo, pero en el arte todo se vale y las películas son arte.

- Bueno, aún cuando tiene ciertos elementos artísticos, yo creo que esta película fue producida para hacer propaganda a los grupos neonazis que están en contra de los judíos como tú, y de todos los que no somos de la dichosa raza aria.

- Tú siempre has sido un pesimista Víctor. El director es un cuate mío y aunque a veces se burla de los judíos yo lo considero buena onda. Esta medio loco pero es buena onda, hasta me invitó a participar en la película al igual que a don Alfredo que es mexicano y es el que la hace de Hitler.

- Yo he oído hablar de ese tipo, Félix Jennings, y sé que estuvo en la cárcel por quemar una sinagoga y golpear a un adolescente negro. Ese tipo es nefasto Goliat, mas te vale que no te juntes con él. Yo creo que te invitó a participar porque a ustedes les pagó una bicoca por su trabajo.

- Mira Víctor, no te metas en mi vida. Al menos él me dio un trabajito y me gané unos dólares. Que él tenga sus ideas locas a mí qué me importa, además hay chance que le den dinero para hacer otra película y ya me dijo que ahí si me pondría de judío. Tú en cambio ni agradeces que te haya pagado lo que te debía. Salí casi corrido del departamento de Goliat, el gigantón se enojó y él era muy violento cuando algo no le gustaba. Ya nunca lo volví a ver con vida. Semanas después Joe me platicó que lo habían encontrado tirado debajo de un puente. Murió de una paliza. Nunca agarraron a los culpables, naturalmente yo sospeche de los neonazis y así se lo comenté a Joe. Me hubiera gustado ir a la policía y decirles lo que me había platicado Goliat, que investigaran a Félix y a su grupo, pero de me dio miedo que me agarraran preso por prófugo e ilegal. Es más, a la mejor hasta me cargan el asesinato de Goliat. Leyendo los periódicos había descubierto que en los Estados Unidos también hay un montón de gente inocente en las cárceles. Generalmente son apresados porque a los policías y a los fiscales se les hace más fácil cargarse al que tienen a la mano, que buscar a los culpables. De cualquier manera escribí una carta a la policía con la información que tenía y la mandé anónimamente. Nunca supe el desenlace de ese asunto pero supongo que quedó sin resolver pues Goliat era un desamparado, una escoria social según Abraham y esos caso no son asuntos prioritarios para las autoridades.

A pesar de que en el país había comenzado una ola anti inmigrantes, mi situación ilegal no me causaba problemas a mí. Había conseguido una tarjeta de seguro social y con ella saqué mi licencia de manejar y otros documentos. Yo, que era ilegal pero de piel blanca, no tenía problemas, en cambio a Julio, uno de los meseros nacido aquí, siempre lo estaban molestando por su piel oscura y rasgos indígenas. Julio decía: los que más me friegan son los agentes de origen latino, y los más prietos y chaparros son los más mamones.

El Sin Nombre seguía prosperando rápidamente. Agrandamos el local dos veces, y cuando ya no hubo lugar para ampliarlo, compramos la casa del lado y remodelamos el negocio. La mamá de Esperanza nos visitaba regularmente pero el papá siguió enojado con nosotros y se negó a hablar con su hija. Yo creo que en el fondo le daba coraje ver como nosotros prosperábamos y en cambio El Milagro iba de mal en peor.

Una tarde en que estaba en la oficina llegó una de las meseras y me dijo: Señor aquí hay un señor de México que lo quiere ver. De inmediato pensé en Salinas, se me bajó el corazón hasta el suelo, instintivamente me iba a echar a correr cuando me sentí atrapado. ¿A dónde podría escapar? ¿Iba a dejar a Esperanza sin ninguna explicación? ¿Sería posible comenzar una vida nueva en otro lugar? ¿Hasta cuándo tendría que andar huyendo? Antes de que pudiera responderle a la mesera oí como alguien entraba haciendo mucho ruido, no me cupo la menor duda que se trataba de Salinas. En eso entró Carmelo con una sonrisa burlona y se abalanzó a darme un abrazo. Yo tenía ganas de ahorcarlo por haberme dado el susto de la vaca. ¿Así recibes a los amigos guey? me pregúnto Carmelo. ¡Pendejo, no sabes qué susto me has dado! Claro que lo sé, pero te lo tienes bien merecido por desaparecerte sin dejar huellas. Mira que te he estado buscando. ¿Y cómo me encontraste? Por pura casualidad, Toño Márquez me dijo que vino a San Antonio y creía haberte visto platicando con las meseras en este restaurante. No pudo contactarte porque pasó en un taxi rumbo a su hotel. Después regresó al restaurante y pregunto por ti pero le dijeron que aquí no conocían a ningún Emilio. Pero por las señas que él les dio, le dijeron que el único que encajaba con esa descripción era un tal Víctor, el dueño del lugar, pero no estaba en ese momento. Él ya no pudo regresar a buscarte, salía para México pero estaba seguro que eras tú. Y resulta que ahora yo vengo a tomar un curso en la Universidad de Texas y lo primero que hice fue venir a checar a ver si eras tú u otro pobre diablo tan feo como tú. No estaba seguro de que te fuera a encontrar pero ya ves como es el mundo de chico, ¿y porqué te desapareciste desgraciado? ¿Estabas muy endeudado o embarazaste a alguna güera? Después de mentarle la madre como diez veces, le di un abrazo tan fuerte a mi amigo que casi lo asfixio, pero es que estaba súper-contento de ver al idiota de Carmelo, mi cuate de toda la vida. Ese mismo día llevé a mí amigo a comer a la casa, no quería que los empleados del restaurante fueran a oír mi historia, uno nunca sabe quien lo pueda traicionar. Esperanza estaba en casa y se puso muy contenta de conocer alguien de mi vida anterior y oír detalles de esa etapa de mi juventud. ¿Ya te platicó Emilio, perdón, Víctor, de cuando nos metíamos a las huertas a robarnos naranjas? Ja, ja, ja, no, no me había dicho ese detalle si no, no le hubiera hecho caso. No, y eso no es nada, si yo te dijera las veces que se echaba la pinta, ¿por qué crees que es tan burro? Nunca se paraba en la escuela. Ja, ja, ja. Carmelo se pasó un buen rato haciendo bromas a mi costa, pero después de un rato me contó que mi padre había muerto hacía varios meses. Y yo ni me había enterado. No me sorprendió la noticia, lo que si me sorprendió fue que no me sentí muy abrumado en ese momento. Como que no alcancé a digerir la noticia. Yo pensé mucho en mi padre por ese tiempo, pero en ese momento sentí como que se cerraba un ciclo. En cierto modo ya había dejado de sufrir. Otra noticia que me caló fue que Alma se había vuelto a casar y tenía un hijo. Medio me dieron celos, no tanto del nuevo esposo de Alma sino celos de que ella tuviera una familia y yo no.

Por su parte, Carmelo también se había casado con su chava fresa, que resulto no tan fresa pues ya tenía un hijo, Yago, y una hija, Verónica. Carmelo los adoptó y su esposa esperaba uno hijo de él. Yo le platique la razón de mi desaparición y el por qué no había contactado a mi familia y amigos de México. ¿En que problemas te metes Emilio? que diga Víctor. ¿Y no puedes contratar a un abogado para que te ayude a salir de este camote? La idea entusiasmó a Esperanza, yo creo que debemos intentar ese paso Víctor, tú no puedes seguir viviendo así toda tu vida, sobre todo porque eres inocente.

Esa noche agonicé dándole vueltas al asunto pero llegué a la conclusión de que no podía arriesgarme. Por otro lado me dio remordimiento por no haberme despedido de mi padre. Como me hubiera gustado haberle dicho lo mucho que lo quería y admiraba pero ya ni modo. Entonces comencé a percibir la magnitud de la muerte de mi papá. Parte de mi murió en ese instante. Sufrí como si me hubiesen cortado un brazo y yo seguí viviendo sin darme cuenta. Fue hasta ese momento en que sentí el golpe.

Al día siguiente Carmelo y yo nos fuimos a cenar después que él asistió a su curso. Esperanza no quiso venir con nosotros para que pudiéramos hablar de nuestros recuerdos libremente. Te ves muy bien, le comenté a mi amigo. En efecto había bajado unos cuantos kilos y se veía muy atlético.

- Es que ya llegó la hora de cuidarnos, yo ya dejé de salir de parrandas y hasta salgo a correr todos los días, chance y hasta participe en un maratón.

- Qué bien le respondí, y ¿a qué se debe el cambio? Es que Leticia es muy deportista y ella es la que me metió en esta onda, pero no me quejo, me siento mejor y hasta estamos esperando un hijo para dentro de cuatro meses.

- ¿Cómo? Pero si tú eres un vejete, ¿Estas seguro de que es tuyo? Hay pinche Emilio, eso es lo que ella me dice pero me voy a esperar a que nazca para ver si se parece a mí o al lechero.

Entonces le dije a Carmelo mi decisión.

- Te quiero agradecer que me hayas buscado Carmelo pero no pelear los cargos. Tú conoces como es la policía de México, y además sospecho que quieren ligar este asunto con el caso de Juan, mi antiguo vecino que también es buscado por la policía. Al menos esa impresión me dio en algunas conversaciones que tuve con el pinche detective Salinas.

220

- Puede que tengas razón. Me da rabia que te quieran cargar ese crimen y yo también me siento impotente para ayudarte pero voy a tratar de averiguar cómo sigue tú caso.

Tengo un amigo que es reportero y él puede meter las narices en donde sea sin despertar sospechas.

Me puse a hacer cuentas. Habían pasado más de cuatro años desde la desaparición de Franco y de que encontraran su cadáver. Pero el caso seguía vigente. Pensé que ahora sería más fácil para Salinas manipular los hechos para hacerme ver como el asesino. Con la desaparición de los Harris, de Juan y de las argentinas, era muy fácil inventar testimonios, enchuecar pistas, en fin, usar todo el arsenal de trucos que la policía utiliza para crear culpables. ¿Por qué Salinas se empeñaba en fregarme? Creo que él sabía que yo era inocente pero por alguna razón me quería refundir en el bote. En cierto modo yo era una segunda víctima del crimen contra Franco. A menos que encontraran a los Harris o al que hubiera asesinado al niño y que éste confesara, yo seguiría siendo perseguido por el resto de mi vida.

Cuando llevé a Carmelo al aeropuerto sentí mucho su partida. Tenía unas ganas enormes de ir a México y abrazar a mi hermana y a mis sobrinos, quería ver a mis amigos, saber que estaban haciendo, comer un pozole decente, respirar el esmog del D.F y comerme unos tacos al pastor en las fonditas de Coyoacán. Nunca me había sentido tan separado de tantos seres queridos, y lo peor era que no sabía si los volvería a ver algún día. Me consolaba pensando que gracias a Carmelo ahora tenía un puente con mi vida antigua. Habíamos ideado un sistema para que nos pudiéramos comunicar por correspondencia. Ye le mandaría cartas al trabajo de Leticia, su esposa, y él me enviaría correspondencia al departamento de la universidad donde Esperanza estudiaba. Quise enviarle una carta a Rosaura para decirle lo mucho que sentía el haberme portado frío con ella y lo mucho que la quería, pero Carmelo me convenció que no lo hiciera. Rosaura era incapaz de traicionarme pero su personalidad exuberante podía ser indiscreta y meterme en problemas. Sin embargo Carmelo prometió comunicarse con ella y decirle que había recibido información de que yo estaba viviendo en Canadá, que me encontraba bien y que le enviaba saludos.

Animado porque algunos de mis cuentos fueron publicados en un par de revistas literarias, me inscribí en un curso de literatura de la Universidad de Texas. La maestra, una mujer joven pero más flaca que un palo de escoba, había sido editora de Harper Collins y se suponía que era una experta en ayudar a escritores a publicar. En la clase había una colombiana, tres americanos, una boliviana, un peruano, dos guatemaltecos que resultaron muy tímidos y yo. En la primera clase, Margaret, la maestra nos dijo: lo más importante es escribir frases cortas, no usar palabras rimbombantes, sigan el estilo de los autores de éxito. Lean mucho, pero lean a los autores que están vendiendo; John Grisham, Danielle Steel, Jackie Collins. Si quieren escribir como García Márquez o Vargas Llosa nunca van a ser publicados, esos autores son obsoletos, ya están superados, su estilo caducó, son representantes del pasado. Beatriz, la colombiana respondió; pero Margaret yo quiero escribir historias que tienen algún significado, yo no pienso hacerme rica con mis escritos, solo aspiro a dejar algunos cuentos que tengan algún valor literario. Los demás aprobamos sus palabras con movimientos de cabeza, o de plano diciendo: yo también. Margaret no pudo ocultar su disgusto y su rostro se puso como si se hubiese tomado un tequila con un limón bien agrio. Bueno, en este país hay libertad de expresión y pueden escribir lo que les dé la gana, pero ¿para qué molestarse en escribir cosas que nadie les va a publicar, mucho menos a leer? Yo le contesté: mucha gente lee a García Márquez, a Saúl Bellow, a Truman Capote, a Paula Fox, no a todos nos gusta escribir novelas de amor o de

222

vampiros. Margaret se molesto aún más y dijo: Yo trabajé seis años como editora de una de las casas editoriales más importantes del mundo; y ahora ¿ustedes me van a decir que saben más que yo? No es que sepamos más que usted, dijo Beatriz, lo que pasa es que tenemos diferentes objetivos, nosotros queremos escribir historias que nos interesan, y si no se publican, ni modo pero en mi caso yo no voy a comprometer mis principios por ver mi nombre en un libro que no me motiva. La voz de Beatriz era calmada pero firme, aun cuando su tono era muy alto, y recordaba a personajes de telenovelas cursis. Margaret ya no pudo más, agarró sus cosas y salió del salón diciendo: Hagan lo que quieran pero yo no voy a perder mí tiempo dando consejos a un grupo de perdedores. Después de un breve periodo de silencio todos nos echamos a reír. Fred, uno de los americanos propuso que nos fuéramos a la cafetería y escribiéramos una carta al director para que nos pusieran otra maestra. Así lo hicimos y entre tragos de café y chistes de doble sentido muy pronto me sentí como en mis años de estudiante universitario.

Rachel, una gringa de Cleveland era la más seria pero a la hora de hablar de literatura parecía una enciclopedia, era difícil encontrar un autor que no hubiera leído. De rostro agradable su principal defecto era una timidez que rayaba con fobia social. Sin embargo, cuando comenzaba a hablar de literatura, podía enumerar fácilmente los puntos fuertes de cada obra que había leído y las cosas que no le parecían de ellas. Entre bromas le dijimos que ella debería ser nuestra maestra pero ella era demasiado tímida e insegura como para hacerse cargo de cualquier clase. De literatura pasamos a la política y resultó curioso pues todos los extranjeros estábamos de acuerdo que los Estados Unidos estaban de picada. Ray decía que éramos unos exagerados, que los Estados Unidos era un país especial, que había nacido con ideales muy firmes de libertad y oportunidad para todos, y eso lo hacía inmune a los problemas que habían enfrentado otras potencias en el pasado. El peruano, José Marmolejo, exasperado, dijo con voz destemplada:

- ¿Qué no te das cuenta Ray, que estas repitiendo la perorata que dicen los políticos y los medios de comunicación? En Perú nos decían lo mismo de la grandeza de los Incas y lo especial que éramos los peruanos por venir de tan grande civilización. Cuando estuve en México me consta que a los mexicanos les decían lo mismo; que vienen de los aztecas y que Benito Juárez había sido un chingón, y que la Revolución Mexicana fue hecha por santos, y que el Chapulín Colorado llevaba sangre maya, y otra sarta de pendejadas ¿No es cierto Víctor? Aquí es la misma gata nada más que revolcada, pero como ustedes son la potencia mundial ahorita les es fácil creérsela, pero esa mamada de la libertad, de que es un país especial y que todos aquí tienen la oportunidad de llegar a ser lo que quieran son puros cuentos chinos. Nomas falta que creas que Supermamón y Batman existen de verdad. Ve cuantos americanos hay alcohólicos, deprimidos, drogadictos, frustrados. Mira, de hecho yo tenía más libertad en Lima que la que tengo en este país. Allá también hablaba pestes de los gobiernos del país y nunca tuve problemas, y si rebasaba el límite de velocidad le daba una lana al policía y se acabo, si me agarraban fumando un cigarro de mariguana me lo quitaban y me bajaban algo de dinero y ahí nos vemos. Aquí por lo mismo te llevan a la cárcel, los abogados te quitan hasta los calzones, te hacen un juicio o te tienes que declarar culpable y ser fichado de por vida. En otras palabras aquí la justicia es más cara que en nuestros países y tienen menos libertad que nosotros.

Ray hacía gestos burlones pero nadie se reía de sus payasadas por lo que dejó de hacerlas. Así terminó su intento de sabotear al peruano. Entonces se levantó y se subió en una mesa para decir con voz entrecortada:

224

- ¿Cómo puedes decir eso? ¿Cuanta gente no han sido asesinadas, o les han cortado los huevos, o está encarcelada en Latinoamérica por criticar a sus gobiernos? Eso no pasa aquí. Nosotros podemos decir lo que queramos y hasta publicarlo en los periódicos y no nos pueden meter a la cárcel, ni nos cortan los huevos.

- Estás equivocado, al menos en Perú tú puedes decir lo que quieras en contra del presidente y del gobierno. Solo te expones si tratas de organizar una huelga u organizarte para denunciar una injusticia. Aquí también puedes decir lo que quieras pero de hecho no puedes organizarte políticamente, están copados por el sistema para que canalices todas tus protestas a través de los dos pinches partidos que tienen y que son la misma mierda. Con ese cuento no dejan que nadie se salga del huacal. Claro que puedes tratar de organizar un partido comunista, maoísta, feminista, putista o lo que quieras, pero te tienen más vigilado y cercado que nada para que no puedas hacer nada. Por eso cuando han surgido grupos como los Black Panthers, los combaten como terroristas y no les dan ninguna validez política, es igual que en Latinoamérica nomas que aquí son más refinados, eso si te lo reconozco.

Las voces aumentaban de volumen conforme se calentaba la discusión. Algunas personas de otras mesas volteaban a vernos con miradas entre asustadas y molestas pero eso no detenía la disputa.

- Yo creo que eres muy pesimista, tú y tus huarachudos no entienden el sistema americano, es más, ni siquiera tomas Pepsi Cola, ¿qué se puede esperar de un tipo que toma pisco? ¿Y tú qué piensas Dulce? Yo creo que tú eres más razonable.

- Ay Ray, yo estoy de acuerdo con José, creo que tienes una venda en los ojos. Pero no es tu culpa, como dice Pepe es parte de tu cultura. Mira, ustedes casi no saben nada de nuestros países mientras que nosotros estamos invadidos por sus películas, sus series de televisión, sus programas de radio, sus revistas, su música, sus tiendas y por si fuera poco en el colegio nos hacen estudiar la historia de ustedes. Pero no me quejo de eso, a mi me gustó aprender cosas de este país, lo que no me parece es que aquí no saben nada o casi nada de Bolivia, es mas hay americanos que ni siquiera sabe que Bolivia es un país. Además muchos de los gobernantes que matan a disidentes, o que los meten a las cárceles fueron impuestos por tu gobierno, ahí tienes a Pinochet. Derrocaron a un gobierno legítimo para poner a ese tirano. Y por si fuera poco, el gánster que organizo el golpe de estado, Kissinger, anda tan campante cuando debería estar en la cárcel pagando por sus crímenes, por la gente que murió por su culpa. Y lo mismo hicieron en Guatemala, en Panamá, en la República Dominicana, nomás nos falta que nos pongan a Mikey Mouse de presidente.

Rachel veía a Dulce con los ojos bien abiertos, como que no podía creer lo que la boliviana decía. Entonces Fred, el otro americano también le entró a la discusión.

- Tienen razón Ray, nuestros gobiernos han sido unos cabrones con los países pobres o jodidos. Ya ves, acabamos de invadir Iraq y destrozamos a toda la sociedad nomás porque Bush no podía tragar a Saddam.

Ray se puso más colorado que un tomate. Sudando profusamente, trataba de controlarse aun cuando le costaba mucho trabajo, a juzgar por la forma en que se paraba y se sentaba repetidamente. Se volvió a subir a una silla y con un tono dramático dijo:

- Lo que pasa es que ustedes están influenciados por ideas de izquierda. Estados Unidos es un país que ayuda a todos los demás, si no ¿porque todos se quieren venir a vivir a aquí? Si somos tan desalmados ¿por qué diablos, ustedes no se quedaron a vivir en sus países tan maravillosos en donde tienen tanta libertad y justicia?

- Mira, dijo Dulce, yo me vine por necesidad pero si pudiera encontrar un trabajo decente en Bolivia no estaría aquí. No es que no me guste este país y que no tenga muchas ventajas sobre Bolivia, pero mi familia esta allá, mis amistades están allá y me gustan las fiestas y la algarabía de La Paz y todos los bolivianos que conozco que viven aquí están en la misma situación. En cambio ustedes ni bailan cuando hacen fiestas, ¿qué país es este que lo único que saben hacer es ver televisión todo el pinche día y ni saben bailar?

Como yo había estado muy callado, Ray me miró con ojos de esperanza y me preguntó ¿Y tu porque estás aquí Víctor? Tú no tienes necesidad, tú estudiaste una carrera en tú país y podrías haber conseguido un trabajo decente allá. Si te viniste aquí es porque en los Estados Unidos hay algo que no tenías en México.

- Pues yo me vine por experimentar como es la vida aquí. Y no te niego, me gusta la mezcolanza de gente e ideas que ustedes tienen. Admiro los adelantos tecnológicos que han logrado y me encanta poder disfrutar de la gran variedad de cosas que hay en las tiendas. Pero por otra parte me siento descontrolado, aquí se vive una materialismo atroz, el avance cultural es relegado por los medios de comunicación. Si no se puede vender; vale gorro. A mí me pasa como a Dulce, extraño a mi gente y cuando me retire me voy a ir a vivir a un pueblito en las montañas de Puebla. Voy a vivir criando chivos y fumando mota.

Todos soltaron una carcajada y al poco rato nos despedimos. Para la siguiente clase llego el director del departamento de Lenguas Extranjeras, un tal Samuel Fernández. Fernández era chileno de nacimiento y había conseguido una beca para estudiar en los Estados Unidos cuando Pinochet dio el golpe de estado al gobierno de Salvador Allende. Fernández, en su tiempo de estudiante, se había dedicado a espiar a las organizaciones estudiantiles de las

Universidades de Santiago para la CIA. Cuando Pinochet derrocó a Allende, el premio para Fernández fue una beca a los Estados Unidos. Él siguió siendo un soplón para organismos de espionaje del gobierno americano y chileno. A cambio de denunciar a estudiantes de su país que podían estar tramando actividades de propaganda contra el gobierno de Pinochet, Fernández recibía un subsidio y empleos en universidades. Eso me lo platico Miguel Alonso, un refugiado chileno que conocí tiempo después. Pero en esa época no sabíamos el nefasto pasado de Fernández quien incluso se hacía pasar por progresista, liberal y hasta de izquierdista para ganarse la confianza de los estudiantes a los que después iba a denunciar.

En la siguiente clase, Fernández llegó para presentarnos al nuevo maestro del curso, el doctor en letras Joseph Cooper. En la primera clase del doctor Cooper todo fue bien, el tipo sabía mucho de autores y estilos, era entretenido y además nos contaba anécdotas de escritores que él llegó a conocer personalmente. Según él, Truman Capote lo había invitado a cenar cuando él era estudiante en la universidad pero él dejó plantado al escritor. Sabiendo que Capote era homosexual, le dio miedo que lo fuera a acosar sexualmente y que él fuera a sucumbir. Con los años se había arrepintió, descubrió que el también era gay. Para la siguiente clase nos dejo de tarea escribir un cuento corto. Entonces fue cuando comenzaron los problemas. Beatriz escribió la historia de un supuesto primo que es violado y asesinado por un vecino cuando apenas contaba con ocho años. El cuento era muy dramático y aunque tenía algunos errores gramaticales, Cooper lo destrozo porque Beatriz usó frases largas y palabras poco comunes. Después me tocó a mí y leí un cuento sobre el general Hernández. Claro que era ficción, pero en el relato yo traté de reflejar la frustración de un hombre que había sido muy poderoso. En su vejez, el protagonista se ve reducido a vivir aislado en su casa, no puede hacer mucho por influir en su país y éste va a pique ante la voracidad de políticos corruptos y empresarios rapaces. Así es como yo me imagine que se sentiría el general Hernández. Cooper evadió toda discusión de la trama, se concentró en criticar la talla de mis oraciones. Me dijo; Yo creo que los escritores de países subdesarrollados tratan de compensar un complejo edípico. Ustedes equiparan el escribir frases largas con tener un miembro muy grande, pero no es así. Deben de aprender a vivir con sus limitaciones. Lo único que los puede hacer más viriles, más penetrantes es conseguir ser publicados, ahí es donde un escritor se realiza, ahí es donde un creador tiene su orgasmo literario. Las copias de los libros que vendan son sus espermatozoides. Sus lectores son sus hijos. Ustedes deben tratar de ser publicados a toda costa, tener muchos lectores que los sigan, que compren sus libros, que los conviertan en celebridades, esa es la marca del buen escritor moderno. Los bohemios son historia paleolítica, la historia de hoy está siendo escrita por los que más venden, esos son los triunfadores, esos son los escritores con letras mayúsculas. Mis compañeros y yo salimos de la clase con la cola entre las patas. Yo nunca había oído semejante crítica, pero como Cooper era muy convincente me dejó pensando que a la mejor él tenía razón y yo había vivido en el error toda mi vida.

Para la siguiente clase, otros amigos presentaron sus escritos. Fred fue el primero; su cuento era sobre un ingeniero japonés jubilado que vive solo en un apartamento en Baltimore. Como todo mundo, el nipón hacía fila para pagar por sus compras en los supermercados. El ingeniero se entretenía viendo lo que las otras personas compraban. A través del tiempo el protagonista se aficiona a estudiar a los clientes y sus compras. El japonés llega a desarrollar una capacidad admirable para predecir qué cosas va a comprar cada persona en las tiendas. Observa la edad, el sexo, la ropa, la conducta de cada individuo y a través de ello pronostica su consumo. Para ello se instala cerca de las cajas y discretamente se fija en la compra de los clientes.

Con el tiempo, su habilidad es tan certera que puede adivinar qué tipo de carne o vegetales prefiere cada individuo, qué cigarros fuman, qué marca de cerveza o refrescos consumen y así por el estilo. Sus predicciones son cada vez más exactas, pero no le cuenta a nadie sobre su pasatiempo por miedo de que lo vayan a tachar de loco o al menos de excéntrico. Su obsesión lo hace que se dedique a irse a los supermercados a jugar su juego varias horas al día, siete días a la semana. Después de un tiempo, él mismo comienza a preocuparse por su conducta. Ya no sale con otros amigos ni participa en actividades del centro de retirados y que antes le causaban mucho placer. Es entonces que se pone una meta final: terminara de hacer predicciones cuando logre adivinar las compras exactas de un cliente que lleve por lo menos diez productos. Aún cuando nunca ha logrado llegar al cien por ciento de aciertos, está seguro de que no tardara en conseguirlo. Pasan las semanas y los meses y para su sorpresa la meta se le vuelve más elusiva de lo que calculó. Después de varios meses está cansado del jueguito estúpido y sin beneficio, pero no puede evitar el volver a caer en la tentación de jugarlo cuando va de compras. Para combatir su obsesión se vuelve lector de las revistas de chismes y jardinería que ponen a los lados de las cajas.

Un día en que el protagonista está formado para pagar, ve a un sujeto que entra a la tienda y que tiene todas las trazas de ser un fracasado. Con una gabardina que fue cara pero que ahora está vieja y toda estropeada, tenis medio rotos, camisa a la que le falta un botón, barba descuidada y una cabeza que no ha visto un peine por varios días. El japonés no puede evitar ponerse a pensar que de seguro va a comprar un paquete de cervezas Bush, una cajetilla de cigarros Camels, un bolso de carne seca, un manojo de plátanos, un litro de leche, un paquete de salchichas, un desodorante, un enjuague bucal Colgate, una botella de pastillas Advil, una bolsa de pan y un paquete de huevos. Así pues, el japonés paga su compra pero se queda ojeando unas revistas hasta que el sujeto mal vestido llega a la caja y pone en el mostrador un paquete de cerveza Bush, un manojo de plátanos, un bolso de carne seca, un litro de leche, una bolsa de pan, un desodorante, una botella de pastillas Advil, una botella de enjuague bucal Colgate, un paquete de salchichas, y pide un paquete de cigarros Camel. El ingeniero se siente desfallecer; casi había atinado toda la compra del vagabundo. Excepto por los huevos.

El ingeniero queda apabullado, nunca había estado tan cerca del éxito pero falló de nuevo. Se pone a pensar que tal vez debería pedir un empleo en una cadena de supermercados. Esta por retirarse cuando nota que el sujeto camina de una manera un tanto rara. Cuando había entrado en la tienda el tipo no caminaba así. Se queda viéndolo y no tarda en darse cuenta de que el comprador lleva algo escondido entre sus pantalones; si es un paquete de huevos habré triunfado, asume el japonés lleno de alegría. Sin pensarlo, sale disparado detrás del individuo quien al ver que lo siguen apresura el paso. El japonés también lo hace hasta que el tipo se para en seco y le pregunta en tono amenazante: ¿Qué diablos quiere? ¿Por qué me viene siguiendo? El japonés sonriente le dice: Enséñeme los huevos por favor, solo quiero ver si trae huevos. El tipo saco una navaja y se la entierra en el estómago. El ingeniero cae al suelo lentamente, el agresor se quedo viéndolo aterrorizado sin saber qué hacer. El japonés sigue repitiendo: ¿verdad que trae los huevos escondidos debajo del pantalón? El sujeto tira la navaja y la bolsa con sus compras, y sacándose un paquete de huevos del pantalón lo tira y se echa a correr.

El cuento nos tuvo a todos expectantes pero el doctor Cooper volvió a criticar que Fred utilizara el modo infinitivo. Después salió con que el cuento era deficiente porque hacía uso de la voz pasiva en algunos pasajes. Yo me quedé pensado que en el futuro todos los americanos van a escribir como robots, siguiendo las mismas fórmulas y metiendo a la cárcel a quien use frases de más de doce palabras, o que haga uso de la voz pasiva. Ya no volví a la clase aunque sí seguí escribiendo cuentos en mi tiempo libre. Con el tiempo me di cuenta que yo no estaba tan equivocado, todos los editores de revistas pedían "voces nuevas," "estilos originales" pero a la hora de escoger cuentos para publicar se inclinaban por los estilos trillados, por las fórmulas conocidas y reconocidas. Creo que pedirles que trataran algo diferente era mucho pedir a individuos que habían nacido y crecido dentro de una cultura dominada por la uniformidad.

Como a los dos meses me llamó José para invitarme a tomar una copa. Se iban a juntar todos los del grupo y querían que yo asistiera también. La reunión fue en el bar La Oficina. Yo llegué con Esperanza que ese día no tenia clases, Dulce llegó acompañada de un amigo, un tal Arthur Foster. Cuando llegó Ray y me vio en la mesa, hizo un gesto de gusto y me fue a saludar muy efusivamente. Le dijo a Esperanza que yo era el mejor escritor del grupo y no cesó de darme palmadas en la espalda como queriendo mostrar su aprecio por mí. Dulce estuvo muy contenta y esa noche fue el alma de la reunión, cantó, bailó, recitó poemas de García Lorca, Paz y de ella.

Todo transcurrió en medio de bromas y cantos avivados por las copas de vino que tomábamos. Al poco rato se formaron varios grupos pequeños que discutían animadamente sobre distintos temas cuando Ray se levantó y pidió la atención de todos. Nomás quiero decir que ojalá que hayan estado leyendo las noticias; de hacerlo así estarán enterados de la forma en que gracias a que nuestro valiente presidente, George Bush, se ha iniciado el proceso de democratización del Medio Oriente. Los iraquíes nos han recibido con los brazos abiertos y están felices de que les estemos llevando libertad porque sin libertad no puede haber prosperidad, no puede haber... Ray no pudo terminar su perorata, varios de nosotros le saltamos a criticarlo. Nuestro bando denunció la invasión de Irak como un acto imperialista. Ray, siguiendo su costumbre, se subió a una silla, y moviendo los brazos y la cabeza como si fueran péndulos de un reloj jalando cada uno por su lado dijo: ¿A poco creen que el Presidente actúa a lo loco? Invadimos a Iraq porque tenemos información de que Saddam tiene armas de destrucción masiva y las quiere usar para atacar a los Estados Unidos. Eso está comprobado, nosotros tenemos el equipo más grande y sofisticado de inteligencia en el mundo y si ellos dicen Saddam tiene armas nucleares, es porque Saddam tiene armas nucleares. No en balde gastamos miles de millones de dólares al año en la CIA y otras agencias para recabar información certera. Ese argumento aumentó el volumen de la discusión. Yo lo veía y en ratos dejaba de escuchar lo que decía, me parecía que estaba viendo una película de Hitler dando una arenga. Dulce le dijo a Ray; yo pensaba que eras conservador pero veo que eres un manipulado a ver ¿de donde sacas tus datos? De la cadena de noticias Fox y del Wall Street Journal, contestó Ray pálido de ira. ¿Y tú te crees esas mentiras? ¿Cómo es que no se han encontrado dichas armas que tú dices? Foster y Ray quisieron decir algo pero para entonces todos hablábamos al mismo tiempo a grito pelado y nadie escuchaba a nadie.

Ray se paró y salió haciendo gestos dramáticos como si le fuera a dar un ataque al corazón, Foster lo siguió rascándose las nalgas. Me pareció curioso que Ray fuera tan derechista pues por su ropa gastada y su coche viejo se veía que era humilde. Por otro lado Ray era muy acomedido. Un día Dulce llegó muy apurada porque su auto tenía una llanta baja y Ray fue el primero en ofrecerse a ayudarla. En otra ocasión en que salimos a una cafetería, yo había dejado mi cartera en casa y Ray de inmediato pagó por mi desayuno, cuando le quise pagar se mostro ofendido. Mi amigo Jorge decía que en todo el mundo había jodidos que se identificaban con los intereses de los que los explotaban por inercia mental. Él decía que era el síndrome del explotado agradecido, a mi me pareció que Ray era el caso típico.

José se quedo picado y con voz entrecortada se puso a decir que era claro que lo de las armas de Saddam había sido una patraña para invadir a Iraq. Luego agregó, lo más triste es que esos políticos barbáricos se salen con la suya manipulando a los gringos, que ya de por si son medio pendejos en geografía y en todo lo que no sea gringolandia. Rachel dijo: Sí, pero se les va a caer el engaño muy pronto, con el Internet pronto se verá que Bush sólo quería el petróleo, y que la guerra que inició va a salir muy cara en vidas humanas y en dinero. Todos nos sorprendimos ya que ella era muy seria y rara vez hablaba de algo que no fuera de literatura. Al ver que todos nos quedamos viéndola añadió: sí, después de la última discusión que tuvimos me puse a leer de estos asuntos, leí el Wall Street Journal, el Forbes y otros medios conservadores y muy pronto me di cuenta que sus puntos de vista son los de los grandes capitalistas. Fred se puso muy alterado y con voz entrecortada dijo: ¿hasta cuándo vamos a dejar de invadir a otros países? Creo que mi país está deteniendo el avance de otras sociedades y como somos la única potencia mundial no hay quien nos pueda poner un alto. Me da vergüenza los que hace mi gobierno. Esperanza que había estado muy callada se animó con la discusión y comentó: Bueno, pero los Estados Unidos ya no son tan poderosos como antes, ahora está surgiendo China y la India y mira que hasta la guerra con Saddam nos costó mucho en términos políticos y de prestigio. La verdad, señaló Dulce, es que los Estados Unidos vamos a caer por nuestra propia culpa. Luego agarro un plátano y lo apachurró como si el plátano fuera el culpable de la política exterior de los Estados Unidos.

- Momento, no nos apresuremos, dijo José. Los americanos serán atrabancados pero tampoco son idiotas, no se van a dar un tiro ellos mismos y tienen el mejor sistema educativo del mundo.

- Pero sólo unas cuantas personas tienen acceso a las universidades buenas, acotó Fred, la mayoría ni llegan a la universidad y la educación pública está por los suelos a pesar de que se gasta un dineral en ella. Mira, aquí gastamos más del doble de lo que gasta China o Corea por alumno y nuestros estudiantes salen muy mal parados en ciencias, matemáticas y en general en comparación con sus estudiantes. Por ejemplo mi sobrino que es un genio y...

- No, y lo mismo pasa con el sistema legal, dijo Dulce. Cada vez que un borracho atropella a un niño sale un político diciendo; "hay que ser duro con los borrachos, doblemos la pena para los que conducen tomados." La frase suena bien, pero a pesar de que siguen aumentando las penas para los que violan las leyes, no disminuye la delincuencia. Y por otro lado tienen que construir más y más cárceles para meter a los infractores. Somos una sociedad hipócrita en donde nos gusta estar castigando cualquier infracción, pero ya tenemos tantas leyes que nos estamos convirtiendo en una fábrica de delincuentes.

- Bueno, como les decía, mi sobrino que es un genio... dijo Fred tratando de seguir con el tema que a él le molestaba de sobremanera.

- ¿Y que me dicen de los locos y retrasados? Esperanza se adelantó a señalar, en lugar de darles atención médica los sueltan en las calles y después cuando andan pidiendo limosna o se ponen motos los meten a la cárcel.

- A mí lo que se me hace más ridículo es que a alguna gente les ponen condenas de 350 años de cárcel, o tres condenas de por vida, que payasada, agregué yo poniendo mi grano de arena. Y luego salen libres después seis o siete años en el bote. !Ah! Pero esperen, se me olvidaba, eso de que certifiquen a un muchacho de doce años como adulto para juzgarlo, ¿qué pendejada es esa? ¿Cómo se pueden prestar los jueces, abogados y políticos a consentir semejante mamarrachada? Si van a certificarlo como adulto entonces ¿por qué no lo dejaban comprar cigarros, tomar lico si ya actuaba como un adulto? La verdad es que eso es una barbaridad, ni duda cabe que con todos sus adelantos tecnológicos este país sigue siendo una mezcla de técnicos muy listos con líderes muy imbéciles.

José preguntó:

- ¿Qué decías Fred, que tu sobrino es del gremio?

- ¡No! Que mi sobrino es un genio porque aunque solo tiene cinco años ya sabe...

Pero Beatriz seguía molesta así que comentó:

- A mí no me cabe duda que el fin del imperio gringo esta cerca y no va a ser por una derrota militar, va a ser por la decadencia de la sociedad.

- ¿A qué te refieres? Pregunto José.

- A la gigantesca corrupción de la sociedad, ¿no ves como los productores de pornografía tienen mano libre para difundir su basura con la bendición de los viejitos cachondos de la Suprema Corte de Justicia? Y ese mismo grupo de viejos rabo verdes sanciona el derecho a comprar y portar todo tipo de armas; hasta cañones que son para ir a la guerra. Es como si las leyes que pusieron hace más de doscientos años fueran a servir en estos tiempos.

Fred se paró y se fue al baño. Para entonces todos hablábamos sólo con la persona más cercana a nosotros pues era difícil conversar en medio de tanto grito. Es cierto, gritó Rachel, cada vez hay más ciudadanos que no votan, les vale madre lo que pasa. En cambio cada vez hay más grupitos de locos que compran metralletas, granadas, y porquería y media con el pretexto de que el gobierno les va a quitar su libertad.

Fred regresó del baño y dijo: Pero en mi casa los más opresivos son los ancianos que dirigen la asociación de colonos. Como el doctor Anderson, quien quiere que todas las casas estén pintadas de azul claro, que no se estacionen coches afuera de las casas y mil reglas más. Pero eso sí, se la pasa quejándose de que el gobierno pone muchas regulaciones. Y según él, los políticos de Washington son comunistas porque le exigen que pague impuestos y no lo dejan llevar su pistola en las escuelas.

La reunión terminó como a las tres de la mañana en medio de risas y promesas de volvernos a reunir de menos una vez al mes. Ya acostado en mi cama me quede pensando; en los años que había vivido en los Estados Unidos me había dado cuenta que la mayoría de los americanos eran buena onda, aun algunos que eran muy conservadores era gente muy noble y generosa al grado que eran carne de cañón de vivales religiosos que les sacaban dinero para vivir como reyes. El problema pensé, es que están empantanados por tanta propaganda que no los deja pensar, y así filosofando sobre los americanos y los pantanos me quedé dormido.

11

La vida siguió rutinariamente. Pasaron varios meses, sin darme cuenta me acostumbrado a la inercia. No me podía quejar, el restaurant iba mejor de lo que Esperanza y yo habíamos soñado, gracias a la eficiencia de Joe, nosotros no teníamos que ir al negocio si no queríamos. Fue por esas fechas que comencé a sentir un vacío interior, como que el alejamiento de mi familia y de mis amigos me comenzó a doler cada vez más. Se lo comenté a Joe y él me sugirió que sacara un pasaporte con otra identidad para ir a México. Pero el problema era más complejo, a veces me despertaba sin saber quién era. O me despertaba con la idea de que estaba en México y me tenía que arreglar para ir a mi trabajo, que Alma estaba a mi lado y me llamaba. Al abrir los ojos me daba cuenta de que estaba en otra ciudad con otra mujer y con otro nombre. Lo que hasta entonces me había sido intrascendente cada día me molestaba más, sentía que no tenía por qué haber perdido mi nombre, no había derecho a que no pudiera viajar a mi país libremente, y no tenía por qué hacerlo con una identidad ilegítima. Cuando lo hablé con Esperanza ella me hizo prometerle que no iba a intentar ir a México con un pasaporte falsificado. Si te agarran allá o acá vas a acabar de amolarte, no sólo te expulsan del país sino que te meten a la cárcel por un buen tiempo. Pensamos que tal vez nos hacían falta unas vacaciones y decidimos irnos unos días en el coche sin ningún plan preconcebido, nos quedaríamos en donde se nos antojara por el tiempo que nos diera la gana.

Salimos un sábado con rumbo al oeste, pasando por Alburquerque, las Vegas, Los Ángeles, San Francisco. El viaje resulto reconfortante; nos encantaron algunos lugares como Taos y San Francisco, pero por otro lado encontramos deprimente la viciosa monotonía de las ciudades y pueblos con sus Wal Mart, McDonald's, TGIF y demás cadenas que como cucarachas salían hasta en los pueblos más recónditos. Con el afán de probar comida autentica de cada lugar, buscábamos restaurantes nativos, caseros, así como el nuestro en San Antonio. Costaba trabajo encontrar establecimientos propios del área pero eso hacia nuestro viaje más divertido. De los hoteles ni se diga, para dar con algún sitio original investigábamos primero en el Internet por algún "bed and breakfast," de otra manera terminábamos alojándonos en un Holiday Inn u otro de otra cadena por el estilo. Como quiera que sea lo que más disfrutábamos del viaje era conocer a personas tan diversas como un vaquero de noventa años de Arizona que todavía arreaba ganado, a una bisabuela, Becky, que manejaba su pequeño hotel con gran esmero y eficiencia. Becky nos invitó a ver un partido de básquetball. Yo pensé que se trataba de un partido entre los equipos de la preparatoria del pueblo, pero no, resultó que se trataba de un torneo de equipos de mujeres mayores de sesenta y cinco años. El juego más emocionante lo protagonizaron los equipos de mayores de ochenta años, hay que ver con qué gusto y con qué enjundia se enfrentaron las aguerridas basquetbolistas. Hasta me dio envidia la energía de las señoras y también la gran camaradería entre ellas. Por otra parte Esperanza y yo teníamos mucho cuidado de no expresar opiniones políticas para no meternos en problemas con gente buena pero que manejaba otras ideas. Yo me recordé mucho a mi padre, muchas veces había discutido con él por asuntos que mejor debí haber ignorado por el bien de nuestra relación pero lo hecho, hecho estaba y ya no podía cambiarlo.

Al salir de Alburquerque comenzaron los problemas. Nos levantamos muy temprano para hacer el recorrido hasta San Antonio de un jalón pero el coche no arrancó. Con mis conocimientos limitados de mecánica no pude echarlo a andar y tuvimos que llamar a un mecánico. Resultó ser el alternador, según nos dijo el técnico, debimos de habernos dado cuenta por un ruido que hacía el motor. Entonces Esperanza me culpó, tú eres el hombre y deberías de haberlo notado a tiempo, ahora vamos a tener que pagar un dineral. Fuimos saliendo de Alburquerque como a las dos de la tarde, con cuatrocientos dólares menos y con un humor de perros. Apenas y hablamos durante las siguientes horas y cuando lo hicimos sólo fue para pelear. Cuando yo quería detenerme a comer algo, Esperanza alegaba que era muy temprano, o no le gustaba el restaurante que yo escogía. Yo le devolvía el favor y me negaba a pararme en los establecimientos que ella sugería.

El resultado fue que para las nueve de la noche no habíamos comido nada, los dos estábamos con un hambre infernal y con un enojo aún peor. Yo manejaba y al pasar por un poblado propuse que nos quedáramos a dormir en algún motel. Aún faltaban más de siete horas para llegar a casa y yo estaba agotado. Esperanza se negaba a ayudarme a manejar aduciendo dolor de cabeza. Ella quería seguir hasta San Antonio pues según me hizo saber, ya no me aguantaba, y además su un dolor de cabeza era gigante. Como yo era el que conducía, detuve el coche en enfrente de un motel. Esperanza puso el grito en el cielo; ¿Qué no tienes pantalones? Ya casi estamos por llegar y tú sólo buscas un pretexto para gastar más en hotel y comidas, esto no me hubiera pasado con Thomas, él siquiera sí me escuchaba, él no era tan terco y cabezón como tú. Me encabroné tanto que me bajé del auto, ni siquiera lo apagué. Le grité; ándale, por mi te puedes ir a buscar a tu adorado Thomas y no me vuelvas a molestar nunca más. Ella me contestó: no te quiero volver a ver jamás, jamás, jamás. ¡No te quiero ver ni en pintura economista jodido, escritor de tercera, novio de mierda!

Estábamos enfrente de un motel Best Western y me fui caminado hacia él. Me metí a registrarme cuando llegó Esperanza y me pidió perdón. Creo que estamos fastidiados, tú tienes razón, vamos a comer algo y a descansar aquí.

Discúlpame pero es que estoy muy nerviosa, mañana podemos hablar y resolver nuestras diferencias, me dijo. Yo acepté de no muy buena gana pero estaba en un pueblo que no conocía, con poco dinero y sin el auto.

Como los dos estábamos hastiados nos metimos en lo único restaurante que se veía abierto, un McDonalds enfrente del motel. A pesar de la hora, no sé porqué pero había bastante gente en el restaurante. Yo estaba muerto de manejar tanto y con mucha hambre, así que ordené un par de hamburguesas. Pensé, me las cómo y me voy derechito a la cama. Esperanza pidió un sándwich. Estábamos comiendo cuando noté que ella me miraba de una forma rara, ¿Qué te pasa? Le pregunté, ¿Cómo que qué me pasa? ¿Crees que no me he dado cuenta como estas coqueteando con esa tipa? Entonces volteé hacia donde ella veía y casi se me cae el cielo. En la esquina opuesta de nosotros estaba Magdalena Harris. Cuando Magdalena vio que la veía, esquivó mi mirada de inmediato. Mi reacción fue ir a hablar con ella pero Esperanza me detuvo con un tremendo grito; descarado, infeliz, no tienes vergüenza, vete al diablo, que te aguante tu madre y diciendo esto me aventó la comida la cara. Por supuesto que la conmoción hizo que toda la gente en el lugar volteara a vernos. Yo quise explicarle la razón de que Magdalena me hubiera estado viendo pero Esperanza salió volada. Instintivamente me fui tras Esperanza, no sé porque, tal vez supuse que explicándole lo que pasaba, ella comprendería y hasta me ayudaría a hablar con Magdalena. Mi mente daba vueltas como un rehilete. ¿Cuáles eran las probabilidades de encontrarme cara a cara con la mamá de Franco? ¿Dónde estaba David Harris? Si pierdo esta oportunidad, nunca la volveré a ver. No sabía bien que le iba a decir pero era mi chanza de saber algo de su hijo. Ella podía ayudarme a probar mi inocencia, o tal vez, si ella tenía algo que ver con la muerte de Franco, la podría acorralar y hacerla que confesara, o al menos podría saber donde vivía para informar a la policía. Esto puede ser el fin de mi pesadilla. Todo ocurrió en unos cuantos segundos, volteé por segunda vez para ver a Magdalena pero ella ya no estaba ahí, se había esfumado. Entonces salí corriendo detrás de Esperanza pero sólo alcancé a llegar cuando ella ponía el coche en marcha. Salió disparada con rumbo a la carretera. De inmediato regresé de inmediato al McDonals. Pregunté por Magdalena pero nadie me supo dar razón de ella. Nadie la conocía. Probablemente Magdalena también iba de paso. Eso sí, los concurrentes me echaron miradas de burla pero pronto volvieron a sus platillos y a sus conversaciones.

Ese fue uno de los peores días de mi existencia. Esperanza se fue enfurecida conmigo y la mujer que podría haberme ayudado a probar mi inocencia se me escapó. Cavilé: En unos cuantos instantes, dos mujeres claves en mi vida se desvanecieron, probablemente para siempre. Para colmo de los males, un empleado había tirado la hamburguesa que aún no me había comido y que dejé en la mesa. Ni modo, ¿Qué puedo hacer? Ya sin opciones pero todavía con hambre, volví al mostrador y pedí un "Happy Meal." No pude resistir la tentación; me dije a mi mismo, con mi suerte de perro, la única felicidad que está a mi alcance es un "Happy Meal," si es que a eso se le puede llamar felicidad. Terminé mi comida de tres bocados, todavía tenía algo de hambre pero ya no quise pedir otra cosa, no sabía qué hacer. Desalentado, ofuscado camine hacia el motel. Me di cuenta que el cielo estaba lleno de estrellas, era una noche bella, si tan solo pudiera echar el tiempo para atrás. Pero ¿cuánto para atrás? ¿A la época en que vivía con Alma? ¿Al momento en que Esperanza me pidió que nos detuviéramos a comer? ¿Qué es lo que yo deseaba? No sé, no sabía nada, lo dicho, estaba demolido, confundido. Ya en el motel le pregunté al dependiente como me podía ir a San Antonio. Me dijo que podía tomar un autobús, el más temprano salía a las siete de la mañana, o podía rentar un coche, pero la agencia estaba cerrada por el día. Me di un duchazo, me metí a la cama y quedé dormido de inmediato.

En San Antonio llegué directo al Sin Nombre, eran alrededor de las dos de la tarde, la hora en que Esperanza debería estar haciendo pagos y encargando abastos para el día siguiente, pero no se encontraba ahí. Tenía la intención de aclarar las cosas con ella, más que nada porque me sentía injustamente tratado, pero además seguía con mucho coraje contra Esperanza por haberme dejado en un pueblo sin ni siquiera saber el porqué la mujer me había estado mirando. Joe me vio y me dio un sobre a la vez que me dijo: ahora sí que la hiciste enojar Víctor, llegó como chile piquín. Ya hasta quemó el retrato tuyo que tenía en la oficina y nos prohibió que te mencionáramos, pero no te preocupes así son las mujeres ya se le va a pasar. Dejé a Joe hablando solo, no tenía ningún deseo de oír su teoría sobre la psique femenina y yo estaba experimentando una especie de rabia y frustración que es difícil de explicar. Abrí la nota en donde Esperanza escuetamente me pedía que fuera a recoger mis cosas a casa ese día, ella no iba a estar, y agregó que no volviera a buscarla o ir al restaurante. Había cancelando nuestra cuenta bancaria pero había abierto otra con suficientes fondos para que yo pudiera irme a vivir a otro lado. Me prometía depositar una pequeña mensualidad a cuenta de mi parte del restaurante pero sólo con la condición de que no la volviera a buscar. Salí de inmediato para la casa pero ella no estaba ahí. Había dos maletas con algo de mi ropa y libros en ellas, y otra nota en la que decía que le hiciera saber por medio de Joe a donde mandarme el resto de mis cosas. De pronto sentí que todo era como una película, yo estaba en un mundo irreal, nada de lo que veía era cierto, yo era sólo un espectador, las cosas sucedían en medio de una neblina. Así estuve por un buen rato hasta que volví a la realidad. Comencé a debatir cual era la mejor ruta a tomar; por un lado quería hablar con esa mujer que tan injustamente me había tratado y

243

aclararle quien era Magdalena, por otro lado quería mandarla al carajo, no volver a verla jamás.

Por más que traté de calmarme no pude, mi mente pasaba de ganas de ahorcar a Esperanza, a otro estado en donde nos reconciliábamos y todo volvía a ser como si nada hubiera ocurrido. Me serví un vaso de whiskey para ver si eso me ayudaba, después otro y otro hasta que perdí la cuenta. Amanecí con un fuerte dolor de cabeza pero Esperanza no llegó en toda la noche. Como a las diez de la mañana se apareció Joe y me dijo que Esperanza no pensaba volver a la casa mientras yo estuviera ahí. Eché todas las maldiciones que sabía y le dije a Joe que me iba a México. El me recomendó no hacerlo, pero yo no soportaba esa situación. Hice una pequeña maleta, saqué el dinero de una cuenta de banco que había estado ahorrando para composturas y arreglos del restaurante, y que ni Esperanza sabía que existía. No era mucho pero me alcanzaba para sobrevivir por varios meses. Decidí irme a Mazatlán a visitar la tumba de mi padre y reencontrarme con mi hermana, ya estaba cansado de ser un títere al que otros manejaban a su antojo. Si algo me iba a pasar, que me pasara de una vez, pero ya no me iba a doblegar ante nadie. Nunca Jamás. Joe se ofreció para llevarme a Laredo y salimos como a las tres de la tarde, al llegar a Laredo me despedí de Joe prometiéndole llamarlo o escribirle para dejarle saber cómo me había ido. Crucé el puente con paso firme y sin ninguna duda. Estaba emocionado de volver a mi patria. En México prácticamente no me pidieron ningún papel y entré como Juan por su casa. Una oleada de rostros morenos, los hombres con bigotes de pulqueros y las mujeres con abundante pelo negro me dieron la bienvenida. Me sentí en casa. Compré un boleto de autobús para Monterrey y para las nueve de la noche ya estaba en esa ciudad. Alquilé un cuarto en un hotel del centro y me fui a comer un cabrito con un par de cervezas. Al llegar al cuarto no lo pensé dos veces, tomé el teléfono y llamé a Carmelo. Me contestó una niña que no me quería comunicar con su papá y me exigía que le dijera quien era. Por fin oí la voz de Carmelo que le pidió el teléfono a la Vero y me preguntó qué quería.

- Idiota! Soy yo y estoy en México. Ya no me importa si la policía me agarra y me mete al bote, nadie me saca de mi país de nuevo.

- El idiota eres tú, y no te digo otros adjetivos porque aquí está mi hija, he estado tratando de hablar contigo desde hace varias semanas pero me dijeron que estabas de vacaciones.

- ¿Cómo? ¿Me hablaste al restaurante? ¿No te importaba que me agarraran cabrón?

- Como serás tarado, por eso te llamaba. Ya no hay cargos contra ti. Encontraron que el tal Franco murió de un accidente, nadie lo asesinó. Ya eres libre, ya no tienes que huir de nadie.

- Pero ¿Y los gritos? Yo lo oí gritando, no una, varias veces.

- Si te creo, parece que los mendigos de sus papas lo tenían encerrado día y noche, pero una noche se les escapó y como era incapaz de valerse por sí mismo fue a dar al Parque Hundido. Ahí encontraron su cuerpo días después, estaba escondido entre unos matorrales. Al principio creyeron que alguien lo había matado porque tenía muchas heridas y raspones, pero después se supo que eran golpes que se había dado cayéndose ya que no estaba acostumbrado a caminar y moverse como tú y yo.

- ¡Cabrones Harris! Qué poca madre.

- De plano, cuando se les escapó el niño huyeron porque se sabían culpables de maltrato de un menor. Luego, cuando apareció la noticia de que habían encontrado el cuerpo de un niño en el parque y nadie sabía quién era, los muy malditos han de haber deducido que tarde o temprano iban a dar con ellos y se largaron de México.

245

- ¿Así que estuve escondiéndome en vano?

- Bueno, no del todo. Parece que Salinas buscaba un chivo expiatorio, así había hecho su carrera, y como el caso de Franco despertó mucha indignación, él quería un culpable para apuntarse un triunfo grande. De hecho mi amigo detective me dijo que Salinas fue hasta Dallas para checarte, por eso sabía de tu vida en esa ciudad. Incluso logró que comenzaran los trámites para que la policía de allá te detuviera. Supongo que andaba apurando tu deportación. Si no te pelas te hubieran agarrado.

- Híjole, así que no estaba tan paranoico. Y yo que llegué a pensar que me estaba volviendo loco. ¿Y cómo supieron que Salinas me estaba inventando ese caso?

- Bueno, lo cacharon porque ya tenía un largo historial de tranzas. No fue nada más el caso del niño Harris, la gota que derramó el vaso fue porque encarceló a un tipo por violar y matar a una mujer. Después ese individuo murió durante los interrogatorios por un supuesto paro cardiaco. Para desgracia de Salinas, otros policías agarraron a un sujeto cuando estaba violando a una mujer y se comprobó que ese era el culpable de la violación y asesinato de la primera. Entonces se supo que el otro tipo, que resultó ser sobrino de un senador, murió por las torturas a las que Salinas y sus hombres lo sometieron. Ahora tu cuate está en el tambo acusado de asesinato, de abuso de poder y de no sé cuantas otras cosas.

- Qué gusto me da. Ojalá se pudra en una inmunda cárcel, digo si es que no lo matan los otros presos cuando se enteren que era policía.

- Bueno y ¿en dónde estás? ¿Cuándo llegas al DF? ¿Necesitas algo? ¿Dinero?¿Cómo estás?

- No necesito nada, pero gracias. Voy a ir a Mazatlán para poner mis pensamientos en orden y ya te llamare cuando decida ir al DF. Ahorita estoy en Monterrey y mañana salgo para mi tierra, yo te llamo desde allá.

- Más te vale cabrón si no te voy a traer de las orejas. Nada Vero, dije carbón, así le llaman a un amigo porque está muy prieto y se parece a una mala palabra pero no es lo mismo. Vero, ven para acá Vero, no le vayas a decir a tu madre.

- Y ¿Vienes con Esperanza? Le va a encantar conocer México.

- No hombre, eso se acabó. Tuvimos una pelea muy fuerte y ella me mandó a volar. Esa es una de las razones por las que decidí regresarme a mi patria.

- Mira si serás idiota. Esperanza es joven, bella, bonita, sensible, ¿Qué estas buscando? ¿Una Miss Universo?

- Ya te dije que ella fue quien terminó la relación. Yo no entiendo a las mujeres; primero Alma y luego Esperanza. Yo creía que estábamos bien pero sin duda había algo que no funcionaba. Ya son dos veces, creo que mejor me voy a ir de monje.

- Pues sí, Emilio, primero te quedaste sin Alma y ahora te quedas sin Esperanza. Como que te hace falta una buena limpia espiritual, completa, de los pies a la cabeza. Pero no te preocupes, Leticia tiene unas amigas que son muy buena onda. Te las vamos a presentar y ya verás que hay chavas hasta para zafados como tú. En esto del amor no es fácil encontrar a la persona adecuada. Mírame a mí, anduve buscando con todo tipo de mujeres y fui a caer con una que ni sospechaba que era la que más me acomodaba. Y déjame decirte que hay veces que a mí me dan ganas de ahorcar a Leticia pero en realidad la adoro; Estoy bromeando Vero, es un chiste, Vero ven para acá... Bueno háblame cuando puedas, ahora tengo que convencer a mi hija que estaba hablando figurativamente

En Mazatlán mi hermana me recibió como si nada. La muerte de mi padre nos acercó y ella nunca me reclamó el trato frío que yo le di cuando vivía en los Estados Unidos. Mi padre dejó su herencia para los dos y eso me permitiría vivir sin problemas por un buen tiempo. Su casa estaba desocupada así que me instalé en ella y me dediqué a componer todas las averías que ésta tenia. Mis amigos me recibieron con gran pompa, como la vez anterior pero al igual que antes, yo me aburría con sus pláticas y sus partidos de tenis, las cenas en el Casino o las obras de caridad que organizaban para hacer sus bailes y lucirse con el pretexto de que estaban haciéndolo por ayudar a los necesitados. Ellos a su vez encontraban toda clase de disculpas cada vez que yo comenzaba a platicarles lo idiota que era la doctora Swan, o lo injusta que había sido conmigo Esperanza. No los culpo, estaba muy adolorido, me quejaba mucho, me sentía víctima, creo que ni yo mismo me soportaba. Añoraba eso sí, a mis amistades del DF pero detestaba la contaminación, el tráfico, la politiquería de los chilangos. Además mis amigos del DF ya no eran los mismos, platicaba por teléfono con algunos de ellos y así me enteré que varios se casaron y tenían otro estilo de vida, ya casi no iban al cine y mucho menos se pasaban tres horas en un café componiendo al mundo. Otros se fueron a vivir a otras ciudades y dos o tres habían muerto; hasta la señora Goldau había muerto. También extrañaba el orden de los Estados Unidos, su eficiencia, su limpieza, pero al pensar en lo fácil que los medios de comunicación manipulaban a la mayoría de los gringos para invadir otros países, en sus investigaciones absurdas como en la que yo fui participe, y su ignorante complejo de superioridad me ponía de mal genio.

Mi cuñado hizo un esfuerzo por acercarse a mí. Me invitó a participar en algunos proyectos para que yo pudiera integrarme a la vida económica de Mazatlán.

- En realidad las cosas no han cambiado como yo pensaba, me dijo Manolo. Todos creíamos que al subir al poder el PAN se iba a acabar la corrupción e iba a haber mejor clima para los negocios pero no ha sido así. Lo único que cambió es quien se está birlando nuestros impuestos, pero como puedes

ver, seguimos siendo un país del tercer mundo. Eso sí, con democracia pero igual de jodidos que antes.
- Bueno Manolo, no puedes esperar que las cosas cambien de la noche a la mañana. Las estructuras socioeconómicas...
- No Emilio, no me vengas con tus términos pomposos. Si van a haber cambios profundos y significativos los van a haber desde el principio. Ya cuando comienzan a decir que hay que ir paso a paso es porque todo va a seguir igual. Mira que nunca pensé que iba a estar de acuerdo con Rodrigo y tus cuates de izquierda, pero todos coincidimos en que seguimos en la misma mierda de antes.

Días después me enteré que los negocios de Manolo no marchaban como antes, con nuevas gentes en el gobierno, los contratos eran otorgados a otros grupos. Aún así, Manolo me hizo pensar. Ciertamente México estaba experimentando cambios profundos pero no había mejoras en las cosas que cuentan. Los ricos seguían enriqueciéndose cada vez más y la población viviendo en la pobreza seguía aumentando. Eso sí, la violencia por el tráfico de drogas, los robos y los secuestro seguían en aumento. Y como en Estados Unidos aumentaba la politiquería anti-inmigrantes, ya había menos gente arriesgándose a ir a buscar trabajo a ese país. Los políticos echaban la culpa de su crisis a los inmigrantes, a los chinos, a los terroristas y hasta a los que no iban a misa los domingos, pero nunca a ellos mismos.

Picado por la curiosidad, un día llamé a Joe. Lo agarré de sorpresa.
- Qué gusto oírte Emilio. No sabes cómo han cambiados las cosas por acá. Esperanza vendió el Sin Nombre y yo puse una taquería. Alquile un trailercito y voy a los lugares donde hay construcción a vender comida a los trabajadores pero no me va muy bien. La construcción está muy floja.

- Y ¿Por qué vendió el restaurante Esperanza? Era un buen negocio.

- ¿Qué no supiste? La muy tarada regresó con su exmarido. Ahora anda en la iglesia de su suegro reclutando mexicanos, y guatemaltecos, y peruanos y de todo para su pinche iglesia. A mí me ha venido a tratar de lavar el coco para que sea parte de su misión pero yo ni loco que me voy a meter con esos fanáticos.

- Caray, nunca me hubiera imaginado que Esperanza iba a regresar con Thomas, estaba tan adolorida por lo que le hizo.

- Pues a la mejor regreso por su hijo, pero yo creo que no le va bien. Por lo que me dicen, la tratan como a una empleada. Para mí que le pidieron que regresara porque el suegro se dio cuenta que se iba a quedar sin seguidores. Sus feligreses gabachos son rucos que se están muriendo, o simplemente ya no van a las iglesias. En cambio la población de los hispanos, legales e ilegales, seguimos creciendo.

- No te la jales Joe, eso sería muy maquiavélico. Sea lo que sea, no creo que sean tan cabrones.

- Pues no me creas, pero mi cuñada si se metió a su iglesia y ella es la que me cuenta como traen a Esperanza de pueblo en pueblo para enganchar a la raza.

- Y entonces ¿Por qué tu cuñada sigue con ellos?

- Por un sueldito que le dan. Ella no tiene estudios pero tiene cinco chilpayates que mantener. En este país todo es dinero Emilio, todo, hasta dios.

Así que Esperanza me dejo por el idiota de Thomas, pensé. Entonces entendí el porqué había mencionado a su ex marido en nuestra pelea, y porque ya no había querido hablar conmigo después que yo regresé a San Antonio. Pero pensándolo bien yo creo que no fue por Thomas sino por su hijo. Ella misma me había dicho que perder a su bebé era el dolor más grande de su vida. Se me quitó un gran peso de encima. Por una parte dejé de odiar a Esperanza, no me cabía duda que se había sacrificado por su hijo. Por otra parte sentí que después de todo yo no estaba tan salado en mis relaciones con mujeres. No es que yo hubiera hecho algo mal, es simplemente que yo no podía competir con el amor de una madre por un hijo. De cualquier sentí lastima por Esperanza, una mujer tan inteligente estaba reducida a seguir los mandatos de un ministro corrupto. Ni hablar, el mundo estaba cambiando a pasos agigantados con las computadoras, el Internet, las píldoras anti conceptivas pero la cultura de algunas gentes seguía inmune a esos cambios. No en balde los líderes gringos se peleaban por el voto y el bolsillo de los fieles Latinos. Como decía Joe, en los Estados Unidos todo es dinero.

Unos meses después de mi llegada a México fui al DF y de inmediato pase a visitar a Carmelo, pero apenas y pudimos platicar. Yago, el hijo de su mujer estaba enfermo en el hospital, su esposa se quedaba con él y mi amigo estaba cuidando a sus otros dos hijos, cambiando pañales, preparando la leche y otras tareas que me dieron munición para desquitarme de todas las burlas que Carmelo me hizo cuando estuvo en San Antonio. Le ayudé a cuidar a sus hijos y aprendí que los bebes hacen la caca mas pestilente del mundo, que a los niños de tres años se les puede decir que no treinta veces pero no entienden, y que esas pequeñas criaturas tenían totalmente domado al otrora indomable Carmelo. En esa visita, Alma se enteró que yo estaba en la Ciudad de México y me llamó para saludarme. Tenía dos niñas y se habían ido a vivir a Cancún por cuestiones del trabajo de su marido. A través de ella me enteré que Rebeca se regresó a Argentina súbitamente porque estaba harta de los mexicanos, y porque añoraba su churrasco con mate. Josefina había desapareció del DF porque se fugó con un ex sacerdote casado que daba clases de ética en la UNAM. Según Alma, la argentina y su amante se fueron a vivir a Valle de Bravo en donde daban clases de yoga, thai chi y renovación espiritual. De Juan, nadie sabía nada de su paradero. Alma era de la opinión que lo habían desaparecido ¿Quién? Imposible saberlo, tal vez la CIA, tal vez los castristas, tal vez los anti-castristas. Carmelo, por su parte, juraba que era agente doble y cuando se sintió que estaba por ser descubierto se escapó a Cuba de nueva cuenta. En el avión, de regreso a mi casa, agarre una hoja de papel y escribí:

Todas las mañanas me tengo que acordar quien soy, cómo vivir. Tengo que recordar porqué debo estar contento, porque me tengo que peinar y lavar los dientes, porqué tengo que ser amable con la gente. A veces me toma varios minutos el recordar todas las reglas sociales, las razones filosóficas por las cuales vivir. Es un desgaste de energía tremendo pero no tengo alternativa, no me puedo lanzar a la calle sin recordar quién soy, en dónde estoy, cómo comportarme, saber qué decir, aun cuando no esté convencido de que sea cierto lo que estoy diciendo. Que camote.

Ya en Mazatlán, una tarde mi sobrino me preguntó si era cierto que yo había vivido en muchos lugares. Le contesté que si, y me dijo muy entusiasmado, que suerte tío, cuando yo sea grande yo quiero viajar por todo el mundo, pero me voy a ir a vivir al África para proteger a los leones y elefantes de los cazadores. Me dio ternura que al menos alguien de Mazatlán me considerara interesante, a la vez me hizo pensar si no hubiera sido mejor quedarme en mi ciudad, conformarme con una vida más o menos tranquila. El vivir en otros lugares me había hecho ver las ventajas de esas culturas y añorar lo que más me había gustado de cada una de ellas. Pero si me hubiera ido a vivir al DF, ó Dallas, ó a Londres, ó a cualquier otro lado siempre iba a estar pensando que a la mejor estaría mejor en otro lugar, incluso Mazatlán.

Más tarde, cuando tomaba un café en un restaurante del centro, pasó Rodrigo y se sentó a platicar conmigo. Después de hablar del clima y de los resultados del futbol, que a Rodrigo le apasionaba, me preguntó si yo había ido a ver partidos de futbol cuando viví en Inglaterra. No, nunca. Fíjate que ni se me ocurrió. Ah qué menso eres, porque dicen que se hace un ambientazo, sobre todo cuando juegan el Liverpool, ó el Manchester. Lo que pasa es que sólo estuve unos meses y no tenía mucho dinero, tú sabes. A la mejor debí de quedarme a vivir ahí... aunque el clima no me gustó, en ese sentido el DF está mejor, allí nunca hace mucho calor o mucho frio. Ya párale, me dijo Rodrigo, tu siempre has sido un indeciso y en donde hubieras vivido te ibas a quedar pensado si te hubiera ido mejor en otro lado. Estás condenado a ver el pasto más verde del otro lado del rio. Mírame a mí, yo siempre he vivido en esta pocilga y no me quejo, pero tú eres un desadaptado, un inconforme, no tienes identidad y sufres a lo pendejo. A la mejor te uso para escribir mi próxima novela. No le contesté pero pensé, a la mejor sirvo para algo, para que este pobre diablo escriba una novela. Pero que ni crea que yo la voy a comprar, una novela sobre mí, vaya desperdicio.

Esa noche me quedé dormido en un sillón leyendo En Busca del Tiempo Perdido cuando me despertó un llorido. Entre sueños me pareció que se trataba de un niño, alcancé a especular; ¿Será Franco? Levanté el brazo para despertar a Alma y tumbé la lámpara que tenía a mi lado. Cayó estrepitosamente. Todo quedó a oscuras y en silencio. Abrí los ojos y me pregunté ¿en dónde estoy? ¿En dónde está Alma? ¿En dónde está Esperanza? ¿O Sarah? Solo fue cuestión de unos instantes para que me ubicara y supiera que estaba en la casa de mi niñez. Comenzaba a acurrucarme para volver a dormirme cuando volvió a oírse el llorido, ahora más horrendo. Me levanté, abrí la ventana y tiré En Busca del Tiempo Perdido al gato que estaba aullando. Arroje el libro con tanta furia que el maldito felino tuvo que echar tremendo salto para esquivar la obra maestra de Proust. Salió corriendo, cerré la ventana y me fui a dormir.